世界期待中国

The world is turning its eyes to China

南方都市报对外传播报道精选集

南方都市报 / 编著

南方日报出版社
NANFANG DAILY PRESS
中国 · 广州

图书在版编目（CIP）数据

世界期待中国 ： 南方都市报对外传播报道精选集 / 南方都市报编著. -- 广州 ： 南方日报出版社， 2024. 12. -- ISBN 978-7-5491-3035-1

Ⅰ. I253

中国国家版本馆CIP数据核字第20248EC779号

SHIJIE QIDAI ZHONGGUO：NANFANG DUSHIBAO DUIWAI CHUANBO BAODAO JINGXUANJI

世界期待中国：南方都市报对外传播报道精选集

编　　著：南方都市报
出版发行：南方日报出版社
地　　址：广州市广州大道中289号
出 版 人：周山丹
责任编辑：张　高
责任技编：王　兰
装帧设计：邓晓童
责任校对：阮昌汉
经　　销：全国新华书店
印　　刷：广州市新怡印务股份有限公司
成品尺寸：175 mm×245 mm
印　　张：18.5
字　　数：280千字
版　　次：2024年12月第1版
印　　次：2025年1月第1次印刷
定　　价：78.00元

投稿热线：（020）87360640　　读者热线：（020）87363865
发现印装质量问题，影响阅读，请与承印厂联系调换。

序言

世界期待中国，我们以报道作为回应

国家主席习近平在二〇二二年新年贺词中指出，世界期待中国，中国做好了准备。这番话的背景是当时北京冬奥会即将举办，而从更长远的意义看，也是大国作为、大国担当的庄严宣告。

不容忽视，全世界对于快速发展的中国有好奇、有期待，有时也有质疑。作为一家有使命感、责任感的媒体，南方都市报近年来一直在涉外议题中主动介入、积极探索，以期发挥独特价值。很多人可能并不了解，在内部主力承担这一职能的，其实是深度调查部记者。

如果说，当年的卧底高考替考组织、700元买卖公民个人信息、暗访地下代孕等调查报道还是在做老本行，那么自香港“修例风波”开始，在建党百年、全球抗疫、北京冬奥会、“一带一路”倡议提出10周年等重要节点，深度调查部又发展出一条新的业务主线，即如何在风云变幻的国际局势之中，向世界讲述中国故事、传递中国声音。2023年，南方都市报在此基础上进一步明确相关人员和职能，成立了多语种报道中心。

呈现在诸位面前的这部精选集，就是以深度调查部（多语种传播中心）记者作为主力，南都近年来在对外传播方面的探索之成果。有些探索较为成功，获得各方转发和积极反馈，形成热门话题，并拿下中国新闻奖，有些则不可避免仍稍显稚嫩。

这也是结集出版的意义，既是展示，也是思考与总结。这些报道所反映出的一些特点和规律，相信对于业界来说，有可借鉴与探讨的空间。其一，报道主题和立意的选择，如何紧跟时代需要，又充分满足外国友人的关切，这直接影响传播的有效性。以《“爱国者治港”原则系列访谈》《大道致远·“一带一路”倡议10周年全球访谈录》等为例，无一不是某个时期的重大主题，且在主题之外存在多元声音。

其二，如何进入议题，并找到独特叙事技巧？南都的方法是找准小切口。以一组广东专题为例，《广东非遗的海外踪迹》《广东制造的海外爆款》《广东民俗的海外传承》《广东小镇的海外生意》，所对应的分别是广东文化、广东高质量发展、广东“百千万工程”的海外影响。支撑起这些报道的，都是一个个具体而微观的案例，例如在欧美掀起健康、美容新潮流的广东产刮痧板，英国人下午茶桌上的潮州手拉壶，而绝无空洞的说教。

其三，通过什么渠道破圈？通过这几年的发展，南都已建立起海外账号矩阵，并拥有一批包括英语、法语、西班牙语等在内的多语种记者，以及海外大V、使领馆、媒体等人脉资源。

世界期待中国，南都也期待通过真诚、持久的努力，以优质原创影响世界。

目录 CONTENTS

第一章　大国扬帆显担当

第二章　百年风华话友谊

第三章 同心同行向未来

第四章 广东IP名扬海外

第五章 中外交流谱新篇

第一章

大国扬帆显担当

中国持续在全球重大事件中发挥独特作用，亦提出了一系列有建设性的倡议与方案。南方都市报在全球合作抗疫、北京冬奥会、“一带一路”倡议等话题中，从外籍人士的视角，讲述他们眼里的中国举措与担当。选题主旨鲜明，采访对象权威，话语真实有力。

国际友人眼中的中国式现代化：全面深化改革的成果将惠及世界

“当前和今后一个时期是以中国式现代化全面推进强国建设、民族复兴伟业的关键时期。中国式现代化是在改革开放中不断推进的，也必将在改革开放中开辟广阔前景。”

中国共产党第二十届中央委员会第三次全体会议，于2024年7月15日至18日在北京举行。中国全面深化改革的决心、深度、广度前所未有。进一步全面深化改革，必须聚焦中国式现代化。

多名外企高管及外籍专家学者，向南都、N视频记者分享了关于中国式现代化的认识，新质生产力、绿色经济、坚持以人民为中心成为高频词。在他们看来，全会对进一步全面深化改革、为推进中国式现代化擘画蓝图具有重要深远意义，将给变乱交织的世界注入宝贵确定性。

“受惠于中国鼓励创新的政策”

以新质生产力推动高质量发展、赋能中国式现代化，为中国式现代化发展开辟了广阔的道路。

美国知名中国问题专家、库恩基金会主席、“中国改革友谊奖章”获得者罗伯特·库恩（Robert Lawrence Kuhn）向南都记者诠释了他的理解：“中国式现代化的动力来自高质量发展，高质量发展的动力来自新质生产力。自主创新，是新质生产力的内在源泉，科技创新则是发展新质生产力的核心要素。”

本文首发于南都新媒体专栏《“新蓝图 新担当——国际社会聚焦新时代中国改革开放”系列报道》，2024年7月30日。

□ 罗伯特·库恩

2024年2月29日，德国化工巨头巴斯夫位于广东湛江一体化基地的一体化技术中心正式启用。该中心是巴斯夫全球创新战略的具体实践，同时也为中国创新驱动发展战略作出贡献。

巴斯夫亚洲大型项目总裁林汉平向南都记者介绍，一体化技术中心将汇聚一支各具专长的专家和工程师组成的全球创新团队，致力于一体化工艺优化、数字化和可持续发展解决方案的研发。

2023年11月，辉瑞中国与广州市人民政府签署战略合作备忘录，致力于在生物医药领域合作，支持创新和产业发展。辉瑞全球生物制药商业集团中国区总裁彭振科（Jean-Christophe Pointeau）曾在专访中告诉南都记者，得益于中国鼓励创新以及面向创新药市场出台的一系列利好政策，辉瑞也在不断加速创新的步伐。

彭振科还观察到，近些年来“中国在优化药品审评审批流程、鼓励创新、提高药品质量、加强药品全生命周期管理等方面，取得了许多成就”。

“绿色产业发展成果令世界瞩目”

中国式现代化是人与自然和谐共生的现代化。必须完善生态文明制度体系，协同推进降碳、减污、扩绿、增长，积极应对气候变化，加快完善落实绿水青山就是金山银山理念的体制机制。

作为能源效率解决方案供应商，丹麦企业丹佛斯长期关注中国市场，尤其是绿色产业的发展前景。丹佛斯中国区总裁徐阳曾向南都记者指出：“进入中国市场二十多年来，我们持续投资中国，为中国各行各业绿色发展作出贡献的同时，也作为中国经济、社会生活的一员，感受着中国发展的脉搏。中方在绿色、能效领域的发展和开放措施，以及对知识产权以及创新不断加大的保护力度，坚定了丹佛斯对中国市场的长期信心，是丹佛斯愿意在中国长期发展并持续加大投资力度的主要原因。”

美国罗伯特·莫里斯大学副教授安东尼·莫雷蒂（Anthony Moretti）也认同，中国之所以在新能源行业处于全球领先地位，是因为着眼于长远目标。

比利时前驻华大使、欧盟中国联合创新中心联合发起人帕特里克·奈斯（Patrick Nijs）向南都记者表示，中方对全球局势认知清晰，特别是在绿色产业发展、生态文明建设上的成果令世界瞩目。在他看来，面对严峻的生态挑战，欧洲和中国还有许多工作可以做，期待双方搭建新型平台，将各界人士聚集起来，就绿色经济开展合作。

“中国经验值得各国学习”

“坚持以人民为中心”是进一步全面深化改革必须贯彻的重大原则之一，在发展中保障和改善民生是中国式现代化的重大任务。

巴西《论坛》杂志记者亚拉·维达尔（Iara Vital）主笔专栏“中国聚焦”，并日常更新博客“中国日记”。她曾发表文章称，中国迈向高质量发展道路的经验充分表明，坚持以人民为中心，是中国特色社会主义的基本方略之

□ 帕特里克·奈斯

□ 安东尼·莫雷蒂

一，也是值得各国学习的宝贵经验。

她曾以在中国访学期间的亲身体验向南都记者感叹道，中国为人类发展开辟了全新的可能性，不断为世界注入新的能量。

中国政府友谊奖获得者、中国工合国际委员会主席柯马凯（Michael Crook）在中国生活多年。他曾在接受南都记者采访时说，亲身感受到中国共产党始终将人民福祉放在首位，始终代表广大人民的利益。从全国832个贫困县全部摘帽，人均预期寿命增长到78.2岁，到基本养老保险覆盖10亿7000万人，基本医疗保险参保率稳定在95%……这些年来，柯马凯见证了中国人民的生活品质得到全方位提升。

这不禁让波兰前副总理、著名经济学家格泽戈日·科沃德科（Grzegorz

□ 亚拉·维达尔

□ 格泽戈日·科沃德科

□ 柯马凯（左）与他的母亲、“友谊勋章”获得者伊莎白

Kołodko）感慨：“在人类历史上，还没有哪个国家能像中国一样，在这么短的时间实现如此巨大的经济和社会进步，也还没有哪个国家能重复这样伟大的成功，这让全球对中国发展更加充满信心。”

国际友人眼中的中国高水平对外开放：从新机遇里看到大国智慧

“必须坚持对外开放基本国策，坚持以开放促改革，依托我国超大规模市场优势，在扩大国际合作中提升开放能力，建设更高水平开放型经济新体制。”

中国共产党第二十届中央委员会第三次全体会议，于2024年7月15日至18日在北京举行。开放是推动改革的动力。中国高水平对外开放，给世界带来信心与机遇。

多名外企高管及外籍专家学者、商会代表告诉南都、N视频记者，全会为国际社会观察新时代中国推动高质量发展和高水平对外开放提供了重要窗口，期待中国为世界贡献更多智慧与经验。

“看好中国市场规模、韧性和活力”

扩大高水平对外开放，更大力度吸引和利用外资是其中的重要内容。2024年上半年，我国吸引外资规模近5000亿元人民币，仍处于近十年来的高位。

最近几年，美国工业巨头霍尼韦尔在中国每年都有新投资、新举措。霍尼韦尔中国总裁余锋告诉南都记者，全会的召开举世瞩目，是世界观察中国推动高质量发展和高水平开放的重要窗口。中国持续高水平的对外开放和优化的营商环境，为包括霍尼韦尔在内的外资企业在华的持续成长注入了新的动力，中

本文首发于南都新媒体专栏《“新蓝图 新担当——国际社会聚焦新时代中国改革开放”系列报道》，2024年7月29日。

国市场的规模、韧性和创新活力等优势，为跨国企业在华发展提供了坚实的市场依托。

2024年4月，第十届中国广州国际投资年会发布了“投资广州十大项目”，德国知名汽车零部件生产商采埃孚集团华南研发中心和电子工厂项目入选。采埃孚集团董事、亚太区负责人斯蒂芬·冯·舒克曼（Stephan von Schuckmann）曾向南都记者介绍，采埃孚正加速在粤港澳大湾区的布局。依托粤港澳大湾区的优质人才资源及强大的技术实力，未来，采埃孚将进一步增强自身优势，满足市场对其各项先进技术不断增长的需求。

中国法国工商会常务副会长、执行委员会成员柏纪言（Fabien PACORY）对南都记者说：“在过去的两年时间里，我们注意到，越来越多的法国公司主动积极探索在中国的合作机会，广交会是一个尤为显著的平台。”柏纪言认为，这一趋势反映出法国企业对中国市场活力和互惠伙伴关系日益增高的兴趣和认可度。

□ 斯蒂芬·冯·舒克曼

□ 柏纪言

“营商环境和政策日益优化”

制度型开放是高水平对外开放的必然要求。

美国生物制药企业辉瑞全球生物制药商业集团扎根中国30余年，该集团中国区总裁彭振科（Jean-Christophe Pointeau）在接受南都记者采访时直言，正是中国的高水平对外开放、日益优化的营商环境和政策，给中国经济带来巨大潜力和韧性，吸引着辉瑞长期扎根这片土地。

稳步扩大制度型开放，进一步扩大市场准入，缩减外商投资准入负面清单，形成更加市场化、法治化、国际化的营商环境，必将为世界各国提供更广阔的市场空间，带来更多合作共赢的机遇。

2013年，中国（上海）自由贸易试验区设立，我国第一份外资准入负面清单发布实施，2015年向其他自贸试验区推广，2016年在全国推行。韩国韩中城市友好协会会长权起植从中看到了开拓精神：“自贸试验区创造了中国改革开放进程中的众多‘第一’，节省时间和成本，这对外国投资者来说是一个有吸引力的选择。”

□ 彭振科

过境免签政策，在服务国家高水平对外开放、便利中外人员往来、促进对外交流合作方面也发挥了重要作用。截至2024年7月，北京，天津，上海，广东广州、深圳、揭阳等地的37个口岸已实施144小时过境免签政策。香港大学

□ 权起植

□ 理查德·佩蒂

当代中国与世界研究中心非常驻高级研究员、澳籍教授理查德·佩蒂（Richard Petty）在中国工作和生活了近30年，在他看来，这是中国扩大开放的又一积极信号。

“国际合作分享中国经验”

开放带来进步，合作才能共赢。

谈及国际合作，巴基斯坦人类命运共同体研究中心主任哈立德·泰穆尔·阿克拉姆（Khalid Taimur Akram）告诉南都记者，共建“一带一路”等广受欢迎的国际公共产品和国际合作平台，为世界和平与发展提供了坚实保障。

2023年是“一带一路”倡议提出十周年。10年来，这一倡议不仅给相关国家带来实实在在的利益，也为推进经济全球化健康发展、破解全球发展难题和完善全球治理体系作出积极贡献，开辟了人类共同实现现代化的新路径，推动构建人类命运共同体落地生根。

□ 哈立德·泰穆尔·阿克拉姆

□ 牛望道

时任阿根廷驻华大使牛望道（Gustavo Sabino Vaca Narvaja）曾向南都记者表示，中国提出并实施的现代化，不是为了让富国更富、穷国更穷，而是为了促进世界各国人民的共同繁荣。

权起植也认为，当部分西方国家只考虑自身利益之时，中国秉持人类命运共同体理念开展国际合作，通过共建“一带一路”，使最不发达国家逐步实现前所未有的发展。

与此同时，作为新兴市场国家和发展中大国的重要合作平台，金砖国家合作机制已经成为足以促进世界经济增长、优化国际格局的建设性力量。南非金砖事务特使阿尼尔·苏克拉尔（Anil Sooklal）曾告诉南都记者，对于广大发展中国家来说，中国提出的“金砖+”开启了一个包容性进程，更多发展中国家参与合作。

“中方提出的构建中非命运共同体，充分体现了大国胸怀与担当——不仅关心中国人民的福祉，更志在将中国发展经验同世界分享，帮助更多发展中国家摆脱贫困、共享繁荣。”苏克拉尔说道。

国际社会点赞中国引领全球治理体系改革：多项倡议影响深远

“落实全球发展倡议、全球安全倡议、全球文明倡议，倡导平等有序的世界多极化、普惠包容的经济全球化，深化外事工作机制改革，参与引领全球治理体系改革和建设。”

中国积极参与全球治理体系改革和建设，践行共商共建共享的全球治理观，坚持真正的多边主义，推进国际关系民主化，推动全球治理朝着更加公正合理的方向发展。

中共二十届三中全会牵动世界目光。多名外籍专家学者向南都、N视频记者分享了他们对中国方案有力引领全球治理和国际秩序变革方向的见解。在他们看来，中国将继续发挥负责任大国作用，积极参与全球治理体系改革和建设，不断贡献中国智慧和力量。

“践行全球安全倡议有助于维护和平”

中国高举和平、发展、合作、共赢旗帜，在坚定维护世界和平与发展中谋求自身发展，又以自身发展更好维护世界和平与发展。

2024年7月23日，一则重磅新闻令世界瞩目。

应中方邀请，巴勒斯坦14个派别高级别代表于7月21日至23日在北京举行和解对话，各派共同签署《关于结束分裂加强巴勒斯坦民族团结的北京宣言》，为饱受苦难的巴勒斯坦人民带来了宝贵希望。

本文首发于南都新媒体专栏《“新蓝图 新担当——国际社会聚焦新时代中国改革开放”系列报道》，2024年8月1日。

□ 胡萨姆·达贾尼

巴勒斯坦政治分析人士胡萨姆·达贾尼（Hussam al-Dajani）向南都记者高度赞扬了中国为弥合各派之间的分歧所作出的重要贡献。他表示，《北京宣言》是结束巴勒斯坦内部分裂的关键一步，彰显中国为解决国际和地区热点问题发挥的重要作用。他认为，践行中国提出的全球安全倡议，有助于进一步解决分歧和争端，维护国际和平安全。

近年来，国际社会越来越关注作为“和平缔造者”的中国角色。2023年3月10日，在中国斡旋下，断交7年的沙特和伊朗在北京握手言和，为动荡不安的世界传递了明确的积极信号。

延世大学名誉教授、韩国世宗研究所前理事长、韩国前总统统一外交安保特别助理文正仁就曾告诉南都记者，近年来，中国为世界和平发展所做的努力有目共睹。中国始终强调尊重各国主权完整，倡导和平外交，这不仅体现在促成沙伊复交，更包括对乌克兰危机等地缘冲突和集团对抗“劝和促谈”。

“中国身体力行作出表率，为维护和实现全球安全注入信心和动力。”南非外交部副总司长、南非金砖国家事务协调人阿尼尔·苏克拉尔（Anil Sooklal）也曾向南都记者指出，中方提出的全球安全倡议，对改变当前国际社会环境至关重要。

□ 文正仁

“中方为全球治理注入新的活力”

国际形势越是复杂严峻，就越需要各国坚持真正的多边主义，全球发展离不开国际合作。中国高举多边主义旗帜，以开放包容、合作共赢理念汇聚全球发展合力，展现大国担当。

2024年7月28日，马来西亚总理安瓦尔在社交媒体上宣布，马来西亚已致函金砖国家轮值主席国俄罗斯，申请加入金砖国家合作机制，金砖国家的“朋友圈”又一次扩大。

巴西圣保罗州立大学经济与国际研究所主任马科斯·皮雷斯（Marcos Pires）曾向南都记者表示，气候变化、难民危机等当前国际秩序中的重大问题，不可能单凭一个国家集团就能解决。金砖国家合作机制“扩容”应循序渐进，逐步扩大。相信未来中国在推动金砖国家发展方面将继续发挥重要作用，为全球治理注入新的活力。

南非比勒陀利亚大学戈登商业科学研究所高级管理人员法尔哈娜·帕鲁克

□ 马科斯・皮雷斯

□ 法尔哈娜・帕鲁克

□ 安达鲁・艾凯克尔・比尔哈努

（Farhana Paruk）在接受南都记者采访时也指出，经济发展和消除贫困，是发展中国家和新兴经济体的共同议题，中国提出的全球发展倡议，倡导本着开放包容的精神开展务实合作，与许多发展中国家的发展目标一致。

德不孤，必有邻。目前，已有100多个国家和国际组织支持全球发展倡议，超过80个国家加入“全球发展倡议之友小组”，近30个国家和国际机构同中方签署合作谅解备忘录，推动全球发展倡议与相关国家和地区重大发展战略深度对接。

埃塞俄比亚外交部第一秘书安达鲁·艾凯克尔·比尔哈努（Endalew Ayikelkel Birhanu）告诉南都记者，中国专注于发展建设，从不干涉非洲国家的内政，不在投融资合作中附加政治条件。中国提出的全球发展倡议，有助于推动发展中国家减少贫困、刺激投资、创造就业、促进区域互联互通和经济转型，对“全球南方”国家影响深远。

“全球文明倡议体现了中国承诺”

在各国前途命运紧密相连的今天，不同文明包容共存、交流互鉴，在推动人类社会现代化进程、繁荣世界文明百花园中具有不可替代的作用。

2024年是中国—阿拉伯国家合作论坛成立20周年，论坛第十届部长级会议通过了《中国—阿拉伯国家合作论坛第十届部长级会议北京宣言》。双方强调应加强文明对话，维护世界文明多样性，根据2023年12月签署的中阿关于践行全球文明倡议的联合声明，推动在论坛框架内设立“全球文明倡议中国—阿拉伯中心”。

2024年也是中法建交60周年暨中法文化旅游年，中国与法国的文化交流也由此按下“加速键”。

法中友协联合会主席阿兰·拉巴特（Alain LABAT）此前向南都记者谈到，法中两国是“特殊的朋友”，特殊在“独立自主”和“责任担当”。作为广州市荣誉市民，拉巴特多年来见证着法国里昂与友城广州的交流合作。他认为，在国际形势复杂多变的当下，比以往任何时候都更有必要鼓励两座城市的年轻人进行交流，特别是在互相学习法语和中文的基础上。

正如菲律宾“亚洲世纪”战略研究所副所长安娜·马林博格-乌伊（Anna Malindog-Uy）对南都记者所说，中方提出的全球文明倡议对世界影响重大，展现了中国在倡导尊重世界文明多样性、弘扬全人类共同价值、维护世界和平和稳定等方面的承诺。

□ 阿兰·拉巴特

国际奥委会北京冬奥会协调委员会主席小萨马兰奇：北京冬奥会筹办尽显完美

“在全球性疫情的大背景下，举办2022年冬季奥运会无疑充满挑战。但截至目前，北京冬奥会的筹办尽显完美。”北京冬奥会、冬残奥会开幕进入倒计时之际，国际奥委会北京2022年冬奥会协调委员会主席小萨马兰奇（Juan Antonio Samaranch Jr.）接受了南方都市报、N视频专访，高度评价北京冬奥会的筹备工作。

小萨马兰奇是已故的国际奥委会前主席胡安·安东尼奥·萨马兰奇（Juan Antonio Samaranch）的儿子。提到萨马兰奇，很多中国人都不陌生，这位西班牙老人在担任国际奥委会主席期间，不仅全力支持北京申办2008年夏季奥运会，也为中国融入世界奥林匹克大家庭作出了巨大贡献。

小萨马兰奇1996年踏足国际体育界，2001年进入国际奥委会。他同时是萨马兰奇体育发展基金会创始人，长期致力于推动中国与西班牙的体育合作交流。展望北京冬奥会，小萨马兰奇告诉南都、N视频记者，“我相信这将是一场非凡的全球冬季运动盛会”。

“北京冬奥会的筹办尽显完美”

2015年7月，北京携手张家口获得2022年冬奥会和冬残奥会举办权。继2008年北京成功举办一届夏奥会后，北京冬奥会将使北京成为全球首座既举办过夏奥会又将举办冬奥会的“双奥之城”。

本文首发于南都新媒体专栏《世界期待中国·北京冬奥倒计时访谈》，2022年1月10日。

□ 小萨马兰奇

对此，小萨马兰奇曾公开表示，北京成为“双奥之城”当之无愧。“北京成为‘双奥之城’是经过了时间的验证的，也是中国在奥林匹克领域实力和重要性的象征。中国担负起了自己的责任，助力奥林匹克运动会的普及，在中国和国际上都传播了奥林匹克精神。”

年过花甲的小萨马兰奇访问北京超过50次。近年来，作为国际奥委会北京2022年冬奥会协调委员会主席的他，一路见证了北京冬奥会的筹备工作。在日前接受南方都市报、N视频专访时，小萨马兰奇表示，多次访华已感受到中国人民对冰雪运动不断高涨的热情，中国已经实现“带动三亿人参与冰雪运动”的目标。

他毫不吝啬地点赞冬奥会的筹备工作，称北京冬奥组委的“执行力出色且优秀，工作细致入微”。他说：“在全球性疫情的大背景下，举办2022年冬季奥运会无疑充满挑战。但截至目前，北京冬奥会的筹办尽显完美。我相信这将是一场非凡的全球冬季运动盛会。”

在被问及此次筹备工作中令他印象深刻的举措时，小萨马兰奇举例指出，北京冬奥会充分利用了2008年的奥运遗产，不少比赛场馆都是由2008年奥运场馆改造而成；北京冬奥组委入驻首钢工业主题园区，综合利用、改造废旧厂房，建设绿色高标准的冬奥组委首钢办公区；北京冬奥会所有场馆将实现100％绿色电力供应……

“北京冬奥会处处细节都彰显着，这是一场可持续发展的体育盛会，这与奥林匹克精神相匹配，也树立了奥林匹克运动推动城市可持续发展的典范。”小萨马兰奇说。

“这场盛会让人类团结起来”

2021年12月，国际奥委会每季度一期的官方杂志《奥林匹克评论》专门出版中文特刊，封面故事聚焦即将开幕的北京冬奥会。

文章表示，北京冬季奥运会将会众星云集，届时有代表90多个国家和地区奥委会的约2900名运动员齐聚一堂，参加七个大项15个分项的比赛。

文章称：“北京冬奥会也将成为有史以来性别最均衡的一届冬奥会，不仅女运动员的人数多于往届——占总参赛人数的比例从2018年的41％增长到45.4％，女子小项也创纪录地增加到46个。”

就在奥运火炬将再次燃起之际，西方少数政客发出“外交抵制”杂音。对此，小萨马兰奇在2021年末的一场记者会上表示，北京冬奥会是一场不论种族、宗教、政治制度，让人类在没有歧视的环境中公平竞争的盛会。“这是人类一次共同庆祝的活动，我们应该尊重它，捍卫它。”

在接受南都、N视频记者专访时，小萨马兰奇再次强调，坚决反对将奥运会和体育政治化，坚决维护和促进奥林匹克运动的独立性及政治中立性。他认为，疫情之下，各国人民更需要团结合作，“世界上已有太多纷争，北京冬奥会不仅是一场体育盛会，也是一种难得的让人类团结起来的方式，这是各国都应积极参与完成的事情”。

他最后表示，坚信2022年北京冬奥会能让成千上万的年轻人感受到奥林匹

□ 国际奥委会前主席胡安·安东尼奥·萨马兰奇

克精神，“这场体育盛事，也将为中国和世界留下宝贵的冬季运动遗产”。

“父亲曾说奥林匹克需要中国”

年过花甲的小萨马兰奇来自西班牙，他的父亲是国际奥委会前主席胡安·安东尼奥·萨马兰奇。提到萨马兰奇，这位西班牙老人在担任国际奥委会主席期间，不仅全力支持北京申办2008年夏季奥运会，也为中国融入世界奥林匹克大家庭做出了巨大贡献。

1979年，中国重返奥林匹克大家庭，萨马兰奇为此四处奔走；1984年，许海峰在洛杉矶为中国摘得首枚奥运会金牌，萨马兰奇亲自为他颁奖；2001年7月13日，萨马兰奇在2008年奥运会承办城市的宣布仪式上，向全世界喊出了“北京”，无数中国人因此激动难眠、彻夜狂欢。

萨马兰奇曾说，在他一生获得的无数荣誉称号里，他最喜爱和珍视的就是

“中国人民的好朋友”。2008年8月2日，国家体育总局向萨马兰奇授予中国奥委会最高荣誉奖章。2018年12月18日，已故的萨马兰奇获颁“中国改革友谊奖章”。

20世纪70年代末，大力推广奥林匹克运动的萨马兰奇一心支持中国参与其中。这种当时看来可能有些“超前”的眼光并不被所有人理解，但小萨马兰奇坚定地认为，父亲对中国的热爱与支持绝非出于偶然：“我父亲经常告诉我，奥林匹克想成为全世界的运动，没有中国的参与绝对不可能实现。他在成为国际奥委会主席之前很长时间就已经意识到了这一点。不仅是中国需要奥林匹克，奥林匹克更需要中国。”

2010年，萨马兰奇逝世。小萨马兰奇继承父亲的遗志，继续为中西友好作出贡献。他与中方一同建立了萨马兰奇体育发展基金会，发扬奥林匹克精神，推动中国体育事业发展。后来，他又担任了国际奥委会北京2022年冬奥会协调委员会主席。

小萨马兰奇曾感叹：“我们家三代的人生都和中国紧紧相连。尽管有语言障碍，但多年以来，我们家族仍和我所热爱的中国人民一起，创造了很多值得珍视的共同成就。未来我们将继续为中西友谊、为中国体育事业发展作出贡献，这是我们家族的巨大荣誉。”

欧洲奥委会主席斯皮罗斯·卡普拉洛斯：
北京冬奥会是奥运会的历史性时刻

全球瞩目北京2022年冬奥会。“这个节点也是整个奥运会的历史性时刻”，2022年1月欧洲奥委会主席斯皮罗斯·卡普拉洛斯（Spyros Capralos）接受南都、N视频专访时表示，作为全球首个“双奥之城”，北京曾在2008年的夏天给世界留下深刻印象，2022年的冬天，他期待同样的精彩。

卡普拉洛斯向南都、N视频记者表示，这是自新冠疫情暴发以来的第一届冬奥会，十分特殊，“欧洲奥委会相信北京将为所有人员提供一个安全有保障的环境”，很多欧洲国家的奥委会特别制定计划确保运动员的训练和备战不受疫情影响，能以最好的状态迎接北京冬奥，“我们的运动健儿们将是北京2022年冬奥会故事的一部分”。

卡普拉洛斯年轻时是希腊一名水球运动员，参加过1980年莫斯科奥运会及1984年洛杉矶奥运会，并参与希腊国家队备战1996年亚特兰大奥运会的工作。2004年雅典奥运会时，他曾是组织委员会成员，从2009年开始担任希腊奥委会主席。2021年，卡普拉洛斯在欧洲奥委会第九任主席的竞选中获胜。

谈及对本届冬奥会的期望，卡普拉洛斯认为，在世界各国普遍面临危机挑战的今天，北京冬奥会的成功举办将给运动员乃至全世界以希望，“我们坚决反对将奥运会或运动本身政治化”，“（中国举办冬奥会的）热情与能量应该得到全世界的支持”。在关注冬奥会筹备的过程中，他为中国建设冰雪项目基础设施的效率而惊叹，也期待中欧在这一领域达成更多长远合作。

◆ ◆ ◆

本文首发于南都新媒体专栏《世界期待中国·北京冬奥倒计时访谈》，2022年1月14日。

□ 斯皮罗斯·卡普拉洛斯

谈北京筹备：首个“双奥之城”定会再现精彩盛会

南都：在你看来，即将开幕的北京冬奥会有什么特别之处？你有哪些期望？

斯皮罗斯·卡普拉洛斯：我们对即将到来的北京2022年冬奥会感到非常激动，因为这是新冠疫情暴发以来的第一次冬奥会。2020年东京夏季奥运会展现了奥林匹克运动克服重重障碍的决心，北京冬奥会亦秉持同样的坚定信念——本届冬奥会将如2008年夏季奥运会一般精彩，我对此深信不疑。

从我们自身目前掌握的信息及国际奥委会主席巴赫、北京冬奥会协调委员会主席小萨马兰奇方面提供的信息看来，欧洲奥委会相信，北京将为所有人员提供一个安全有保障的环境，成功举办本届冬奥会。

眼前的新冠疫情让世界各国都面临许多困难，但是，奥运会通过让全球最优秀的运动员同台竞技，将人们团结凝聚在一起。奥林匹克运动给运动健儿们以希望，更给世界以希望。

南都：你怎么看北京将成为世界上首个“双奥之城”？

斯皮罗斯·卡普拉洛斯：北京成为“双奥之城”本身即是一项奥运世界纪录。这座城市继2008年的精彩夏天后，又将举办2022年冬季奥运会和冬残奥会，处于一个十分特殊的位置，这个节点也是整个奥运会的历史性时刻。毫无疑问，中国是奥林匹克大家庭的关键成员，通过举办这些盛会，中国对奥林匹克精神的认同与承诺已展现得淋漓尽致。

南都：北京冬奥会和冬残奥会主题口号是“一起向未来”。你怎么看待这句话？

斯皮罗斯·卡普拉洛斯：北京冬奥会和冬残奥会主题口号“一起向未来”，与奥林匹克格言“更快、更高、更强——更团结”一脉相承。我觉得，这个口号紧紧围绕奥林匹克运动的核心价值观和愿景，更表达出14亿中国人互相协作互相支持、走向一个更好的未来的热烈期盼。

谈参赛准备：欧洲各国定制计划支持运动员备战

南都：欧洲奥委会为运动健儿参加北京冬奥会做了哪些准备工作？你对运动健儿们的表现有何期待？

斯皮罗斯·卡普拉洛斯：在全球性疫情的大背景下，很多欧洲国家的奥委会特别制定各自的计划，覆盖运动员的备战和抵达北京之后的参赛全程。欧洲奥委会向各国奥委会提供了额外的经济支持，以将这些计划落到实处。

至于希腊，由于地理位置和气候等因素，我们在冬季的运动项目上一直都不算发达，这次也基本不足以与冰雪运动历史悠久的国家竞争奥运奖牌。不过，我们的冰雪运动行业近年来不断成长，如今有了很多相关设施和度假村，这种进步从运动员的数量增长上也可见一斑。我们希腊奥委会尽全力为运动员们提供支持，比如自身的专项资金和外部的赞助。

我们的运动健儿们也将是北京2022年冬奥会故事的一部分，他们志在以最好的状态迎接挑战。

谈体育合作：中国冰雪运动建设中也有欧洲面孔

南都：你怎么看个别政客和媒体的言论？

斯皮罗斯·卡普拉洛斯：我相信，体育的力量在于以尊重弥合差异，让各国聚焦于共通的价值观念。

我们坚决反对将奥运会或运动本身政治化。我们的运动员在辛苦备战，他们不应被影响乃至波及。我们相信这个2月，北京将再次成功举办一届伟大的奥运会。

南都：你曾是2004年雅典奥组委的一员，2009年起历任希腊奥委会和欧洲奥委会主席。对于本次北京冬奥会的筹备，相信你也一直密切关注，在这期间是否有过印象深刻之处？

斯皮罗斯·卡普拉洛斯：对于我个人而言，这个国家各领域的人们团结一致、全力以赴，只为促成最好的效果，他们怀揣着举办一届最完美的奥运会的决心和动力，这让我触动很深。同时，我们也看到，中国为冰雪项目建设的基础设施令人惊叹，在冬奥会之后，也定会有力推动这一领域的长远发展。在这个过程中，来自欧洲的教练和企业也在出一份力，这无疑是一件好事。

我们非常感谢中国人民的能量和意志，十分期待这次冬奥会带来怎样的体验。我认为，这种热情与能量应该得到全世界的支持。从新冠疫情以及气候灾难这些近年来影响全球的事件中，我们已经明白一个道理：只有“一起”，才有“未来”。

澳大利亚冬奥代表团团长杰夫·利普舒特：选手都十分期待在北京实现梦想

“澳大利亚的选手十分期待在这场即将到来的冰雪盛会上，用出色的表现实现梦想。”北京2022年冬奥会开幕之际，澳大利亚冬奥代表团团长杰夫·利普舒特（Geoff Lipshut）接受了南都、N视频专访，他高度评价北京冬奥会的筹备工作，并表达了期待。

杰夫·利普舒特曾是自由式滑雪教练员。自1994年利勒哈默尔冬奥会以来，他已经以教练员或官员身份随澳大利亚代表团参加过七届冬奥会。2020年5月，他被正式任命为澳大利亚冬奥代表团团长，本届北京冬奥会将是他首次以团长身份带队出征。

针对此前一些政客和媒体的言论，杰夫·利普舒特向南都、N视频表示：“政客们的决定不会影响体育，澳大利亚冬奥代表团的态度非常明确，我们不会理会将冬奥会政治化的声音，而是100％专注于比赛本身。”

◆ ◆ ◆

谈冬奥缘分：首次以团长身份带队出征

南都：能否谈谈你与冬奥会的缘分？

杰夫·利普舒特：我来自澳大利亚边陲的一个滑雪胜地，20世纪80年代末，我幸运地在家乡的俱乐部里遇到了一位非常优秀的滑雪运动员。于是我

本文首发于南都新媒体专栏《世界期待中国·北京冬奥倒计时访谈》，2022年1月12日。

□ 杰夫·利普舒特

开始摸索着指导她，以教练的身份陪着她一起参加比赛，帮助她一步一步向上攀登，并最终在世界大赛中夺魁。

经历了一系列的赛事之后，我逐渐意识到，要想帮助更多的运动员，我们需要更加精进的技术知识。于是我转变身份，成为一名团队经理，并着手运行一些运动项目。后来，我加入澳大利亚奥委会，先后担任冬奥会代表团首席执行官和副团长等职位，主要负责与技术主管团队合作，统筹管理运动员的训练日常，以科学的方式指导他们在赛场上发挥出更好状态。

在即将到来的北京冬奥会中，我将首次以代表团团长的身份带领我们的团队出征。与以往不同的是，这一新角色意味着我要对代表团的方方面面负责，并与北京冬奥组委联络沟通，保证整个团队平安、顺利地抵达北京并完成比赛。

南都：你曾参加过七届冬奥会。在你眼中，奥运会有何独特魅力？

杰夫·利普舒特：我一直相信，奥林匹克的核心是人。它让来自不同地域、不同文化、不同背景的人们聚集在一起，为了同样的目标拼搏争先。正是因为如此，人们可以在奥运会的赛场上看到体育运动对人类最直接、最纯粹的影响——当某个运动员或团队遭遇失败或发挥失常时，他们会感受到压力；而当他们突破自我取得胜利时，那种无以复加的激动和幸福感又是任何其他经历所不能替代的。无论是哪一种感受或情绪，都将成为一种宝贵的回忆，并不断激励参与其中的人成为更好的自己。

谈北京筹备：充分考虑了运动员的需求

南都：你曾在2019年到访中国，了解北京冬奥会的筹备情况。当时你参观了哪些区域？感受如何？

杰夫·利普舒特： 那一次的中国之行，我参观了所有赛区，同时看到了围绕冬奥会开展的多项建设工程，我认为整个筹备工作都开展得非常好。

让我感受最深的是，那里所有的场馆都是世界一流的。一批已在2008年北京夏季奥运会上亮相的场馆将在本届冬奥会中继续发挥作用，而许多新添置的设施则更加令人赞叹。当时我看到有一部分场馆已经竣工，延庆赛区还在建设当中，但已经能够看出高山滑雪和雪车雪橇赛场的雏形，非常美丽且壮观。场地周边设施以及奥运村里的各项配备也都充分考虑了运动员的需求，十分方便。

我们还乘坐直升机，从空中俯瞰了连通北京和张家口的高速铁路。我了解到，通过这趟高铁，运动员穿梭于两个赛区之间的时间缩短到了一个小时左右。以上种种都让我相信，北京冬奥组委和中国人民已经做好准备迎接这场即将到来的冰雪盛会。

南都：为了参加本届冬奥会，你与团队作出了哪些努力？

杰夫·利普舒特： 全球性的疫情让本届冬奥会与以往有很大不同。过去，我们只需要专注于打磨专业技术，但这一次，我们不得不在训练与比赛之余分出一定的精力来应对新冠疫情的挑战。上个赛季，我们的选手在没有疫苗防护的情况下依然在世界各地参赛，获得积分，以争取冬奥会的参赛资格。虽然过程困难重重，但大家都在为站上巅峰赛场而努力。

谈参赛期待：在北京的收获有可能超过预期

南都：你怎么看个别政客和媒体此前的言论？

杰夫·利普舒特：政客们的决定不会影响体育，澳大利亚冬奥代表团的态度非常明确，我们不会理会将冬奥会政治化的言论，而是100%专注于比赛本身。我相信我们的运动员不会受影响。

对于运动员来说，奥运会无疑是他们运动生涯所要追求的巅峰，他们可能为之准备了10年、15年甚至20年，其中的付出可想而知，更何况许多运动员在整个职业生涯中只有一次参加奥运会的机会。澳大利亚的选手们十分期待在北京冬奥会的舞台上，用出色的表现来实现自己的运动梦想。

南都：北京冬奥会和冬残奥会主题口号是“一起向未来”。你如何评价？

杰夫·利普舒特：我认为这是一个非常棒的宣言。事实上，受到新冠疫情的影响，许多国际交流往来在过去两年被迫按下暂停键，从某些方面来看，人心之间的距离似乎也正随之变得疏远。而“一起向未来”的口号则在告诉世界：我们正通过体育赛事重新凝聚在一起。

我认为这句话对年轻人尤为重要，因为这个世界的未来掌握在年轻一代的手中，他们需要在相互了解和理解的基础上携手前行。

南都：对于北京冬奥会，你有怎样的期待？

杰夫·利普舒特：在历届冬奥会中，澳大利亚一共获得过15枚奖牌，其中金、银、铜牌各5枚。雪上项目，例如单板滑雪和自由式滑雪一直以来都是我们的强项。

此次我们将以一支小而精的队伍出战北京冬奥会，因此保守估计，一至三枚奖牌将是我们的基本目标。当然，我们还有一些在世界杯上获得冠军的新人，也有冲击奖牌的希望，这意味着我们在北京的收获有可能超过预期。

瑞典“一带一路”研究所副所长侯赛因·阿斯卡里：

“一带一路”倡议增进了全球福祉

2023年10月11日，外交部发言人华春莹宣布，第三届“一带一路”国际合作高峰论坛将于同月17日至18日在北京举行，主题为“高质量共建‘一带一路’，携手实现共同发展繁荣”。10年来，共建“一带一路”取得显著成效，开辟了世界经济增长的新空间，搭建了国际贸易和投资的新平台，提升了有关国家的发展能力和民生福祉，为完善全球治理体系拓展了新实践，为变乱交织的世界带来更多确定性和稳定性。

瑞典“一带一路”研究所副所长、广东国际战略研究院特聘研究员侯赛因·阿斯卡里（Hussein Askary）接受南都、N视频记者专访时表示，“一带一路”倡议超越了政治、社会、文化和意识形态的差异，强调共同发展，可以视作全球治理体系改革完善的重要分水岭。

针对一些西方媒体污蔑“一带一路”倡议让共建国家陷入“债务陷阱”的炒作，侯赛因·阿斯卡里基于长期调查研究的论证结果指出，真正制造了“债务陷阱”的是西方金融机构利率高昂的“有毒”债务，中国提供的贷款切实帮助了共建国家发展经济，形成良性循环。他同时强调，所谓对华“脱钩”“去风险”等言论，有损人民福祉，是不可能实现的。

◆ ◆ ◆

本文首发于南都新媒体专栏《大道致远·“一带一路”倡议10周年全球访谈录》，2023年10月11日。

□ 侯赛因·阿斯卡里

“这项倡议助力推动全球经济长期发展”

南都：你如何评价“一带一路”倡议？

侯赛因·阿斯卡里：此前很长一段时间里，世界都被地缘政治和零和游戏所主导。但“赢者通吃”的结果是各方都会受到伤害，也造成了现在麻烦不断的国际局势。

“一带一路”倡议的提出，则提供了一种在全球范围内长时间缺失的双边合作模式，超越了政治、社会、文化和意识形态的差异，强调共同发展，可以视作全球治理体系改革完善的重要分水岭。

通过“一带一路”倡议，中国以实际行动向世界展示了互利共赢的合作理念，以及促进全球和平与经济繁荣的合作机制，为全球经济的长期发展和增进人民福祉，提供了一个很好的模式。

南都：在你看来，“一带一路”倡议为什么能在世界各国引起广泛共鸣？

侯赛因·阿斯卡里：近几十年来，中国所取得的发展巨大成就是人类历史上前所未有的，中国的发展经验向许多国家，尤其是发展中国家，证明了通过发展和建设消除贫困、提振经济的可能性。同时，中国日益提升的国际影响力也告诉全世界，没有经济发展，就没有和平与安全，更没有文化交流。

尽管某些西方国家攻击抹黑“一带一路”倡议，但挡不住越来越多国家正在加入其中的事实。据我所知，目前已有150多个国家、30多个国际组织签署了200多份共建“一带一路”合作文件，这逐渐成为世界的主流。事实也已证明，“一带一路”倡议能够以高质量的项目提高共建国家人民的生活水平。

南都：2018年瑞典“一带一路”研究所成立，其初衷是什么？主要做了哪些工作？

侯赛因·阿斯卡里：我在国际智库席勒研究所工作了近30年，长期致力于研究欧亚非三大洲在基础设置、电力、能源等方面的互联互通，以及相关项目对全球经济的影响，其中包括了对“一带一路”倡议的分析研究。

一次在瑞典首都斯德哥尔摩举行的，聚集了企业、商会人士的“一带一路”倡议研讨会上，我的发言引起了许多与会者的兴趣，他们向我表示，从未在瑞典的媒体报道和智库报告中听到过有关“一带一路”倡议的讨论。

于是我们很快与一些企业家和其他感兴趣的人士，共同建立了瑞典“一带一路”研究所，在网站、社交媒体上探讨“一带一路”倡议给瑞典、欧洲

□ 作为“一带一路”倡议的典范项目，希腊比雷埃夫斯港年货物吞吐量增至500万标箱以上，跃升为欧洲第四大集装箱港口、地中海领先集装箱大港。新华社发

带来的机遇，也在这一过程中让大家慢慢意识到，许多针对“一带一路”倡议的负面消息都是失实的。

“与中国‘脱钩’是不可能实现的”

南都：你如何看待某些西方媒体污蔑“一带一路”倡议让共建国家陷入“债务陷阱”？

侯赛因·阿斯卡里：我们针对有关说法进行过不少研究。在对被西方媒体引为例证的多个国家的案例分析过程中，我们发现，早在“一带一路”倡议提出之前，这些国家已身处“债务陷阱”。

事实情况是，这些国家由于战争、恐怖主义、流行病等因素陷入经济危机，从而向西方的金融机构大量借贷。但这些债券往往都是短期的，且利率高昂，只能用于解决一些财政或贸易赤字，并没有真正用于经济发展。

与之形成鲜明对比的是，中国的贷款专门用于改善基础设施等，并且在债务减免方面给世界作出了榜样。这意味着借贷国可以用这笔钱去发展经济，以此能在未来偿还债务，形成良性循环。

所以可以说，真正制造了“债务陷阱”的是西方国家，西方金融机构的债务是“有毒”的，因为它只是在积累债务，使借贷国需要不断借钱来偿还新的债务。

南都：对于有西方国家以“去风险”之名行对华“脱钩”之实，继续试图遏制中国发展，你如何评价？

侯赛因·阿斯卡里：在我看来，这只是一场地缘政治游戏。2023年1月，我们与广东国际战略研究院的学生共同撰写了一篇论文，论证了西方与中国“脱钩”是不可能实现的，最终只会造成“通输”的局面。

纵观如今支撑人类科技进步和制造业发展的尖端产业，研发、生产环节都遍布全球，没有一个国家能够完全掌控。所以，所谓对华“脱钩”“去风险”等言论，只是欧盟和美国一些政客的说辞而已，要么就是他们根本不了解经济运行的逻辑，也不关心人民福祉。

事实上，如今欧洲和美国的经济社会运行情况已不乐观，很多老化的基础设施得不到更新，科学和文化机构也面临困境。所以我们可以看到，德国、瑞典等欧洲国家的许多龙头企业，都在加强与中国的合作，扩大在华投资。现在中国的经济、金融环境要比欧洲和美国好得多。

“中国是瑞典的重要贸易伙伴”

南都：你如何评价中国倡议的全球贡献？

侯赛因·阿斯卡里：继2013年提出构建人类命运共同体和共建“一带一路”以来，中国近年来相继在国际局势变化的关键期，适时提出全球发展倡议、全球安全倡议和全球文明倡议。这让世界看到，中方正努力从经济、安全、文化等各个方面，弥合目前世界各国、各地区之间的鸿沟。

一个很好的例子是，沙特和伊朗两国在中国的推动和支持下握手言和，恢复中断了7年的外交关系。这不仅仅是一份文件的签署，更意味着沙伊两国将化敌为友，携手平息地方冲突。

形单影只的人类是非常脆弱的，只有所有国家站在一起，共同应对全球性挑战，才能渡过难关。如今，如何消除贫困、缩小国家之间的经济差距、实现可持续发展等，仍是全球共同面临的问题。中国提出的一系列理念、倡议则提供了重要的解决思路。

南都：对于第三届“一带一路”国际合作高峰论坛，你主要关注哪些方面？

侯赛因·阿斯卡里：除了过去10年取得的巨大成就之外，我相信人们期望看到的是“一带一路”倡议在未来10年，甚至未来30年的发展潜力和国际影响力。未来人类真正需要的是什么？世界将进入怎样的规则与秩序？这些问题都值得来自各个国家的代表们在本届高峰论坛上深入讨论，我对此充满期待。

南都：你如何看待未来中国与瑞典合作关系的发展？

侯赛因·阿斯卡里：由于部分西方政客的抹黑，不少瑞典人对中国的了解依然不足。因此，作为瑞典“一带一路”研究所的一员，我希望能够在瑞典与中国、欧洲与中国之间架起沟通的桥梁。

值得庆幸的是，欧中之间的人员往来正在恢复。我去了中国参观博物馆、记录人们的生活日常、与不同人见面交流……我认为我们都应该去对方的国家看一看，并将自己国家的文化理念与对方分享，这是非常重要的。

如今，地方冲突、经济危机等正在耗尽瑞典的资源，我们无力投资基础设施、教育和医疗。我想我们的政府是时候想想，在竞争与合作之间，什么是下一步应该优先选择的。

我们相信，未来瑞典定能进一步从“一带一路”倡议中受益。中国是瑞典的重要贸易伙伴，目前有中国公司在瑞典从事基础设施建设。与此同时，受到全球经济持续低迷的影响，许多非常优秀的瑞典高科技公司和建筑公司正遭受冲击，与中国加深合作或许能够成为拯救瑞典经济的良药。

巴基斯坦总理特别助理 扎法尔·乌丁·马哈茂德：大湾区为共建“一带一路”添动力

十年来，“一带一路”倡议合作硕果累累。一大批交通基础设施项目落地生根，为共建国家发展注入强劲动力。一批清洁、高效、质优的绿色能源项目点亮共建国家未来发展之路。

作为共建“一带一路”标志性工程和重要先行先试项目，十年来，中巴经济走廊建设取得丰硕成果，成为中国和巴基斯坦友谊“新标杆”。中巴双方以走廊建设为中心，以瓜达尔港、能源、基础设施建设、产业合作为重点，共同绘就一幅“北连新疆喀什，南抵瓜达尔港，穿越高原峡谷，纵横盆地沙漠”的合作画卷。

2023年10月，即将赴北京参加第三届“一带一路”国际合作高峰论坛的巴基斯坦总理特别助理、中巴经济走廊前特使扎法尔·乌丁·马哈茂德（Zafar Uddin Mahmood），接受了南都、N视频记者的专访。他表示，中巴经济走廊惠及巴基斯坦民众，期待共建“一带一路”合作质量越来越高。曾在广东生活多年的他还提到，粤港澳大湾区为共建“一带一路”注入了新动力。

本文首发于南都新媒体专栏《大道致远·“一带一路”倡议10周年全球访谈录》，2023年10月7日。

□ 扎法尔·乌丁·马哈茂德

“见证中巴经济走廊项目取得可喜进展”

南都：中巴经济走廊于“一带一路”倡议提出同年正式启动。十年来，这条经济走廊为巴基斯坦带来了哪些发展成果？

扎法尔·乌丁·马哈茂德：2014年至2017年，我曾应邀担任中巴经济走廊首任特使，有幸亲眼见证这一项目取得的可喜进展。2015年，两国政府就签署了数十项合作协议，确定了以中巴经济走廊建设为中心，瓜达尔港、能源、基础设施建设、产业合作为四大重点的合作布局。

其中最首要的，是中巴经济走廊解决了巴基斯坦能源短缺这一非常根本的社会问题。在建设这条经济走廊之前，我们国家的大城市几乎每天都要停电10个小时左右。随着能源项目逐步落地，我们得以从电力短缺国变成电力富余国。

共建“一带一路”的成果不仅为巴基斯坦民众共享，亦让世界瞩目。许多国家对中巴经济走廊展现出浓厚的兴趣，我们也因此在很短的时间内，成功吸引了多个国家的投资。

南都：当前，中巴正努力将走廊进一步打造成为高质量共建“一带一路”的示范性工程。你认为，未来两国应如何进一步开展合作？

扎法尔·乌丁·马哈茂德：巴基斯坦专门任命特使来负责经济走廊项目，

这足以体现我们对“一带一路”倡议和走廊建设的重视。2023年7月31日，巴基斯坦政府在首都伊斯兰堡举行了隆重的庆祝活动，欢庆中巴经济走廊启动十周年。十年来，中巴经济走廊建设在共建“一带一路”框架下，始终以人为本，推动改善民生，获得了巴基斯坦民众的普遍认可和支持。

因此我期待，未来进入高质量发展新阶段的中巴经济走廊，继续坚持以人为本，大力发展能给民众生活带来根本性改变的高质量项目。

巴基斯坦是一个以农业为主的国家，我们期待未来巴中两国在走廊框架下的合作，能够进一步推动巴基斯坦提高农业生产力，生产优质农产品。另一方面，我们也将注重通过中巴经济走廊高质量建设，增强巴基斯坦的出口竞争力，通过出口贸易带动国家经济发展。我相信，这将是未来几年巴基斯坦的两大发展重点。

“高峰论坛将让各国获益”

南都：根据你的理解和观察，中巴之间的人才交流培养，在中巴经济走廊高质量发展中起到了怎样的作用？

扎法尔·乌丁·马哈茂德：人才的培养与交流是“一带一路”倡议中非常重要的一部分。共建国家的年轻人来到中国学习新知识、积累新经验，回国后为当地经济发展作出贡献。

我想与大家分享的是，在过去十年间，有超过3万名巴基斯坦学生陆续来到中国高校学习，涉及语言、农业、科技和传媒等多种学科。他们汲取知识、完成学业后回到巴基斯坦，并将在中国之所学应用到巴基斯坦的社会发展中。

除留学生外，亦有许多巴基斯坦商人长期在中国工作生活，其中不少人从事中巴双边贸易。此外，还有不少来自巴基斯坦的技术人才，到粤港澳大湾区等中国对外开放程度最高、经济活力最强的区域从事相关行业。

在巴基斯坦，中巴经济走廊的高质量发展也体现在对人才的培养上。这些项目不仅为巴基斯坦创造了大量就业岗位，还推动中企选拔当地优秀人才，为他们提供优质的教育和培训。我期待巴中两国人才交流在未来不断增强。

南都：你对第三届"一带一路"国际合作高峰论坛有何期待？

扎法尔·乌丁·马哈茂德：我留意到，目前已有130多个国家的代表确认与会，我相信，他们会在论坛上分享各国在过去十年间的合作经验。

每个国家的国情不同，经验亦会有所不同。因此，我认为本届论坛将是一个绝佳机会，让我们可以分享彼此的经验和知识，共商未来发展，推动建设一个共同繁荣的世界。

我亦有幸受邀参加本届论坛。我很期待通过这届论坛在交流中与来自其他国家的代表相互学习，相信定会受益匪浅。我也坚信，共建"一带一路"定会走向一个繁荣和光明的未来，为共建国家的经济发展带来根本性的变化。

南都：你如何评价共建"一带一路"倡议的合作机制？ 你对共建"一带一路"倡议的未来有何展望？

扎法尔·乌丁·马哈茂德：我认为，共建"一带一路"倡议给发展中国家带来了希望。它把基础设施建设项目带到各地，还推动区域经济一体化。巴基斯坦就获益匪浅——"一带一路"倡议给我们的经济发展带来的变化，涵盖了基础设施、能源、出口、就业等方方面面。

未来，我期待共建"一带一路"倡议的合作质量越来越高，为共建国家的民众带来更大利益。

□ 位于巴基斯坦西南部、由中国参与建设的瓜达尔港

“大湾区为倡议走深走实作出巨大贡献”

南都：你曾在广东生活多年，请说说你与广东的故事。

扎法尔·乌丁·马哈茂德：1977年，我进入中山医科大学读书，1982年毕业。在那之后，我在一家跨国银行担任首席代表，在广州一共生活了8年。我的大女儿曾在广州上幼儿园，双胞胎儿子也在广州出生。几乎每天早上我都会到街边的小茶楼喝早茶。

可以说，我一生中最美好的时光是在广州度过的。那时刚好是改革开放初期，新事物不断涌现，我有幸在那个年代来到广东。

那段生活经历让我切身体会到，广东“叹早茶”等饮食文化是将人们聚集在一起、促进民心相通的重要纽带之一，不仅吸引着本地人，许多外国人也热衷于此。我曾看到来自亚洲、非洲等不同国家的学生，经常与中国朋友们聚在一起，围坐在同一张餐桌旁，一边喝茶一边聊天，相互交流，彼此了解。

南都：如今，粤港澳大湾区建设稳步推进。在你看来，粤港澳大湾区在共建“一带一路”倡议中发挥着怎样的作用？

扎法尔·乌丁·马哈茂德：中国随着经济快速发展，对外开放水平越来越高。人们从世界各地来到粤港澳大湾区，以此为窗口进一步了解中国。我们可以看到，粤港澳大湾区将广东、香港、澳门连成了一条“经济航道”，国际竞争力、影响力不断增强，为共建“一带一路”注入了新动力。

2020年，在巴基斯坦第二大城市拉合尔，由广州地铁联合体运营维护的巴基斯坦首条地铁线——拉合尔市轨道交通橙线正式开通运营；2021年，广州与拉合尔正式结为国际友好合作交流城市……一个个项目和合作的落地让我看到，粤港澳大湾区为推动“一带一路”倡议走深走实作出了巨大贡献。

近期，我有幸参加了在珠海举办的博鳌亚洲论坛国际科技与创新论坛第三届大会。我们深知创新在全球科技和经济发展中的重要性。因此我相信，粤港澳大湾区在科技创新发展方面的独特成就，将为共建“一带一路”带来新思路，科创成果将有助于共建国家产业转型升级和经济繁荣发展。

菲律宾学者安娜·马林博格-乌伊：“一带一路”倡议是多国通往和平繁荣的灯塔

在菲律宾首都马尼拉，帕西格河蜿蜒穿城而过，由中国政府援建的比农多—王城大桥横跨其上，连接两岸的历史街区，已成为马尼拉的新地标之一。

在“一带一路”倡议下，十年来中国与共建国家持续推进陆、海、天、网“四位一体”互联互通，一个个重大基础设施项目落地生根、开花结果，托举起当地民众繁荣发展的梦想，也为全球经济注入新的活力。

2023年10月，菲律宾“亚洲世纪”战略研究所副所长安娜·马林博格-乌伊（Anna Malindog-Uy）接受南都、N视频记者专访时表示，近年来，菲中持续深化“一带一路”倡议同菲律宾“多建好建”规划对接，重点推进了许多基建项目和民生工程，对菲律宾的长期发展具有积极影响。她也指出，一些抹黑的言论并非事实，中国长期致力于为发展中国家经济社会发展提供支持，尽己所能帮助他们缓解债务负担。

◆ ◆ ◆

“共建合作结出累累硕果”

南都：“一带一路”倡议为菲律宾的发展带来了哪些影响？

安娜·马林博格-乌伊：近年来，菲律宾从包括中国在内的多个国家和机构

本文首发于南都新媒体专栏《大道致远·“一带一路”倡议10周年全球访谈录》，2023年10月12日。

□ 安娜·马林博格-乌伊

组织寻求各类基础设施项目的合作和投资机会，作为改善国内旧基础设施发展议程的一部分。在共建“一带一路”框架下，菲律宾已经与中国在基础设施建设等领域达成了许多合作和协议。

菲律宾前总统杜特尔特提出的“大建特建”，以及现任总统马科斯提出的“多建好建”规划，与中国“一带一路”倡议的对接已经结出累累硕果。

以由中企承建的奇科河灌溉工程泵站项目为例，该项目是菲律宾“多建好建”规划旗舰项目之一，同时也是菲中两国政府重点推进的基建项目和民生工程。这一项目是菲中密切联系及深厚友谊的象征和体现，也是两国合作共赢的见证，项目进展始终受到菲各界关心。

此外，中国还为菲律宾的公路和铁路项目提供了支持，这些项目可以进一步加强菲律宾的发展和交通运输的联结。从长远来看，我认为菲中双方的基建合作对菲律宾的发展具有积极影响。

南都：在你看来，“一带一路”倡议的国际影响力主要体现在哪些方面？

安娜·马林博格-乌伊：经过十年的发展，共建“一带一路”取得了令人瞩目的成就。从全球范围来看，共建“一带一路”首先涉及大量的基础设施建设项目，譬如说公路、铁路、能源设施等建设项目。这些项目的投入，都将在比较短的时间内让共建国家的关系更加紧密，同时创造出新的就业机会，带动人们的收入和当地经济增长。

随着共建“一带一路”框架下的往来贸易日益频繁，物流业增长释放巨大潜力。中国与“一带一路”共建国家的商品贸易往来，不仅促进合作各国的经济发展、改善全球市场环境，同时带来了巨大的物流和运输经济利益，为全球交通运输行业特别是物流业的发展提供了增长空间。

此外，参与共建“一带一路”的许多国家都经历了由贸易和投资增长推动的经济增长和发展模式，这种增长在亚洲和非洲许多地区最为显著。与此同时，共建“一带一路”也拓展了区域国家能源合作，促进了共建国家在清洁、绿色能源领域的发展，其中包括可再生能源、绝缘材料和水力发电站等的建设和研发。

尤为值得一提的是，共建“一带一路”还促进了国际文化交流和人文交流，增进了不同文化和国家之间的理解与合作。

“这项倡议带来和平、稳定、繁荣”

南都：你认为在当今国际环境下，继续推动共建“一带一路”有何重要意义？

安娜·马林博格-乌伊：如今，中国在维护世界和平稳定、促进各国共同发展中承担着至关重要的角色。中国作为世界和平发展的坚定支持者、维护者和推动者，为地区稳定和世界和平做出的贡献有目共睹。因此我相信，在此基础上推进共建“一带一路”意义重大。

在我看来，“一带一路”倡议是通往世界经济稳定和安全的大门。经济发展与地区安全之间存在着紧密联系，“一带一路”倡议对基础设施等领域的投资，减少了国家间因经济困难而带来的问题，在促进经济增长和减少不平等现象等方面，都起到了重要的支持作用。“一带一路”倡议埋下了和平的种子，孕育出了一片稳定、繁荣的沃土。

作为构建人类命运共同体的重大实践，共建“一带一路”促进了共建国家全方位、多领域的互联互通，为各国带来新的发展思路与机遇。“一带一路”倡议保障了人与人之间的交流、贸易、文化互动，这种连通性给具有相同利益的国家搭建起了交流平台，让各个国家彼此理解、信任、和平外交，从而大大降低了发生国际冲突的可能性。

“一带一路”倡议还是维持地区稳定和安全的灯塔。近年来，恐怖主义呈现出全球蔓延和愈演愈烈的态势。有效应对来自恐怖主义的威胁关乎“一带一路”共建国家的政治、经济和社会安全，从更广泛的意义来说，也同样与全人类整体利益息息相关。中国始终坚守世界和平的建设者、全球发展的贡献者、国际秩序的维护者的承诺，像灯塔一样，照亮了许多国家通往和平与繁荣的道路。

南都：你如何看待某些西方国家炒作抹黑“一带一路”倡议的论调？

安娜·马林博格-乌伊：据我了解，有人声称“一带一路”倡议让一些国家身处所谓“债务陷阱”。可事实是，中国长期致力于为发展中国家经济社会发展提供支持，尽己所能帮助发展中国家缓解债务负担。

我所知道的是，中国始终基于公开透明的原则，同发展中国家展开投融资合作，并重视债务可持续性问题，与有关国家合作发布了“一带一路”融资指导原则、债务可持续性分析框架。这些努力不但不会造成“债务陷阱”，反而能够助力共建国家提升债务管理能力。

“菲中合作潜力巨大”

南都：你如何看待中方近年来先后提出的多项全球性倡议？

安娜·马林博格-乌伊：继“一带一路”倡议之后，中方提出的全球发展倡议、全球安全倡议和全球文明倡议对世界影响重大。这些全球性倡议超越国界阻隔，传递出维护国际和平安全、促进全球发展繁荣的美好愿景。

这些全球性倡议正在改变世界历史进程，体现了中国推动各国加强政治互信、经济互融、人文互通的发展理念，也展现了中国在倡导尊重世界文明多样性、弘扬全人类共同价值、维护世界和平和稳定等方面的承诺。中方提出的倡议，都在朝着实现共同、综合、合作、可持续的方向，构建和平稳定的发展环境，造福所有国家。

南都：对于第三届“一带一路”国际合作高峰论坛，你主要关注哪些方面？

安娜·马林博格-乌伊：我非常荣幸被邀请参加第三届“一带一路”国际合作高峰论坛，非常遗憾的是我这次无法亲临现场，但我已经提交我关注的领域和话题。本届论坛，我将重点关注“一带一路”倡议和全球安全倡议之间的协同发展，以探讨新形势下各国在处理自然灾害和人道主义紧急情况、反恐、打击海盗等方面的应对机制。

我相信，“一带一路”倡议下建设起来的基础设施项目，不单单是钢筋水泥，它们是中国搭建起来的一条“生命线”。在遇到自然灾害、人道主义危机等紧急时刻，这些港口、公路和铁路都将搭建起救援、救灾的生命通道，从而起到维护地区稳定和安全的重要作用。

此外，“一带一路”倡议在维护社会治安、联合国维和、打击海盗、反恐等领域也发挥着十分重要的作用。从安全角度分析，“一带一路”共建国家中，有的面临政局不稳、恐怖主义势力强大等情况，经济和社会发展深受其害。中国开展反恐国际合作，不仅是为了促进“一带一路”倡议顺利实施、维护本国利益，也为广大“一带一路”共建国家政治、经济、社会安全提供了国际合作的途径。

南都：你对未来中国与菲律宾的进一步合作和双边关系的发展有何期待？

安娜·马林博格-乌伊：中国是菲律宾最大的贸易伙伴，两国未来在贸易合作领域发展潜力巨大。我希望未来两国在人文、文化交流领域能擦出更多火花。我还希望，未来中国可与菲律宾进一步扩大基建合作范畴，在建设和升级水电站、促进新能源汽车发展、技术创新等领域加强交流合作。

第二章

百年风华话友谊

百年砥砺，大道不孤。中国共产党发展史，也是一部百年中外交往史。中国的伟大发展成就，离不开同中国人民友好相处，关心和支持中国革命、建设、改革事业的各国人民和朋友。南方都市报持续追访，与他们本人或后代对话，传承友谊，也建立起新的情感联结。

法国前总统戴高乐曾孙女娜塔莉·戴高乐：他曾说全球发展不能没有中国

“我的曾祖父坚信，中国的力量在未来将无法被忽视，全球的发展也不能没有中国，事实证明他是对的。”1964年，在法国前总统夏尔·戴高乐将军的推动下，法国成为第一个与新中国建立正式外交关系的西方大国。57年后，2021年8月，回忆起这段往事，他的曾孙女娜塔莉·戴高乐（Nathalie de Gaulle）向南都、N视频记者感言道。

戴高乐将军是中国人民的老朋友。1964年1月27日，在东西方冷战正酣的大背景下，毛泽东主席和戴高乐将军以超凡的战略眼光，毅然作出中法全面建交的历史性决策，在中法之间，同时也在中国同西方世界之间，打开了相互认知和交往的大门。

尽管戴高乐将军一生无缘造访中国，但戴高乐家族与中国的情缘延续至今。2021年是中国共产党成立100周年，戴高乐将军的曾孙女、现为法国多个商业组织创始人和负责人的娜塔莉·戴高乐接受了南都、N视频记者专访。她表示，中国这个东方古老大国所散发的能量和力量让人着迷，“这片土地似乎能让一切美好都成为可能”。

◆ ◆ ◆

本文首发于南都新媒体专栏《“寻访中国共产党的国际友人后代”系列报道》，2021年8月10日。

□ 娜塔莉·戴高乐

“曾祖父深信中法建交对世界发展有益”

南都：1964年，法国成为第一个与中国建交的西方大国。回顾这段历史，你如何评价曾祖父为中法友谊所做的贡献？

娜塔莉·戴高乐：1964年1月27日，戴高乐将军所领导的法国与中华人民共和国建交，标志着当代中法友谊正式开启。当时这一在外界看来非常大胆的举动，最终促成中法两国在各个领域率先全面开展对话，往后的数十年，中法友谊从未动摇。

我的曾祖父是个务实的人。父亲告诉我，曾祖父常说中国的力量在未来将无法被忽视，所以他希望推动法国和中国建立外交关系。而除了基于外交政策的实用主义，他为人类服务的心也是不变的。他曾说，中国的文明历史悠久，全球发展不能没有中国，他深信中法建交对世界发展有益。就如他在中法建交后的一次新闻发布会上所说，“法国只是承认了世界本来的面目”。事实证明他是对的。

□ 1964年6月，中国首任驻法国大使黄镇在巴黎爱丽舍宫递交国书后，同戴高乐总统（中）合影留念

南都：你的曾祖父是否影响你看待中国的方式？

娜塔莉·戴高乐： 很遗憾，我没有与我的曾祖父直接接触过，他的故事我大多是从父亲口中了解的，但他对中国的情怀一直深深影响着我。请允许我再次回到1964年1月31日的那场新闻发布会，我的曾祖父在会上表示，“在广袤的国土上，居住着‘伟大的中国人民’。中华民族是地球上人数最多的民族，中国不仅是一个民族或一个国家，中国从根本而言是一个文明，一个‘非常独特而深厚的文明’。只有中国积极地、建设性地参与到国际事务中来，才能真正解决亚洲乃至世界长期存在的严重问题”。

这是多么让人敬佩的眼光和话语。他的话一直鼓励着我去探索中国，中国的文明、地理、经济各方面，都拥有着巨大活力。

“中国的能量和力量让人着迷”

南都：你对中国有何印象？

娜塔莉·戴高乐： 2014年应中国政府邀请，我和家人参加了中法建交50

周年的庆祝活动，那是我第一次来到中国。我第二次去中国是2019年，我以演讲者的身份参加了在广州举行的从都国际论坛。

中国这个东方古老大国所散发的能量和力量让人着迷，这片土地似乎能让一切美好都成为可能。作为一名企业家，我也有幸结识了中国很多成功的商业人士、研究人员和学者。很多时候，他们的理念极具创意，也表现出极大的热情和强烈的务实意识，与他们的交流让我获益良多。

南都：你曾说，相信多边主义不会消亡。就目前的国际形势来看，你对多边主义的未来有何预判？

娜塔莉·戴高乐：21世纪人类所面对的挑战多种多样，也是前所未有的，这包括气候危机，生物多样性丧失，资源、能源短缺，健康危机，武装冲突等。这些挑战都是在人口爆炸的背景下出现的，无论我们身在何处，都无法逃避，必须所有人一起合作来共同面对。谁能相信全球可持续化发展，能靠一个只为了自己利益行事，毫不考虑其他国家主权和多边框架的、自私的国家来实现？

国际合作从来都不完美，却不可或缺，各国利益尽管不完全一致，却需要彼此让步和妥协来应对摆在眼前的全球挑战。我认为，各国必须尽一切努力使多边机制能够清醒、务实、有效率地工作。

从这个角度看，应对全球气候变化的《巴黎协定》，以及近年来世卫组织推出的“获取抗击新冠肺炎工具加速计划”等在内的行动，都是朝着正确的方向发展。这是构建更美好的世界的抓手，需要各国本着平等和尊重的精神合作完成。

“中法可在高科技和气候变化领域加强合作”

南都：你如何评价近年来的中法关系？

娜塔莉·戴高乐：中法关系历史上曾有多个“率先”，除了中法建交，1997年中法率先建立全面伙伴关系，2004年中法建立全面战略伙伴关系，这种开创性的伙伴关系机制，旨在为两国提供一个协商双边和全球问题的特别平台。

过去几十年，中法两国关系虽然并非一帆风顺，但我们看到了两国之间越来越多的文化、经济交流，未来还将致力于一同迎接气候变化等挑战，总体来说，我们的关系是更加密切的。很高兴，我们朝着同一个方向努力。

南都：对于中法两国的未来合作，你有何愿景？

娜塔莉·戴高乐：我觉得未来中法两国在可持续发展和气候变化领域可以加强合作。我们只有一个地球，没有第二个生存的选择，全球应该共同努力，应对气候变化的问题。

此外，中法两国在高科技领域也有广阔合作空间。中国有不少积极推动可持续发展的公司，包括新能源企业等。法国有非常好的工程师、优秀的人才队伍，中国也在大力推动人工智能、区块链等新技术，希望通过技术与环保的结合，推动两国在可再生能源、循环经济等领域的合作。

【人物背景】

1949年，中华人民共和国宣告成立后，美国带领西方国家对中国实行孤立、禁运与封锁。1958年，戴高乐将军重新执政，奉行独立自主的对外政策，更加重视加强同中国的关系。1963年10月，戴高乐总统授权法国前总理富尔携带他的一封亲笔信前来中国，代表他同中国领导人商谈两国关系问题。

1964年1月27日，中法宣布建交，法国成为第一个同新中国建立大使级外交关系的西方大国。仅40余字的建交公报，字字千钧，轰动国际社会，被西方媒体称为“外交核爆”。

法国在同新中国的交往史上创下诸多“第一”：第一个同中华人民共和国建立大使级外交关系的西方大国；第一个同中国建立全面战略伙伴关系和机制性战略对话的西方大国；第一个同中国开展民用核能合作的西方国家；第一个同中国签订政府间科技合作协定的西方国家；第一个同中国开辟直航航线的西方国家；第一个同中国互办文化年、互设文化中心的国家；第一个同中国开展青年交流的西方大国……

1970年11月，戴高乐将军离世。后来，北京天安门广场、新华门前和外交部三处降半旗志哀。毛泽东在给戴高乐将军的夫人的唁电中说，戴高乐将军是“反法西斯侵略和维护法兰西民族独立的不屈战士”。

戴高乐将军的中国情怀，也成了家族后人对他的共同记忆。他的侄子贝尔纳·戴高乐曾在接受媒体采访时回忆，戴高乐将军多次表达过访问中国的愿望，他也很喜欢阅读有关中国的书，爱和去过中国的人交流，还多次拜访旅法的汉学家。

据悉，夏尔·戴高乐原本计划于1971年访华，并计划将“与毛泽东的会见”作为自己回忆录的最后一章，还准备附上他与毛泽东会见时的照片。后因心脏病猝然离世，他没能实现这个愿望。

中英关系“破冰者”杰克·佩里之子斯蒂芬·佩里：年轻一代正延续友谊

“我从父亲身上汲取了宝贵的动力，我觉得我要像父亲那样继续为中英关系发展谱写新的篇章，我把这视为我毕生的使命。”2021年8月，英国48家集团俱乐部主席、中国改革友谊奖章获得者斯蒂芬·佩里（Stephen Perry）接受了南方都市报、N视频记者专访。

1953年正值西方国家对中国实行贸易封锁，斯蒂芬·佩里的父亲、时任伦敦出口公司董事长的杰克·佩里带领一批英国工商界人士，打破封锁“坚冰”，来到中国正式开启贸易商谈，并在回国后创建了英国48家集团俱乐部的前身，架起中英贸易的桥梁。这群有识之士被称为中英关系的“破冰者”。1993年，斯蒂芬·佩里继承父亲的事业，成为英国48家集团俱乐部主席，继续为中英友好交流搭建平台。2018年12月18日，斯蒂芬·佩里被授予中国改革友谊奖章。

“中国改革友谊奖章这一荣誉，属于我的父亲和所有‘破冰先驱者们’”。在接受南都、N视频记者专访时，斯蒂芬·佩里表示，他要将“破冰者”的精神一直延续下去。

本文首发于南都新媒体专栏《“寻访中国共产党的国际友人后代”系列报道》，2021年8月13日。

□ 斯蒂芬·佩里

“对父亲的破冰者行动充满敬佩和自豪”

南都：20世纪50年代初，你的父亲杰克·佩里带领英国工商界人士冲破重重壁垒，来中国正式开启贸易商谈。回顾这段历史，你如何评价父亲的这一做法？

斯蒂芬·佩里：20世纪50年代，我的父亲在去中国之前，曾在剑桥大学见过周恩来总理派来的代表，其中包括中国著名经济学家冀朝鼎先生，他由此了解到中华人民共和国的贸易政策。1953年，我的父亲率领一批英国工商界代表，经香港辗转前往北京，那是一段非常艰难的旅程，他们从伦敦到香港花了7天，又坐了3天火车到达北京。那时中华人民共和国才成立不久，我的父亲已看到这个国家蕴含的巨大机遇，以及世界未来的发展趋势。

我认为他是一个有智慧和信念的人。但不得不说，对于一个家里有着5个孩子，还背负贷款的男人来说，这个过程他忍受了很多风险和孤独。随着家里和中国开展商贸往来，我们和西方国家的关系也随之破裂，遭到孤立，周围人都在议论我的家庭。当时我还只是个孩子，这对我来说很不容易。我记得有个美国小男孩和我住同一条街，我们玩得很好，可是他父母却从来不和我父母说话。

尽管遭到质疑、排挤，我的父亲始终致力于发展中英经贸。历史已证明，我的父亲是对的，他做了最正确的事，时代的机遇也帮助他成了一个有作为的人。我对他的“破冰者”行动充满敬佩和自豪。

南都：你的父亲当时向你描述的中国是怎样的？这是否帮助你理解了这个国家？

斯蒂芬·佩里：他第一次从中国返回英国后，向我们讲述他目睹战争带来的破坏、中国人民仍处于贫穷的状态时，伤心地哭了；但当他提及中国共产党及其领导人如何努力地让中国人民过上更好的生活时，他眼里充满着光。

我的父亲阅读和学习了很多关于中国的书，他花了很长时间来了解中国历史和中国的社会主义。当我们提出疑问，他总会耐心地帮助我们理解。他

□ 杰克·佩里与妻子

说，中国将会依靠中国共产党得以重建，中国人民真正拥护中国共产党，西方国家应该和新中国打交道。

那时虽然我还不完全明白父亲的话，但我从父亲那里了解到，中国是一个值得去探寻的地方。它就像一颗种子，鼓励着我不断去理解中国这个古老大国。

“视促进中英关系发展为毕生使命”

南都：1993年，你成为英国48家集团俱乐部的主席，继续推动中英贸易。是什么让你决定继承父亲的事业？

斯蒂芬·佩里：老实说，这并非我原本的计划。我大学毕业时，我父亲曾经问我将来想做什么，那时我说我想成为一名律师。但他身体不太好，希望我能先帮他几年，我答应了。

1972年，中英正式建立大使级外交关系。那年，美国前总统尼克松在中华人民共和国成立后进行了首次历史性访问。也是在那一年，我第一次跟随父亲来到中国。我的第一个任务是帮助促成美国与中国首个贸易协议，那真是一趟激动人心的旅程。

那次我在中国待了5个星期，去了上海、北京、杭州和苏州等地。当时中国并不像现在这么富裕，很多地方仍是农田，但我切实地感受到中国人民对美好生活的向往和决心，以及这个国家为寻求更大发展所迸发出的活力。

当我要回到英国时，我突然非常不舍，我承认，我被中国牢牢地吸引住了——吸引我的，是中国的市场规模，以及中国渴望改变的雄心和决心，我也终于明白了父亲为何对中国如此欣赏。

从那时起，我就决定跟随父亲，致力于与中国发展良好的往来关系。后来许多年，父亲的形象一直萦绕在我脑海中，我从父亲身上汲取了宝贵的动力。我要像父亲那样继续为中英关系发展谱写新的篇章。我把这视为毕生的使命。

南都：中国哪些发展成就让你印象深刻？

斯蒂芬·佩里：从1972年到现在，我往返中国200多次，亲眼见证了中国的巨变，包括建成四通八达的高速列车网络，运营里程走在世界前列；实现脱贫攻坚目标，让近1亿贫困人口脱贫。我也看到，近年来中国在快速发展的同时，正逐步增强对历史文化的保护，这无不令我印象深刻。我也为中国人民站起来、强起来而感到高兴。

中国共产党在短短100年时间里，完成其他国家需要三四百年才能完成的事业，其中没有一件事是轻而易举、唾手可得的。中国共产党走过的每一步都印证着，只有以人民为中心、倾听人民的声音，才能创造出巨大的发展奇迹。

“希望年轻一代能继承‘破冰者’精神”

南都：对于中英关系发展，你有何愿景？

斯蒂芬·佩里：过去40年，中国取得了令全球瞩目的巨大发展成就，有些西方人士却将此视为一种威胁。我想告诉他们，我们必须拥抱变化，加强沟通和合作才是正确的。只要双方本着相互尊重、平等相待的精神，始终把两国共同利益放在首位，就能互利共赢。

48家集团俱乐部也将继续致力于增进中国同外部世界的交流，积极参与中国发展复兴进程，本着“破冰之旅”精神，支持全球化，支持建设开放型世界经济，支持在“一带一路”框架内推进英中合作。

南都：据说你的儿女都在48家集团俱乐部工作。你如何向他们描述这份事业？

斯蒂芬·佩里：我一直希望年轻一代能继承“破冰者”的精神，延续与中国的友谊。我的儿女都跟我一起来过中国。2008年，48家集团俱乐部成立了“青年破冰者”组织，我的儿子杰克就是创始人之一。他们都很理解我们的家庭责任和使命，我们始终是中国人民的朋友，我相信这份事业将帮助他们成长，并实现他们的人生价值。

【人物背景】

斯蒂芬·佩里的父亲杰克·佩里是中英贸易最早的“破冰者”之一。1979年，年轻的斯蒂芬·佩里跟随父亲，带着一支英国球队来到北京进行友谊比赛。1997年香港回归之际，一些外国公司选择撤离，佩里父子选择到香港建立伦敦出口公司分公司。21世纪初，他们还将《悲惨世界》《歌剧魅影》《猫》等经典音乐剧引进中国。

在佩里家族两代人的努力下，老佩里创立的48家集团俱乐部至今已拥有数百名中英两国个人或机构成员，业务涵盖商业、文化、外交、学术等多个领域，是中英交流的重要平台。

2008年，48家集团俱乐部又成立“青年破冰者”组织，旨在促进两国年轻人之间的交流，斯蒂芬·佩里的儿子、与老佩里同名的杰克·佩里正是“青年破冰者”组织的创始主席之一。

2018年10月16日，国家主席习近平在人民大会堂会见英国48家集团俱乐部主席斯蒂芬·佩里。习近平指出，中国人民永远不会忘记在那个艰难岁月为开拓中英经贸往来作出历史性贡献的老一辈友好人士。“破冰之旅”已过去半个多世纪，世界也发生了沧桑巨变，但“破冰之旅”仍有重要的现实意义。很高兴看到“破冰之旅”的精神正在世代传承。以48家集团俱乐部为代表的新一代“破冰者”，继续以满腔热情投入中英友好事业。

同年12月18日，作为“中英友好的传承者、中英经贸人文交流的促进者”，斯蒂芬·佩里获颁中国改革友谊奖章。

中日“芭蕾外交”使者松山树子之子清水哲太郎：

珍惜前人建的友谊桥

“在我眼中，中国是一个干劲十足的国家，人民愿为国家富强付出不懈努力与热情。因此，我很早就认定，中国肯定会在众多领域引领世界的发展。”2021年8月，中日“芭蕾外交”使者松山树子之子、松山芭蕾舞团现任总代表清水哲太郎接受了南方都市报、N视频专访。

松山树子是日本著名芭蕾舞蹈家，也是日本第一代白毛女“喜儿”的扮演者。1955年，松山芭蕾舞团创始人清水正夫和夫人松山树子第一次把中国电影《白毛女》改编为芭蕾舞剧，并搬上日本舞台，受到日本观众的热烈欢迎。1958年，他们又克服重重阻碍首度来华公演，大获成功。2021年5月22日，松山树子逝世。闻讯后，外交部发言人赵立坚在例行记者会上表示：“松山女士为中日友好所作的贡献将被中日两国人民永远铭记。”

“将芭蕾舞剧《白毛女》扩展为全本的大戏是我父母生前的愿望，我与妻子森下洋子决定完成父母没有做完的事情，用好前人搭建的友谊之桥，继续用舞台表演为中日和平友好作出贡献。”清水哲太郎对南都、N视频记者说。

本文首发于南都新媒体专栏《“寻访中国共产党的国际友人后代”系列报道》，2021年8月18日。

□ 清水哲太郎

“喜儿的故事对全世界来说都意义深远”

南都：当时是什么让你的父母决定将《白毛女》搬上日本芭蕾舞舞台？

清水哲太郎：1952年，一位日本议员访华后带回一盘周恩来总理赠送的电影胶片，正是由田华老师主演的《白毛女》。那年秋天，在东京的一个小会堂里，我的父亲清水正夫第一次观看这部影片时便被深深触动，随后他将这部电影推荐给了我的母亲松山树子。

身世凄苦却有着抗争精神的“喜儿”引起了他们强烈的情感共鸣，也激发了他们的创作灵感。两人追随着《白毛女》的放映路线看了一场又一场，认定这就是他们苦苦寻找的新编芭蕾舞剧的题材。

当时正值日本妇女解放思潮涌动，《白毛女》的故事题材虽说源自中国，但其中表现了女性及受压迫人民的抗争与呐喊，这个故事对于全世界来说都意义深远。

另一个更重要的原因是，在经历与中国的战争后，回到本国的日本人几乎都对所发生的事避而不谈，清水正夫和松山树子相信，由日本人来演绎这样一个发生在战时中国的故事，有着特殊的价值与意味。他们希望通过古典芭蕾，将藏在日本人心中的愧疚与苦恼表达出来，向中国人民致歉。

南都：你的父母曾多次带领松山芭蕾舞团访华，并受到多位中国领导人的接见。他们是否向你讲述过那段往事？

清水哲太郎：1955年，芭蕾舞剧《白毛女》在东京首演后没多久，中国文化界得到消息，时任中国文联主席的郭沫若先生邀请我母亲访华。在北京，她受到周恩来总理的接见，还在周总理的引荐下与中国的两位“喜儿”扮演者田华老师和王昆老师留下了珍贵的合影。那一次的会面也为3年后松山芭蕾舞团首次访华公演埋下了伏笔。

“周总理宽厚而深邃的气质是我在旁人身上不曾见过的，他的目光里既有看透全局的敏锐，又有发自内心的温暖和温柔。”这是松山树子回忆与周总理的会面时最常说的一句话。

1964年松山芭蕾舞团再次访华演出时，毛泽东主席更是亲自探望了我

□ 松山树子扮演“喜儿”

们的团员。在与毛主席握手的时候，松山树子注意到，他的衬衫袖口上满是缝补的痕迹，从细密的针脚可以看出，那是一次次破损后又进行了小心的修补。这个细节让松山树子对眼前这位伟大政治家的敬意更深了。

“希望通过艺术反思过去的罪责”

南都：如今，你与妻子森下洋子接过了接力棒。

清水哲太郎：还记得小时候第一次看到父母与舞团成员们排练《白毛女》时，我还不能理解这个故事背后的含义，但演员们专心致志的神情一直刻在我的脑海里。在那个中日邦交尚未正常化的年代，我的父母为两国民间友好事业付出的心血，是我们无法想象的。继承并发扬他们的遗志不但是我与妻子，更是松山芭蕾舞团每一位演员的愿望。

2017年是中日邦交正常化45周年，我们受邀在北京人民大会堂和上海大剧院进行了公演，那也是松山芭蕾舞团第15次访华演出。那一次，我们带去了新编版《白毛女》，我的妻子森下洋子全程担任主角，演绎了新一代的白毛女“喜儿”。

那次演出，所有演员都穿上了1971年访华公演时周总理亲手赠予我们的全套戏服，那也是我们最珍贵的演出服装。在人民大会堂，5000多位来宾观看了我们的演出，结束后许多观众来到台前向我们致意，当时的情景令我们所有人都感动至深。

南都：是什么促使着松山芭蕾舞团几代艺术家不断演绎《白毛女》的故事？

清水哲太郎：数千年来，中国对日本在文化方面有着深远的影响，现在的日本文明很大程度上源于中国，从这个层面上来看，我们应该对中国表示感谢。

但在明治维新后，倾心于西方文化的日本对中国做了很多残忍的事，这段历史的罪责需要有人来背负。从清水正夫和松山树子开始，松山芭蕾舞团几代成员一直致力于通过艺术的形式来展现和反思过去。

“将继续用舞台表演为中日和平友好作出贡献”

南都：你第一次来中国是什么时候？对中国有哪些印象？

清水哲太郎：1966年，为了学习音乐和指挥，我第一次来到中国。在那以前，松山芭蕾舞团已在与中国艺术界长期交流的过程中，建立了深厚的友谊。抵达北京后，我们受到了热情的招待，中国友人用拥抱表达欢迎，让我深受感动。

在北京，我进入中央芭蕾舞团学习。随着了解的逐渐深入，我对中国产生了越发浓厚的兴趣。在我眼中，中国是一个“干劲十足”的国家，人民愿为国家富强付出不懈的努力与热情，因此我很早就认定，未来中国肯定能在众多领域引领世界的发展。

随后几十年间，发生在中国的巨大变革印证了我的想法，中国取得了其他任何国家在相同时间和条件下都无法达成的发展成就。这离不开全国人民的团结一心，我认为这恰是值得日本学习的经验。

南都：未来，松山芭蕾舞团在促进中日交流方面有哪些计划？

清水哲太郎：在过去的访华演出中，我们感受到了中国观众对我们的接纳与赞许，这让我们坚信没有走错路。今后，我们会更加珍惜前人搭建的友谊之桥，用我们的舞台表演为中日和平友好作出贡献。

【人物背景】

松山树子与其丈夫清水正夫是松山芭蕾舞团的创始人，二人在中日邦交正常化之前便积极开展对华友好交流。1955年，松山芭蕾舞团将《白毛女》改编成芭蕾舞剧，不仅打动了日本观众，更鼓舞了中国文化界。3年后，松山芭蕾舞团的主创团队首次受邀赴中国公演。

至2021年，松山芭蕾舞团一共进行了17次访华公演。一直以来，《白毛女》作为松山芭蕾舞团的保留剧目，呈现在了世界各地的舞台上。

过去数十年间，清水正夫与松山树子多次率团访华，用芭蕾艺术积极推动中日民间文化交流和中日友好，受到中国几代领导人的亲切接见，夫妻二人也因此被称为中日“芭蕾外交”的使者。

1975年，来自北京的艺术团出访日本时，清水正夫全程陪同。在欢迎晚宴上，他首先讲了三句话：“我是最爱中国的日本人，我也是最爱中国文化的日本人，我更是向中国人民谢罪的日本人。”在场者无不感到震撼。

此后，作为中日友好协会负责人，清水正夫频繁往返于中日之间，访华逾百次。2004年，中国文化部授予清水正夫与松山树子夫妇“文化交流贡献奖”。

2021年5月22日，松山树子在东京去世，享年98岁。对此，5月24日，中国外交部发言人赵立坚在例行记者会上表示，松山树子女士是中国人民的老朋友，长期致力于中日友好事业，为推动中日友好交流作出重要贡献。“我们对她的逝世深感痛惜，表示沉痛哀悼。”

赵立坚表示，1955年，松山芭蕾舞团将《白毛女》改编成芭蕾舞剧，松山女士出演白毛女“喜儿”，在中日两国进行过多场演出，深受两国人民喜爱。2020年，在中国全力抗击新冠肺炎疫情之时，松山芭蕾舞团专门录制视频表达对中方的支持，令人感动。松山女士为中日友好所作的贡献将被中日两国人民永远铭记。

美国斯诺夫妇的侄孙亚当·福斯特：他们讲述真实中国的精神仍值得学习

1937年，美国记者埃德加·斯诺（Edgar Snow）撰写的纪实作品《红星照耀中国》（又名《西行漫记》），在英国一经问世便引起轰动。这部作品第一次向世界全面、真实地介绍了中国共产党和一个“红色中国”。埃德加·斯诺的第一任妻子海伦·福斯特·斯诺（Helen Foster Snow），此后受他的影响来到延安，写下《红色中国内幕》（即《续西行漫记》）和《延安采访录》等著作。

2021年3月，国务委员兼外交部长王毅在全国两会记者会上呼吁，“希望并欢迎更多外国媒体记者成为‘新时代的斯诺’”。当年，南都、N视频记者专访了斯诺夫妇的侄孙亚当·福斯特（Adam Foster），他也是美国海伦·福斯特·斯诺基金会主席。亚当·福斯特表示：“时至今日，埃德加和海伦讲述和传递真实中国的精神依然值得学习。”

◆ ◆ ◆

“用镜头和钢笔让世界看到真实的中国共产党”

南都：你知道海伦当初为什么来到中国吗？

亚当·福斯特： 海伦从小有写小说的梦想，她希望离开美国获得不同生活的体验，她也对东方国家充满兴趣。这是她当初选择来到中国的原因。但当

本文首发于南都新媒体专栏《“寻访中国共产党的国际友人后代”系列报道》，2021年8月9日。

□ 亚当·福斯特

她到达中国后，看到日本对中国的侵略，看到当时中国政局的动荡，看到中国人民的艰苦条件，她很快意识到，自己可以发挥更大的作用——她想向世界讲述更有意义的事情，她也认为中国人的声音应该被世界听到。

因此，她与丈夫埃德加参与报道了"一二·九"抗日救亡运动，后来她又冒着艰难险阻独自到达延安，结交了中国共产党的很多重要人物，采访了毛泽东、朱德等人，并与他们成为很好的朋友，也弥补了此前埃德加访问陕甘宁边区未能见到朱德的遗憾。

南都：你如何评价斯诺夫妇在中国的成就？

亚当·福斯特：两人的中国成就是彼此支持且紧密联系的。在埃德加的《红星照耀中国》一书中，就有大量照片是海伦拍摄的，她在中国时拍下1.1万多张照片。他们用镜头和钢笔让包括美国在内的各国人民，看到一个最真实的中国共产党。

后来，他们两人迫于日本方面的压力不得不离开中国，回到美国的海伦也曾因为与中国共产党关系密切受到各种调查，对她来说，那是一段很艰难的时期，但她从没有放弃撰写关于中国的故事。

到她晚年的时候，中国还有人希望为她提供资金的帮助，她也本可以更舒适地度过余生，但她还是拒绝了，因为她希望人们相信她作品的客观性。那个时代有很多关于中国共产党的谣言，但他们一生都以客观、讲真话作为目标。

“希望继续架起中美沟通的桥梁”

南都：你是怎么了解到海伦的故事的？她对你产生了哪些影响？

亚当·福斯特： 我本人没有见过我的姑祖母海伦。我第一次听说她的故事，是在大学阅读她的作品《我在中国的岁月》，后来我的父亲也给我讲述了她在中国的很多冒险故事。我当时只是觉得，她有着非常传奇的人生经历。

直到我在美国南犹他大学参加了一场关于她的活动，以及去中国参观了

□ 斯诺夫妇

□ 海伦·福斯特·斯诺

许多博物馆，了解到海伦和埃德加的事迹、看到他们的雕像，我开始了解他们的工作对于中国的意义，感受到中国人民对他们的欣赏和感谢。

我被他们的事迹深深感动，决定建立一个以海伦·福斯特·斯诺名字命名的基金会，继承她的事业，架起一座促进美国与中国沟通的桥梁。

2018年发起成立海伦·福斯特·斯诺基金会后，我们在文化教育、商业交流、地方交流三个层面做了很多工作，比如努力提供美中学生和教师交流的渠道，与江西合作在犹他州建立中国陶瓷研究中心等。基金会正同美国杨百翰大学、中国西北大学合作，计划开授有关中国现当代史的课程。我们希望借此加深两国人民的互相了解。

南都：你认为现在的中国与海伦当时看到的相比，有哪些变化？

亚当·福斯特：我曾多次到中国旅行，了解到中国在数十年里迎来翻天覆地的变化。我的姑祖母到访中国时，中国还处于贫穷落后的状态，如今中国让近1亿贫困人口脱贫，这是了不起的成就。

事实上，我的姑祖母在世时，就一直关注中国共产党领导下的中国现代化发展进程，感受到了中国人民的力量——她一早就知道，中国终有一天会取得今天的成就。如果她还能看到今天的中国，一定会赞叹不已。我认为，中国能有今天这样的成就，与中国人民勤劳、拼搏的价值观密不可分，中国人真的有潜力做好任何事情，如果有合适的条件和环境，中国就一定能成功。

“他们讲述真实中国的精神值得学习”

南都：你认为回顾他们的故事，对当今中美交往有何意义？

亚当·福斯特：我认为很多美国人不太了解中国。我最初通过阅读斯诺的书，改变了我对中国的看法，我意识到，中国人民和我一样，有着相同的道德和价值观。

很多美国人对中国有很刻板的印象，这里有着一些西方媒体的“功劳”，当中还夹杂了不少谣言。这是为什么斯诺的故事至今仍然重要：人们可以通过斯诺的故事，了解真实的中国，这将有助于他们消除对中国的偏见。时至今日，海伦和埃德加讲述和传递真实中国的精神，依然值得人们学习。

过去，海伦·福斯特·斯诺的故事在美国几乎无人知晓，但近年来这种情况发生了变化。越来越多人开始惊讶，一位女记者竟然做了这么重要的事情。我们希望创造更多机会让人们了解海伦和埃德加，他们的故事应该被讲述。

南都：你如何看待中美关系的未来？

亚当·福斯特：我认为中美两国关系近年来的发展预示着有一个新的开始，最重要的是，我们都不应做草率的判断，我们必须更好地了解彼此。

【人物背景】

1928年，埃德加·斯诺来到中国，曾任欧美多家报社驻华记者、通讯员。1936年，他进入陕甘宁边区，采访了毛泽东、周恩来、彭德怀等人，写下了多篇关于陕北见闻的通讯报道，并将其结集出版，命名为《红星照耀中国》（又名《西行漫记》），第一次向世界全面、真实地介绍了中国共产党和一个“红色中国”。

海伦·福斯特·斯诺则于1931年8月来到中国，随后与埃德加相识并于1932年结婚。1937年，她克服种种困难到访延安，深入采访毛泽东、朱德、周恩来等人，并为他们拍照，做了大量的笔记。1939年海伦撰写的《红色中国内幕》（又名《续西行漫记》）在伦敦出版。后来，她还写下四五十部著作，其中一半关于中国。

虽然埃德加与海伦后来离婚，但他们与中国的友谊贯穿了他们的一生。新中国成立后，埃德加与海伦也曾多次到访中国。1972年埃德加·斯诺病逝于瑞士日内瓦，依其遗嘱，他的一部分骨灰被带回美国，还有一部分骨灰葬于如今的北京大学未名湖畔；1997年1月，海伦也在睡梦中离世。据悉，她在人生的最后时刻还留下了这样的一句话："我已经一天不如一天了，可我的心回到了中国。"

1991年，中华文学基金会将第一届"理解与友谊国际文学奖"颁发给海伦·福斯特·斯诺；2009年9月14日，埃德加·斯诺获评100位为新中国成立作出突出贡献的英雄模范人物之一。

"洋八路"汉斯·米勒之子米德华：希望国际主义精神继续发扬

"永远不要离开中国。"这是汉斯·米勒（Hans Miller）医生1994年去世前反复叮嘱妻子的话。27年过去了，他的日本妻子中村京子和儿子米德华一家始终遵循他的心愿，一直居住在北京一处小四合院里。

1939年，在瑞士医学博士毕业的德国青年汉斯·米勒经介绍，由香港辗转到达延安参加八路军，长期从事医疗工作。中华人民共和国成立后，米勒加入中国国籍，随后加入中国共产党。值得一提的是，他为中国的肝炎预防工作作出了重要贡献，1989年被中国授予"杰出的国际主义白衣战士"称号。

2021年8月，南方都市报、N视频记者在北京见到了已年过九旬的米勒妻子中村京子与其子米德华。在接受南都、N视频记者专访时，米德华深情讲述了父亲与中国共产党结缘的故事。"我的父亲很早就意识到，中国共产党是一个真正为民的政党，这是他一生坚定追随中国共产党的原因。"

◆ ◆ ◆

"父亲一直以党员标准要求自己"

南都：是什么原因促使你的父亲1939年来到中国？

米德华： 我的父亲来自德国，有着犹太人的血统。二战中，我的爷爷为了保护他不受到纳粹的迫害，把他送往瑞士学医，但他心里一直希望为反法

本文首发于南都新媒体专栏《"寻访中国共产党的国际友人后代"系列报道》，2021年8月12日。

□ 米德华

西斯斗争做贡献。在学习过程中，我的父亲认识了一名中国共产党党员，通过这名党员，他了解到中国是真正反日本法西斯斗争的主战场，因此毅然决定到中国去。

1939年，他由香港经重庆辗转前往延安，途中参与护送了国外援助中国抗战的药品，后来还主动要求到前线去救死扶伤。在战争环境下，医药紧缺，一般对难治而没有生命危险的伤员会采取截肢手术，可我的父亲没有这样做。他常以门板当手术台，跪着为士兵清理碎骨，一跪就是半天。他说，年轻的战士为中国人民打天下，他不能让他们成为残疾人，这是中国共产党党员应有的精神，虽然他当时还不是党员，但他一直就是以党员的标准来要求自己。

南都：你的父亲曾多次打报告要求加入中国共产党，可以说说当时的情况吗？

米德华：我的父亲到达延安后，目睹中国共产党党员甘愿冒死保护人民。他意识到，中国共产党是一个真正能领导人民、为人民服务的政党，只有跟着中国共产党走，这个国家才有希望，所以他决心一生追随中国共产党，为此打了多次申请报告，但因为他外国人的身份，也因为是在战争时期，当时未能如愿。

中华人民共和国成立后，他在1951年加入了中国国籍，1957年加入中国共产党。我记得，他那张加入中国国籍的证明，被他小心地折叠成卡片大小，始终放在裤兜里，无论到哪里都不忘记带上。我知道，他是从内心对加入中国国籍和成为中国共产党党员感到无比光荣和自豪。

“没有中国共产党办不到的事情”

南都：你父亲对中国的感情是否也影响着你？

米德华：我1953年出生于沈阳，那时候战争年代已经过去了。我的父亲在沈阳的医院工作，他总是很忙，我常常见不到他，但我理解他。他对我们说得最多的是，作为共产党员，就应该冲锋在前，到最困难最有需要的地方去。

遗憾的是，因为我怕血，没有继承他救死扶伤的事业。20世纪80年代中国改革开放时，我决定从事中外贸易。当时，我的父亲便对我提了三点要求：一是卖东西就一定得卖真正好的东西给中国；二是不单要帮忙把东西买进来，还要把技术带进来；三是那时中国并不富裕，一定不能卖高价赚太多中国人的钱。

我一直谨记他的要求，到英国48家集团俱乐部任职，成为中国的首席代

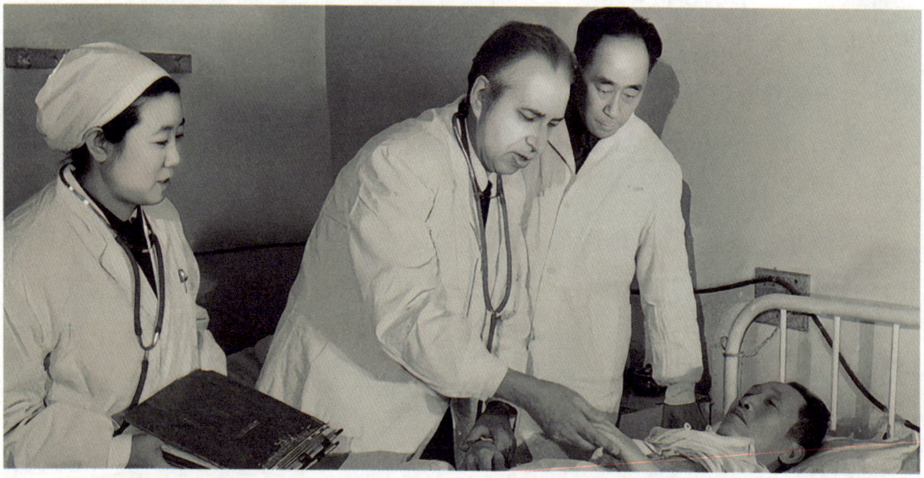

□ 汉斯·米勒医生在查房

表，我既帮助中国进口产品，也帮助中国的产品出口，我还协助把外国的企业家拉到中国来，和中国的企业合资办公司。这些工作一直做到了2000年。我的父亲了解到我对中国经济发展做了一些贡献，他比较满意。我很高兴没有让他失望。

南都：你一直生活在中国，如何看待中国共产党领导下的中国发展？

米德华：1994年，我父亲临终时，反复叮嘱我妈妈的一句话是："有事情找组织。没有共产党就没有我们今天的一切。中国共产党是一个伟大的党。我去世后，你也不要离开中国。永远不要离开中国。"我母亲已经91岁了，我也已经67岁了，除了往返中英工作的几年，我大半辈子都在中国生活。

我亲眼见证着中国共产党带领下的中国，一步一个脚印逐渐发展壮大。我一直以来的感受就是，中国共产党要办的事情一定能办到，因为有着9000万党员，无论有什么问题，党员们都会冲锋在前。江山就是人民，当把人民服务好了，江山就在这儿，人民喜欢党，这个国家就会勇往直前。

"希望各国继续发扬国际主义精神"

南都：这些年中国哪些发展成就让你印象深刻？

米德华：中国的发展成就太多了，感觉说一晚上也说不完。

除了基建，人民生活的方方面面都有了切实的改善。我记得20世纪80年代，我为了做生意经常到全国各地去跑，那时候交通不便，我通常赶到招待所都很晚了，但招待所只在固定的时间有热水，如果过了饭点，也很难再找到食物。现在，这种事情不再发生了，人们的物质生活有了极大的提高，四通八达的高铁让人们的出行变得非常方便，想吃的东西24小时都能吃到。

农村生活也得到了极大改善。我上学时曾到农村参与劳动，当时农民的日子太苦了，基本赚不了几个钱，吃的食物也是自留地种的。现在国家大力扶贫，通过电商等各种渠道销售特产，换着法子让农民致富。

南都：你认为你父亲的故事可以带给后人什么启示？

米德华：近年来世界并不平静，尤其中美关系一定程度上陷入低谷。回想中国还处于贫穷年代时，从未受到过这么多关于所谓“人权”的指责，现在中国富强了，人民过上了更好的生活，一些西方人士反而看不惯中国走在前面，看不惯中国老百姓过上好生活，打着所谓“人权”的幌子来抹黑中国。

如果老一辈国际友人能带来什么启示的话，我希望是各国人士都能继续发扬国际主义的精神。我认为中国的“一带一路”倡议做得很好。当中国还处于战争年代时，许多外国友人曾无私来到中国，见证、参与中国的发展。当中国变得强大后，也传承着这种国际主义精神，到世界有需要的地方，帮助贫困的国家和人民。希望这种国际主义精神在世界各国都能传承下去。

【人物背景】

汉斯·米勒出生在德国当地一个富裕的犹太人家庭。1939年，24岁的米勒取得瑞士巴塞尔大学医学博士学位，但由于纳粹迫害犹太人，他不能回德国。同年，米勒与宋庆龄领导的“保卫中国同盟”取得联系，踏上了从法国开往香港的客轮。经廖承志等人介绍，他由香港经重庆辗转前往延安，途中参与护送了国外援助中国抗战的药品。

他先后在延安的国际和平医院、太行山的抗日前线和解放战争的战场上治病救人，和中国人民并肩战斗，帮助中国人民抵抗法西斯侵略者。在前沿阵地，米勒必须在极其恶劣的环境下开展手术，饥饿与死亡如影随形。

前线的残酷环境加上过度劳累，严重影响了米勒的健康。因长期劳累，米勒体力下降，疾病缠身，党中央为了米勒的健康和安全，决定让他离开抗日前线重返延安。经短暂休养，米勒作为国际和平医院内科主治大夫一直工作到抗战胜利。在这期间，米勒结识了毛泽东、邓小平等。

抗战胜利后，米勒放弃了回国机会，担任冀察热辽军区野战总医院院长。在解放战争中，米勒和来自日本的八路军女战士中村京子相识相爱，结为夫妻。

米勒79年的人生岁月中的一大半献给了中国，并把中国亲切地称为“老家”。米勒晚年时常说：“希望法西斯的悲剧不要重演。”

南京大屠杀唯一影像记录者约翰·马吉之孙克里斯·马吉：铭记那段冰冷残酷的历史

“我无法想象当时我的祖父经历了怎样的绝望，但他还是坚持留下来，不为任何的名誉、财富或命令。他只是在做自己认为正确的事情。”近日，亲历南京大屠杀的美国人约翰·马吉（John Magee）之孙克里斯·马吉（Chris Magee），接受了南方都市报、N视频记者专访。

约翰·马吉是美国圣公会传教士，南京大屠杀期间，约翰·马吉毅然留守南京，向中国平民提供人道主义援助，并冒险拍下日军暴行，为南京大屠杀留下唯一动态影像。后来，约翰·马吉当年使用的摄影机被保存在侵华日军南京大屠杀遇难同胞纪念馆。

身为专业摄影师的克里斯·马吉，曾在2017年来到南京，重走祖父当年的拍摄之路。“我想我们虽然永远无法解决所有问题的分歧，但应该学会平等交流，以善意待人。”他对南都、N视频记者说。

◆ ◆ ◆

“拿起摄影机记录日军暴行是他反击的方式”

南都：关于你祖父在中国的故事，你知道多少？

克里斯·马吉： 1912年，我的祖父约翰·马吉以美国圣公会派驻中国牧师

本文首发于南都新媒体专栏《“寻访中国共产党的国际友人后代”系列报道》，2021年8月16日。

□ 克里斯·马吉

的身份前往中国，在南京定居并开始修建学校、传教布道。他在中国生活的20多年间，结识了许多中国友人。南京已渐渐成为他的第二故乡。

1937年，当日军即将侵占南京的消息传来时，南京城里的西方人纷纷离开，只有20多人选择留下，其中就包括我的祖父。我相信那是一个相当艰难的决定——我的祖父有自己的家庭，他在侵华日军攻破南京防线前夕，将家人们送回国，在回去照顾家庭和留下帮助南京人民之间，他选择了后者。

他与其他驻守南京的西方人一起，利用中立国居民的身份在南京建立起“安全区”，尽可能给来不及撤离的中国人提供避难所和医疗急救。他穿上黑色的牧师装，在修建的医院外挂上醒目的红十字会标志，尽可能将日本士兵阻挡在外。

但他显然低估了日军的野蛮。为掩盖暴行，日军封锁了所有消息渠道，南京成为一座“孤岛”，任何文明世界公认的国际惯例，在那里都成了一纸空文。眼睁睁看着暴行在身边发生，我的祖父为自己分身乏术感到无力，于是他拿起摄影机，冒着极大风险记录日军暴行，那也是他反击的方式。

南都：你如何看待祖父为南京人民所做的事？

克里斯·马吉：我的祖父在我出生前就已因病去世，我并没有见过他。关于祖父的一切，大多是从我的父亲和叔叔口中听来的，当然还有那8卷封存的胶卷。中学时期，我开始在学校学习中国历史，但其中并未涉及南京大屠杀。事实上，当时除了我祖父留下的故事和胶卷以外，那段历史在当时似乎已经被西方世界遗忘，但那更加激发了我的好奇心。

仅仅通过祖父留下的那些黑白画面，我无法想象当时他经历了怎样的绝望。作为后来人，我们能够通过历史书了解当时发生的事情，但他只能看到眼前的残酷场景，甚至不知道自己是否能活着离开那里。但他还是坚持留下来，不为任何的名誉、财富或命令，他只是在做自己认为正确的事情。

“希望更多人了解历史并体悟和平的珍贵”

南都：你对中国的了解是从什么时候开始的？

克里斯·马吉：三岁的时候，我随家人去了香港，在那里生活了十年。我的父母都非常尊重和了解中国文化，我从小也能在家里吃到中国菜，我在学

□ 约翰·马吉

校里最要好的朋友也是中国人。长大成人后，我又两次前往中国，在长沙和杭州领养了我的两个宝贝女儿，她们现在都生活在我身边。我很难说我人生中这些与中国的联结是否与祖父有关，但我相信他的故事在冥冥之中牵引着我。

南都：2017年你来到南京重走祖父的路，这对你来说有何意义？

克里斯·马吉： 2017年，一位来自纽约的电影制作人找到我叔叔，也就是我祖父的小儿子，邀请他到南京参与一个纪录片的拍摄。尽管我叔叔很想立即动身，但由于他年事已高，已经不适合长时间的拍摄工作，最终被医生拦了下来。当叔叔表示希望我能代替他去南京的时候，我简直不敢相信。我一直想去南京走一走，现在终于等来了机会。

我从祖父留下的南京大屠杀电影胶片中选取了一些建筑、街道、河流等画面，在南京找到相同地点并拍摄照片。我希望通过这组跨越80年的照片，连接中国与西方，让更多的人了解、铭记南京大屠杀这段历史，并从中体悟和平的珍贵。

“任何善意、尊重和爱都终会影响这个世界”

南都：那次南京之行给你留下了什么印象？

克里斯·马吉： 南京给我的印象可以用“惊艳”来形容。那里遍布繁华的商业中心和现代化的标志性建筑，同时也有许多古色古香的建筑穿插其间，为这座城市增添了特有的人情味。

拍摄期间，常有素不相识的人在知晓我的身份后，特地走过来与我握手，为我祖父所做的一切向我致谢，他们带给我的震惊与感动，至今令我难以忘怀。这让我感受到了与祖父的强烈联结，也对生活在这座城市里的人们产生了亲人般的情感。

有时我会觉得这非常不可思议。80年过去，当年的痛苦与磨难已随那代人远逝，但祖父在此缔结的友谊、种下的善因却开花结果，最终润泽了他的后代。

南都：你认为，今天我们能从约翰·马吉的事迹中学到什么？

克里斯·马吉： 几年前，我曾有机会与南京大屠杀的幸存者对话。在对视

□ 约翰·马吉使用的摄影机

时，我感觉到国家、地域、人种的差异都在那一刻消失，身处同一空间的我们，进行的是一种最为自然朴素的、心与心之间的交流。我想国家之间的交流也可以如此，虽然我们永远无法解决所有问题的分歧，但我们至少应该学会平等地交流，以及以善意待人。

回望80多年前，祖父用他的微薄之力，给那段冰冷残酷的历史片刻温暖，也因此为后人称颂。生活在今天的我们，或许无法复制那样的事迹，但我相信，任何在平凡生活中释放的善意、尊重和爱，都终会影响这个世界。

【人物背景】

1937年，侵华日军逼近南京，黑云压城之下，各国使馆纷纷发出撤侨警告，要求在宁的外籍人士离开。然而，包括美国传教士约翰·马吉在内的20多名国际友人最终选择留下，组建南京安全区国际委员会，救助了20多万无辜的中国平民。

日军攻陷南京后，实施了惨绝人寰的南京大屠杀，同时在国际上粉饰太平，企图掩盖罪行。在这期间，约翰·马吉用16毫米摄影机秘密拍下了105分钟的画面，成为后来揭露日军暴行的铁证。

1946年，远东国际军事法庭审判日本战犯时，马吉作为证人向法庭陈述了他在南京亲历的种种日军暴行；1947年初，南京军事法庭在审判谷寿夫等南京大屠杀战犯时，当庭播放了马吉的纪录片作为屠城铁证。

2002年10月，约翰·马吉的儿子大卫·马吉将他父亲当年所用的摄影机等文物捐赠给了侵华日军南京大屠杀遇难同胞纪念馆。

2014年12月13日，习近平在南京大屠杀死难者国家公祭仪式上的讲话中提到，令人感动的是，在南京大屠杀那些腥风血雨的日子里，我们的同胞守望相助、相互支持，众多国际友人也冒着风险，以各种方式保护南京民众，并记录下日本侵略者的残暴行径。他们中有德国的约翰·拉贝、丹麦的贝恩哈尔·辛德贝格、美国的约翰·马吉等人。对他们的人道精神和无畏义举，中国人民永远不会忘记。

2017年，南京向约翰·马吉之孙克里斯·马吉先生颁发紫金草国际和平纪念章，以表达南京人民对80年前那场大屠杀期间，约翰·马吉无私救助难民的感恩和敬意。

南非金砖国家事务协调人
阿尼尔·苏克拉尔：
中国不断为世界贡献智慧和方案

金砖国家是新兴市场和发展中国家间的重要合作机制，也是南南合作重要平台，成立16年来已成为国际舞台一支不容忽视的重要力量。2022年是金砖“中国年”，中国将在时隔五年后，再次担任金砖国家主席国，主办金砖国家领导人第十四次会晤。

2013年3月，习近平作为国家主席首次在国际多边舞台亮相，即是在南非德班出席金砖国家领导人会晤。当时，阿尼尔·苏克拉尔（Anil Sooklal）以南非外交官员的身份，首次与习近平主席会面。2022年6月21日，阿尼尔·苏克拉尔参加了2022年金砖国家协调人第三次会议，高度赞赏中方主席国发挥的领导作用及所做工作，并表示将继续共同推动金砖国家领导人会晤取得丰硕成果。

2022年6月，苏克拉尔在接受南都、N视频专访时回忆，20世纪80年代，步入大学校园的他选择了当时在南非并不热门的亚洲史专业，用数年时间深入研读中国的历史、文化和哲学，并深深为之着迷。90年代起，苏克拉尔加入南非政府，并多次到访中国，见证了中国现代化发展的巨大成就。

在苏克拉尔看来，中国在全球扮演着越来越重要的角色，是多边主义的坚定捍卫者、发展中国家利益的维护者和促进者。“作为世界第二大经济体，中国始终以真诚、平等的姿态展开国际交流合作，中方旗帜鲜明地提出构建人类命运共同体的理念，不断为世界和平稳定发展贡献中国智慧和中国方案。”

本文首发于南都新媒体专栏《携手向未来——回访和总书记面对面的国际友人》，2022年6月23日。

□ 阿尼尔·苏克拉尔

“充分体现了大国领导人的胸怀与担当”

南都：2013年的那次会面，给你留下了什么印象？

阿尼尔·苏克拉尔：2013年3月，习近平主席对南非进行国事访问并出席金砖国家领导人第五次会晤，我作为南非外交部官员参与了迎接。那一年，他以国家主席身份首次出访的国家当中，就有包括南非在内的非洲国家，我想这足以表明他对中非关系的高度重视。我们为此感到无比荣幸。

当时，我们在行政首都比勒陀利亚举行了隆重仪式，以最高礼遇欢迎习近平主席。他面带微笑走来，与我们一一握手。习近平主席由内而外散发着坚定而又谦逊的气质，独有的强大感召力让人在敬重之余备感亲切。此后，我有幸多次在国际会议场合见到习近平主席，他广博的知识储备给我留下了深刻印象。

南都：你如何看待构建中非命运共同体这一提议？

阿尼尔·苏克拉尔：这充分体现了习近平主席作为大国领导人的胸怀与担当——不仅关心中国人民的福祉，更志在同世界分享中国发展经验，帮助更多发展中国家摆脱贫困、共享繁荣。

多年来，习近平主席用行动兑现承诺。2015年，他来到南非，在中非合作论坛约翰内斯堡峰会上提出了“十大合作计划”，涵盖工业化、农业现代化、基础设施、贸易和投资便利化等领域，并提供了总额600亿美元的资金支持。2018年，中方又在原有基础上推出了“八大行动”。这些合作将中非全面战略合作伙伴关系推向新的高度。如今，越来越多的中国企业在非洲投资建厂，非洲基础设施建设和工业化进程取得显著进展。

受益于中国分享的现代化农业技术，非洲农业生产和加工能力得到有效提升，为本地减贫事业作出重要贡献。许多非洲青年也在有关计划下，获得了更多就业机会和更广阔的发展空间。

“中国在多个领域走在了世界前列”

南都：你对中国的了解是从什么时候开始的？

阿尼尔·苏克拉尔：我对中国的历史、文化和哲学非常着迷。20世纪80年代，我在大学里研读了多年的中国历史。在我看来，从百家争鸣时期的思想绽放，到四大发明等领先同时代的器物创新，几千年来未曾间断的中华文明沉淀了中国先民发展与变革的智慧，对世界文明发展具有重要推动与启示作用。

20世纪90年代，我首次前往中国，第一站就是北京。那时北京街头的自行车比汽车要多，是人们的主要出行方式。此后短短几十年，我见证了北京等多座中国城市的快速崛起，完备、现代化的基础设施赋予社会勃勃生机。让我印象最深的是西安——作为千年古都，西安实现了历史与现代的融合相生。在繁华的都市中，历史遗迹被最大程度地保留，成为城市景观中不可分割的一部分，充分彰显了中国人民的文化自信。

南都：你如何看待中国近十年来的发展成就？

阿尼尔·苏克拉尔：过去十年间，我去过中国许多地方，有的地处山区，在国际上并不知名，曾有上百万的贫困人口，但仍以惊人速度实现了翻天覆地的变化。我了解到，就在2021年，中国取得了脱贫攻坚战的胜利，实现了全面建成小康社会的目标，这是举世瞩目的成就，充分体现了中方以人民为中心的发展思想。中国全面脱贫的成功实践和宝贵经验，更有助于广大发展中国家早日消除贫困，为世界减贫事业作出贡献。

与此同时，我注意到创新型经济成为中国的新发展方向。尤其在东南沿海地区，传统劳动密集型产业不断转型升级，取而代之的是一座座崭新的高新技术园区。这使中国在互联网经济、高速铁路等领域走在了世界前列，一系列创新成果惠泽多国。

“全球安全倡议对改变国际社会环境至关重要”

南都：你怎样看待中国目前在国际社会中的角色？

阿尼尔·苏克拉尔：我很高兴地看到，不断发展壮大的中国一直是多边主义的坚定捍卫者、发展中国家利益的维护者和促进者。作为世界第二大经济体，中国始终以真诚、平等的姿态展开国际交流合作，中方旗帜鲜明地提出构建人类命运共同体的理念，不断为世界和平稳定发展贡献中国智慧和中国方案。

在我看来，习近平主席2022年在博鳌亚洲论坛中提出的全球安全倡议对改变当前国际社会环境至关重要。目前，全球局势面临严峻挑战，国际社会亟须构建一个兼顾各方诉求、包容各方利益的国际和区域安全格局。中国充分注意到了这一问题，并身体力行作出表率，为维护和实现全球安全注入信心和动力。

南都：对于南非与中国友好关系的未来，你有怎样的期待？

阿尼尔·苏克拉尔：南非与中国的友好关系由来已久，正如两国领导人交谈时提及的，南中两国有着“同志加兄弟”的特殊友好关系，这是一种建立在互信、互利和相互尊重基础上的友谊。

近年来，南中全面战略伙伴关系一直保持强劲发展势头。两国还签署了新的十年合作战略规划，涉及政治、经贸、人文等领域的交流协作，并进一步强调了双方在重大国际、地区问题和重要国际合作机制上的合作共识。2023年，我们迎来正式建交25周年的历史性时刻，我坚信两国之间这种牢固且特殊的友好关系能继续发展壮大，并将在未来迸发新的活力。

德国汉学家培高德：
构建人类命运共同体符合各国人民利益

“他聚精会神地倾听每位专家的发言，边听边做笔记，然后非常详细地回答我们提出的问题。”

2014年3月，国家主席习近平在柏林会见德国汉学家、孔子学院教师代表和学习汉语的学生代表，同他们就加强中德语言文化交流进行座谈。时任杜塞尔多夫孔子学院德方院长培高德（Cord Eberspächer），在2022年6月接受了南方都市报、N视频专访。他表示，与习近平主席的这次会面交流，很多细节他都记得，也让他感触颇深。

20世纪90年代末，培高德曾来到北京进修中文。2003年，从德国汉堡大学博士毕业后，培高德在柏林普鲁士文化遗产秘密档案馆任职，其间与北京第一历史档案馆共同开展“普鲁士—德国与中国”项目。2010年至2020年，培高德担任杜塞尔多夫孔子学院德方院长一职。

在培高德看来，随着中国的国际地位和国际影响力显著提升，有越来越多的欧洲人想了解中国文化，并努力学习中文。与此同时，他认为，中方提出的构建人类命运共同体，符合世界各国人民的根本利益，代表未来全球化发展的正确方向，也正得到越来越多国家及民众的认同和支持。

本文首发于南都新媒体专栏《携手向未来——回访和总书记面对面的国际友人》，2022年6月24日。

□ 培高德

“从会面中明白了传播中国文化的方法”

南都：2014年那次会面，给你留下了什么印象？

培高德：2014年3月，习近平主席在柏林会见德国汉学家、孔子学院教师代表和学习汉语的学生代表，同我们就加强中德语言文化交流进行座谈。

我仍然非常清楚地记得很多细节。一个国家的领导人愿意在一次外事访问中，与来自学术界的人会面，并倾听他们的意见，这是相当不易的。参加座谈的德方与会人员，有的是研究中国历史文化的学者，有的是从事汉语教学的专家，还有的是对中国语言文化感兴趣的年轻人。座谈开始前，习近平主席与我们一一握手，亲切交谈。他在倾听我们演讲时非常专注，边听边做笔记，然后非常详细地回答了我们提出的问题。

南都：这次座谈你有什么收获？

培高德：我记得我当时演讲的主题是如何在国外推广中国传统文化。我提了一个问题：如今传播中国文化时，是否要把中国传统文化和当代文化相结合？习近平主席回答了我的问题。

他的回答让我明白，介绍中国，既要介绍特色的中国，也要介绍全面的中国；既要介绍古老的中国，也要介绍当代的中国；既要介绍中国的经济社会发展，也要介绍中国的人民和文化。要继续探讨今天的中国与其历史和文化之间的关系，就要将中国传统文化和当代文化更好地结合，并以外国人容易接受的方式对外传播，提升中国的软实力和国际影响力。

中华优秀文化传统已成为中国文化的基因，根植在中国人内心，潜移默化地影响着中国人。现在越来越多德国人愿意学习中文，希望了解中国文化，所以更要继续做好对外文化交流。

“中国的国际地位和影响力显著提升”

南都：在你看来，为什么越来越多的德国人想学习汉语？

培高德：我认为这和中国的国际地位和国际影响力显著提升有关。当我开始学习中文时，家人和朋友不理解我的做法，他们当时认为，中国是一个遥远的国度，学习中文没有什么用处。我入职孔子学院后，我告诉身边的德国朋友，我很多年前就开始学习汉语了，他们都一致认为这是个非常明智的决定。

在世界多极化、经济全球化的时代背景下，人与人沟通很重要，国与国合作也很必要。沟通交流的重要工具就是语言。一个国家文化的魅力、一个民族的凝聚力主要通过语言表达和传递。掌握一种语言就掌握了通往一国文化的钥匙。学会中文，才能了解中西方文化的差异，进而客观理性看待世界，包容友善相处。

南都：请谈谈你的研究经历。

培高德：我是历史学家，也是汉学家，目前在湖南师范大学外国语学院教授中欧比较史、中国与西方、中德关系史等相关课程。与此同时，我也在德国波恩莱茵弗里德里希·威廉大学教授相关课程。最近几年，我致力于中国近代史及其全球关系、中德关系史以及19世纪、20世纪中国现代化进程的研究，尤其关注对中国定型观念的历史研究等。

2010年至2020年间，我担任杜塞尔多夫孔子学院德方院长一职，结束这段工作后，我到波恩莱茵弗里德里希·威廉大学授课。后来，湖南要建立一个国际化的交流中心，需要一些有国际化视野和经验的人来帮助他们。到湖南师范大学工作对我来说是不小的挑战，给学生们教课对我而言也是非常开心的体验。我的中国学生们非常活泼、有趣，他们对祖国的文化有很强的认同感。我想，我一定能和这些年轻的学生们共同取得一些研究成果，我也会尽我所能帮助他们打开通向世界的窗户。

“构建人类命运共同体代表全球化发展的正确方向”

南都：你如何看待构建人类命运共同体这一理念？

培高德：我认为，中方的每个倡议都是朝着和平、理解和合作的方向提出的。在当今国际局势下，建立可以彼此沟通、交换意见的框架是十分重要的。

构建人类命运共同体的理念，可以帮助我们突破一些障碍。我曾在课堂上给学生们举了一个例子，1972年2月，美国总统尼克松胸怀“我们为和平而来”的宗旨，将中国之行视作与人类登月一样神圣和崇高的事情。这次访问缓和了东西方关系，增强了维护世界和平的力量，改变了国际战略格局。这个历史事件也给如今的国际社会提供了很多启示——不管你来自哪个国家，我们都有共同的命运，我们之间相互影响。

正如中方在阐述构建人类命运共同体这个理念时指出的，当今世界，各国相互联系、相互依存的程度空前加深，人类生活在同一个地球村，生活在历史和现实交汇的同一个时空里，已经成为你中有我、我中有你的命运共同体。构建人类命运共同体，符合世界各国人民的根本利益，代表未来全球化发展的正确方向，正得到越来越多国家及民众的认同和支持。

南都：作为汉学家，你对文化传播和交往有何期待？

培高德：我觉得德中两国其实都需要进一步思考，未来应如何保护传统文化。中国传统文化和当代文化交织在一起，共同构成了如今的中国。希望德中两国未来加大语言交流合作和中西方比较研究，也期待两国年轻人能加强交往，传承友谊。

期待德中两国人民进行深入交流，互相了解，我认为这是非常重要的事情。我相信，只要中西方加强交流，持之以恒，偏见和误解就会消于无形。

荷兰前内阁大臣安妮特·奈斯安：
中国为世界注入积极、稳定、建设性力量

2022年是中荷建交50周年。同年5月18日，国家主席习近平同荷兰国王威廉-亚历山大互致贺电。习近平主席指出，中荷建交以来，在双方共同努力下，两国关系不断发展，各领域合作成果丰硕。

2014年5月，习近平主席在上海召开外国专家座谈会，荷兰籍安妮特·奈斯安（Annette Nijs）等专家在会上发言，对中国推进创新型国家建设提出了意见和建议。奈斯安在2022年6月专访时表示，陪同习近平主席步行至会场并交谈的场景，令她至今印象深刻。

奈斯安是全球著名经济学家，2018年，她出任BSN荷兰商学院全球校董会主席，多年来一直致力于积极推动中国与欧盟国家和企业的多领域合作，并撰写了两部著作，以促进各国人民更加深入地了解中国。

奈斯安告诉南都记者，对于未来荷中两国继续开展深入合作，她本人充满信心。在她看来，中国走出了一条与西方截然不同的发展道路，成功探索出一种具有自身特色的发展模式。如今，中国已走在时代前沿，并在国际舞台持续发挥积极作用，为世界带来新的机遇。

“站在人类发展前景的角度思考很了不起”

南都：请向我们介绍下2014年外国专家座谈会上的情形。

安妮特·奈斯安：座谈会开始前，我陪同习近平主席从合影处一路步行至

本文首发于南都新媒体专栏《携手向未来——回访和总书记面对面的国际友人》，2022年6月27日。

□ 安妮特·奈斯安

会场，获得了与他短暂交谈的机会。

能在习近平主席面前发言，对我来说是莫大的惊喜和荣誉。为了这次发言，我精心准备了许久。座谈会上，我提出的主要观点是，中国有许多走在国际前沿的科学家，也有一定程度的创新，但“创新”和“创造”有所不同。比方说，购买原材料生产汽车确实很容易，但想自主研发制造国产大飞机就难多了。为此我建议，除了关注科学家，还要关注那些有能力制造像飞机一样复杂的产品，以及能推动中国制造业智能升级的人。

习近平主席在座谈会上认真听取我的发言，并对我提出的意见和建议作出了回应，这令我印象非常深刻。我能从言语中感受到他强大的人格魅力——不仅能从事情本身出发，还能站在人类社会发展前景的长远角度去思考问题。这很了不起。

南都：这场座谈会对你有什么启发？

安妮特·奈斯安：中国走出了一条与西方不同的发展道路，成功探索出一种具有自身特色的发展模式。因此，我必须放下过去所学，才能真正了解中国。时至今日，我仍未能完全读懂这个国家，但在我眼中，中国已走在时代前沿。21世纪是中国的世纪，了解这个时代的全球领跑者至关重要。

我一直以促进各国人民深入了解中国为己任，为此我写了一本书，以求向读者阐释，中国的国际地位提升之后，将会对世界产生怎样的影响。在这本书结尾处我总结道，中国与西方国家有诸多不同，但在诸多领域发挥了积极作用，并在多方面处于世界领先地位。我们无须对中国的崛起感到害怕。

“中国不断为世界注入积极、稳定、建设性力量”

南都：你来过中国吗？对中国有什么印象？

安妮特·奈斯安：我曾多次到访中国，一是为了完成我未竟的中国研究，二是为了和我的中国朋友见面。近两年，我通过参加线上会议和中国朋友们交流。让我印象深刻的是，基于中国对荷兰的真实报道，有时我遇到的中国人，甚至比我还要了解我的国家。我和不少中国朋友成为莫逆之交，令我感动的是，他们总是在我的身边，不计付出，不求回报。以前我觉得只有在家乡才可以交到挚友，但在中国，我也收获了珍贵的友谊。

我相信，在世界百年未有之大变局加速演进的背景下，基于事实来做决定尤为重要，而中国正不断为世界注入积极、稳定、建设性力量。

南都：2015年，你被授予中国政府友谊奖，这是为表彰在中国现代化建设中作出突出贡献的外国专家而设立的最高荣誉奖项。在获奖的那一刻，你有什么感想？

安妮特·奈斯安：说实话，我非常惊讶，也十分高兴，我从未想过能获此殊荣。在颁奖礼上，我见到了来自各行各业的人才，大家有着不一样的身份背景，向我分享了各自的感受，这也令我有机会更加深入地了解中国。可以说，这个奖项把我们紧紧凝聚在一起，也让我们得到了更多被倾听的机会。其实，我同部分外国专家也曾接受中国政府的邀请，就起草《政府工作报告》建言献策。中国愿意聆听我们的想法，这是一件很好的事情。

“中国为世界带来很多新机遇”

南都：这十年来，你见证了中国发生的哪些变化？

安妮特·奈斯安：世界在向前发展，中国带来了很多新机遇。比如，在让荷兰人引以为傲的太阳能领域，来自中国的太阳能公司在荷兰北部建造了规模巨大的太阳能公园，荷兰的部分医院也在使用来自华为的数据云服务。

近年来，荷兰在农业、商业、文化、新能源、航海和物流等多个领域与中国开展合作，目前来看，这一趋势还在继续。2022年4月，在荷兰阿尔梅勒世界园艺博览会园区内举行的“荷中设施农业与园艺合作论坛”上，荷中就促进两国园艺企业之间的交流与合作展开探讨。

此外，两国在音乐方面的合作也释放出积极信号，中国著名钢琴家郎朗就曾多次来荷演出。在我看来，鲜花和音乐都具有表达人类共性情感的功能，有助于增强两国人民的友谊。除此之外，两国企业家也在双方擅长的领域内不断探索合作的可能性，并积极互相分享成果。我希望，未来几年里我们能看到合作之花结出丰硕果实，这将鼓励我们继续寻求在更多领域的合作。

南都：你如何看待构建人类命运共同体这一理念？

安妮特·奈斯安：这一理念令人眼前一亮。我们生活在同一个星球上，享有共同的利益，达成合作对我们而言并不是难事。我知道，荷中正在分享包括建设智慧城市和绿色城市在内的各项可持续发展技术。此外，在关系到获取食物和干净饮用水的海洋清理技术、寻找新的脱碳技术等方面，我们还可以考虑加强深度合作。

从构建人类命运共同体的角度看，我们仍可通过增强全球性合作，来克服某些由地区局势紧张引发的危机。在VR、DNA或克隆技术层面，人类希望科技发展最终能达到什么程度？从构建人类命运共同体的角度来探讨类似问题，对全人类也都是有益的。

第三章

同心同行向未来

港澳台同胞都是堂堂中国人，支持港澳台同胞共享国家发展机遇成为新的历史命题。无论是香港科学家参与祖国航天事业，还是艺人北上发展，南方都市报均给予了充分关注。在完善香港特区选举制度等重要节点，更是提前部署、精准预判，进行了有力的舆论铺垫。

香港特区首任立法会主席范徐丽泰：对全国人大完善香港选举制度的决定感到高兴

2021年3月11日，十三届全国人大四次会议高票通过了《全国人民代表大会关于完善香港特别行政区选举制度的决定》。当天，香港特别行政区首任立法会主席范徐丽泰接受了南方都市报、N视频记者专访，表示对该决定的通过“感到很高兴”。她指出，香港选举制度已经到了十分迫切需要完善的时候，“由中央层面主导完善香港选举制度，既是基于现实的需要，也完全合理合法”。

范徐丽泰曾担任香港特别行政区筹委会委员。香港回归后，连续三届担任香港立法会主席，后为第九、十届港区全国人大代表，第十一、十二届全国人民代表大会常务委员会委员。2007年，她获得代表香港特区最高荣誉的大紫荆勋章。

投身香港政界数十年，范徐丽泰见证了香港社会的发展与变迁。2019年“修例风波”期间，她多次发声谴责暴行以及外国势力对香港事务的干涉。对于有香港年轻人参与暴力活动，走上街头肆意损毁基建，和警方对峙，她曾直言痛心和感伤。

本文首发于南都新媒体专栏《“爱国者治港”原则系列访谈》，2021年3月11日。

□ 范徐丽泰

谈“爱国者治港”：这不是一个新要求，也不是高标准，而是底线

南都：2021年3月11日，十三届全国人大四次会议高票通过《全国人民代表大会关于完善香港特别行政区选举制度的决定》，你得知该消息后心情如何？你认为完善香港选举制度的必要性在哪里？

范徐丽泰： 香港选举制度已经到了十分迫切需要完善、调整的时候，可以说，香港已在悬崖边，再不加以阻止，就要坠入万丈深渊。所以，我很高兴全国人大及时通过了这个决定。

过去较长一段时间，尤其在“修例风波”期间，香港充斥着各种“黑暴”活动，那些暴徒打着所谓“自由”和“人权”的旗号，却做着践踏香港居民自由和人权的事情，香港变得不再安全，市民出门害怕遭遇暴力，香港经济发展遭受了严重影响。

在这个过程中，我们发现香港立法会的一部分反对派议员，对一系列暴力活动竟然采取鼓励、包容的态度，甚至他们自己成了暴徒，在立法会上叫嚣辱骂政府官员，泼脏水，以肢体碰撞制造混乱，导致很多立法会的议程无法进行。有一些前议员和曾经的特区政府高官，甚至还跑到美国要求美国政客制裁香港，这已不是简单的“发表不同意见”，而是赤裸裸的叛国，让这样的人来管治香港，香港真会坠入万丈深渊。所以，必须尽快完善香港选举制度，拨乱反正，让真正的爱国者治理香港。

南都：各界广泛热议“爱国者治港”原则。你如何理解这个原则？

范徐丽泰：“爱国者治港”不是一个新的要求，早在20世纪80年代，邓小平先生就已经说得很清楚，香港实施“一国两制”制度，治港人士要以爱国者为主体。

此外，“爱国者治港”也不是高标准，甚至可以说是底线，我相信大部分香港人都恪守这样的原则。何谓爱国者？就是真心爱护自己的国家，尊重自己的民族，维护国家主权安全和发展利益，不做不利于国家安全和香港繁荣的事情。在当前的背景下，再次强调“爱国者治港”这条底线，是要以正视听，决心要让香港回到正轨，继续准确落实“一国两制”的基本国策。

谈完善香港选举制度：
由中央主导完善选举制度是现实需要，也完全合理合法

南都：你如何看待这次由中央层面主导完善香港选举制度？

范徐丽泰：我想说一下我的理解，香港政治体制的最终决定权在全国人大及其常委会，这是中央事权。

过去，香港政治体制的一些改革多由特区政府主动提出，然后在香港本地咨询，再上到全国人大常委会最后确定或备案等。这次由中央提出，主要是基于现实和时间的考虑。香港立法会选举将在2021年9月举行，虽然可能推迟，但目标是希望在同年选出新的、第七届立法会。另外，按以往的经验，2022年3月应选出新一届行政长官。如果政改方案由香港提出，咨询就需要耗

时数月，还需要至少三分之二的立法会议员通过，而目前在职的议员比三分之二要少，反对派议员早前集体辞职，只留下两名反对派阵营的议员在议会内。现在是香港做不来这件事，需要中央扶一把。所以，由中央层面主导完善选举制度，是基于现实的需要，也完全合理合法。

南都：全国人大通过相关决定后，下一步将如何落实完善香港选举制度？

范徐丽泰：全国人大通过了这个决定，实际上已为香港完善选举制度指明了具体的方向和提供了明确的框架。下一步，香港特区政府要做的是迅速启动相关工作，逐一落实全国人大的决定，包括选出行政长官选举委员会成员等。

目前，我难以估计什么时候能够完成该项工作，香港特区政府现任行政长官林郑月娥曾表示，选举制度完善要在12个月内完成，时间上确实是比较赶的，而当中的阻力和困难肯定存在。但我认为，这个时候大家只要同舟共济，力往一处使，就可以循序渐进地落实。

“爱国者治港”当然只是一个最基本的标准，世界上没有哪个国家或地区会允许破坏分子担任重要公职，香港自然也不例外。而在此基础上，我建议选举委员会还应吸纳更多对国家发展有较深入认识的“血液”。有些人选与内地接触较多，对国家发展情况的了解较一般香港人而言更为清晰。让他们进入香港的行政系统，有利于香港更好融入国家发展，并在此过程中贡献一份力量。

反驳所谓“香港民主倒退论”：如果暴力就是“民主”，一些西方国家为何不施行？

南都：有部分西方国家抛出所谓“香港民主倒退论”，称完善香港选举制度将对香港的民主原则和民选制度产生负面影响，并称准备采取“进一步应对措施”。对此，你怎么看？

范徐丽泰：我认为，“民主”大概是本世纪被滥用得最严重的两个字了。过去，香港一些“黑暴”分子受到西方势力的蛊惑，打着所谓“民主”的旗号搅乱香港社会秩序。只要看看他们的所作所为就能知道，他们所谓的“民主”，就是用最暴力的方式打压不同的声音，这根本不是民主，而是赤裸裸的暴政。

“修例风波”期间，有香港市民只是因为驳斥“黑暴”分子的言论，就在街头遭到毒打，直到头破血流被送入医院。如果这就是那些西方国家所倡导的“民主”，那他们为什么不在自己的国家里施行呢？倘若回顾下这些西方霸权国家过去在世界其他地方，同样以“民主”为画皮制造的各种麻烦、战争和颜色革命，给当地百姓带去的痛苦与灾难，就能明白其背后目的。

让我感到伤心的是，因为香港的问题，我们的祖国不断被一些西方国家借题发挥、抹黑，但转念一想，这些西方国家以香港问题批评中国的依据本就是荒诞的，因此我们也无须太过认真。如果这些西方国家对自己的历史稍加反思，就会发现他们根本没有资格来指责中国。他们所谓的“民主”，我们不需要，他们自己留着吧！

谈香港的未来：
有祖国这一强大后盾，香港一定能恢复往日的辉煌

南都：你认为，在“爱国者治港”的原则下，除了选举制度，香港未来还有哪些领域有待完善？

范徐丽泰：“爱国者治港”不单是香港立法会和香港特区行政长官需要遵守的原则，还需要香港行政机关、立法机关和司法机关去共同贯彻落实。如果这三大机关都能保证以爱国者为主体，我相信损害国家主权安全和发展利益的事情就不会再在香港上演。

在具体实施过程中，各方难免有意见不合的时候，但只要大家目标一致、理念一致，就能够互让互谅、互相制衡与配合，共同朝着全面落实香港基本法、实现社会繁荣安定的方向努力。

南都：香港“国安法”实施以来，你认为它为香港带来了哪些变化？它最大的意义和价值是什么？

范徐丽泰：香港“国安法”在保障香港的安定方面起了决定性的作用。在香港“国安法”落地实施之后，香港街头拦路闹事的“黑暴”分子逐渐销声匿迹，不少标榜“港独”“自决”的团体也就地解散，这与香港“国安法”出台前的香港形成了鲜明的对比。

可以说，如果没有香港“国安法”，香港现在遭受的将会是“黑暴”势力和疫情的双重打击。而现在香港社会已经逐渐恢复平稳，香港特区政府也在中央政府的帮助下，开始向疫情发起最后的冲击。

南都：经历了过去的不平静，你对香港的未来有怎样的预期？

范徐丽泰：其实香港较其他城市而言，在地理位置、国家支持等许多方面都有着很大的优势。我有不少外国朋友都非常羡慕香港，因为香港的背后，永远都有祖国这一强大后盾的支持。

因此，我希望未来大家能同心协力，一起向前冲。我也相信在中央的支持下，香港一定能恢复往日的辉煌。

香港霍英东集团行政总裁霍震寰：“一国两制”方针形成之初就包含“爱国者治港”

“没有一个国家找叛国者来管治，全世界都是这个原则。”2021年全国两会召开前夕，港区全国人大代表、香港霍英东集团行政总裁霍震寰接受了南方都市报、N视频记者专访，谈及“爱国者治港”原则时他指出，“爱国者治港是天经地义的”。

霍震寰1949年生于香港，是已故香港爱国商界领袖、全国政协原副主席霍英东的二儿子，早年与父亲共同度过了修建广州白天鹅宾馆、投资开发南沙的峥嵘岁月。他向南都记者表示，香港作为一个重要的商业城市，尤其需要稳定的政治环境，香港国安法对社会各界安全感的重建起到了关键作用。

长期关注粤港澳大湾区建设的霍震寰认为，香港应利用自身独特优势，更好地融入国内大循环，推动国内国际双循环。

本文首发于南都新媒体专栏《“爱国者治港”原则系列访谈》，2021年3月2日。

□ 霍震寰

谈“爱国者治港”：应该有一个更严格的标准，对治港者的忠诚度提出要求

南都：各界多次提出“爱国者治港”原则。你如何理解这个原则？你认为它与“一国两制”基本国策之间有着怎样的关系？

霍震寰：我认为，爱国者治港是天经地义的。

没有一个国家找叛国者来管治，全世界都是这个原则。之前有一些反动分子想通过选举瘫痪政府，这其实非常危险。香港作为一个重要的商业城市，需要一个稳定的政治环境，而“揽炒派”要置香港于死地，我们一直非常担心。

当年，邓小平先生提出“一国两制”时已经讲过“爱国者治港”，我很佩服他的远见。西方国家对我们国家的崛起比较担心，妄图利用香港作为棋子，在香港的宽松环境之中培养势力，来影响我们国家的发展。中央看到香港的这个深层次问题，再次出手，有助于维护“一国两制”基本国策。

南都：在“爱国者治港”的原则要求下，你认为香港应在哪些领域作出调整？

霍震寰：邓小平先生当年就说过，“港人治港有个界线和标准，就是必须由以爱国者为主体的港人治理香港”。也就是说，“一国两制”方针从形成之初就包含“爱国者治港”。此前对这一点，香港可能没有很细心落实，现在其实是恢复初心。我相信，下一步大家就是要仔细研究，怎样落实最初的这个要求。

比如，可能现在香港的选举制度非常宽松，我觉得，应该有一个更加严格的标准，对治港者的忠诚度要提出一定的要求。

谈大湾区融合发展：很多外国人“武术朝圣”，大湾区可加强这方面交流

南都：全国两会在京如期召开，作为全国人大代表，你准备了哪些议案建议？

霍震寰：2021年是“十四五”规划的开局之年，大家都非常重视。我尤其关注香港可以如何通过粤港澳大湾区融入国内国际双循环，并为此发挥自己的作用。

我认为其中一个关键点就是科技创新。国家现在在科技方面投入很大，取得的成果也很不错，不过商业转化率还是比较低，我觉得香港在这方面应有所帮助，另外特区政府最近也大力提出支持科技发展。对于香港这样一个比较成熟的商业城市，如何把产品国际化，我有一些针对性的建议。

另外一点，我们现在越来越重视文化的发展，而武术是中华文化的一个重要载体，也是国际人士比较容易接受的一种活动。我这次就提出，如何在粤港澳大湾区内加强传统武术文化的交流。其实很多外国人经常到香港“武术朝圣”，因为很多他们的师父、师爷都是来自香港的，广东也有包括叶问、黄飞鸿在内的很多历史人物的沉淀。我们希望通过武术，来加强年轻一

代的华人华侨对中华文化的了解和认识。

还有一方面，大家都知道香港现在有一些深层次的问题，其实是因为我们以前没有做好对青年的教育工作。现在我们也做了很多努力，来增强年轻人对国家的认识，接下来的重点就是如何优化这些活动，吸引更多人参与。

南都：你曾在全国两会上提出“粤港澳共建产业大湾区”的建议。你对近年来“共建产业大湾区”的进展和前景有哪些观察和看法？

霍震寰：很高兴如今广深港科技合作有了很大进展，深圳是大湾区发展的重要引擎，香港特区政府也非常重视，增加了很多投入，我们还很高兴地看到香港科技大学在广州落户。另外，粤港澳大湾区内交通越来越方便，现在又有一个沪深广磁悬浮的规划，能够令香港和大湾区乃至内地更多城市的共同发展融合得更加快捷。

我认为，创科领域的人才储备十分关键，我们希望香港在吸引人才方面能做得更多，使得整个大湾区合作更加畅顺。

南都：你认为在粤港澳大湾区建设中，香港未来可以如何加强与内地的融合？你长期关注广州南沙的发展，如何看待南沙在整个区域内的角色和潜力？

霍震寰：香港和内地加强融合，现在最关键的一点还是通关。下一步，就是交通和物流更加一体化，以便通过更紧密的接触发挥各自的优势来合作和发展。

很高兴看到，有很多利于南沙发展的政策在不断出现，我把南沙看作广州唯一一个副中心，现在它正在进入一个准备起飞的阶段。南沙的一大优势在于，它还有很多空间可以引进各方面的产业。南沙在粤港澳大湾区的中心地带应该会发挥越来越重要的作用。

谈香港的未来：
希望香港更好地参与国内大循环，推动国内国际双循环

南都：香港国安法实施以来，它为香港带来了哪些变化？

霍震寰：作为香港人我都感到惭愧，这些事应该香港自己做好的，但香港没做好，需要中央出手帮助。香港本来是一个最安全的地方，但“修例风波”时让人完全失去安全感，当时（的暴乱）可以说是无法无天。香港国安法的确对香港恢复安全、稳定的秩序起了很关键的作用，我们很高兴见到香港如今各方面都稳定了下来。

南都：经历“修例风波”和疫情，对于香港的未来，你有什么样的预期？

霍震寰：疫情对全世界可以说是一场“大洗牌”，很多事物运转的方式都会改变，对香港的未来是很大挑战。

我觉得，香港以后会更加依赖国内大循环，以及利用自身在国际上的关系和优势，来更好地推动国内国际双循环。香港在这方面可以发挥它独特的作用，也应该进一步研究可以如何深入参与。

国家在各方面做了很多工作来帮助香港，我作为香港人由衷地感激。我相信整个大湾区发展潜力无限，区域内几个城市都有自己很独特的优点，这一点其实很难得。深圳、广州可以吸引到全国最优秀的人才，希望香港也尽量帮忙吸引一些国际人才，在金融市场发挥作用，一起利用优势分工合作。

在帮助香港年轻人方面，内地在购房、就业和税收上都有很大优惠。内地很多企业，尤其是科技企业也给很多香港青年提供了发展机会，希望政府和企业可以多做一些宣传，让香港年轻人更加了解这些机遇，疫情过后，他们可以好好把握。

香港著名演员汤镇业：
香港演艺界北上发展成趋势，环境对年轻人很友好

“过去两年中，香港就像生了一场大病，但我有信心，有了香港国安法和完善香港选举制度这些‘良药’，香港很快就能痊愈。”近日，香港著名演员汤镇业接受了南方都市报、N视频记者专访，谈及过去两年当中香港经历的种种不平静，他感慨道。

年逾六旬的汤镇业，曾是20世纪80年代香港演艺界的标志性人物之一，出演过百余部经典影视作品，代表作包括《上海滩》《神雕侠侣》《天龙八部》等。到了90年代，他进军内地，此后参演了《宫锁心玉》《金钗谍影》等电视剧。2020年以来，他长居山东青岛，除了不断贡献影视作品，汤镇业还关注时事民生，曾连续担任第九、第十届广东省政协委员。

汤镇业也从不掩饰爱国之情，曾犀利地指出香港年轻一代缺乏国家观念的问题。在对多名子女的爱国教育上，汤镇业表示十分看重，“我始终认为从小培养孩子的家国情怀，帮助他们建立正确的历史观和世界观，是他们成长过程中至关重要的一环。只有如此，无论他们将来走到哪里，都不会忘记自己的来处”。

◆ ◆ ◆

本文首发于南都新媒体专栏《星语香港》，2021年5月18日。

□ 汤镇业。受访者供图

谈变化：香港国安法的出台，让香港人看到了希望

南都：2019年“修例风波”期间，你看到香港发生了什么？

汤镇业：2019年“修例风波”期间，我大部分时间都在香港，我看到“黑暴”分子无视法律，在香港街头肆意破坏，有的“黑暴”行动就发生在我家附近，我和家人的正常生活都受到很大影响，每天出门都提心吊胆。

最让我心痛的是，我看到“黑暴”队伍中有许多年轻人的身影，他们被别有用心的政客利用，青春活力成了一身戾气，一夕之间便将几代人辛辛苦苦建设起来的香港搞得乌烟瘴气。

我感觉，那是香港最黑暗的时刻。

南都：香港国安法实施近一年来，你觉得香港有哪些变化？

汤镇业：过去两年间，香港经历了“黑暴”与疫情的双重打击，社会秩序遭受重创，普通香港市民的生活更是被完全打乱，但2020年香港国安法的出台，让我们再次看到了希望。

近一年，“黑暴”分子已然销声匿迹，社会正逐步恢复稳定。接下来，我希望特区政府能加紧落实香港国安法有关要求，尽快通过本地立法完善选举制度，将一切拉回正轨，重新起航。

南都：近年来，你一直坚持发出爱国爱港的声音。你为什么愿意挺身而出发声？是否有过害怕或担忧？

汤镇业： 一定程度的担心是有的。我的父母、孩子、兄弟姐妹一直生活在香港，我也担心他们会因我的表态而遭到“黑暴”分子报复。

但我始终认为，正义的声音不能缺席。我在内地工作多年，疫情以来也一直在内地生活，我了解事情的真相，知道香港乱局的幕后黑手是居心叵测的西方政治势力，他们打着所谓“民主自由”的旗号来攻击、分裂我们的国家，不过是为了阻止中国崛起。看到自己的祖国受到这般恶意中伤，我作为中国人，实在没有不站出来的理由。

谈教育：培养子女的家国情怀，让他们不忘自己的来处

南都：在多年前的一次采访中，你就曾指出香港年轻人缺乏国家观念的问题。

汤镇业： 我一直认为香港教育出了问题。在我读书的那个年代，香港还有比较系统的历史文化教育，但在过去很长一段时间，香港的历史和传统文化教育一度被轻视，甚至被扭曲。教科书里的一些史实被篡改得面目全非，一些老师甚至受到“港独”思想荼毒，在课堂上肆意歪曲历史，其实已为后来的风波种下了祸根。

除此之外，我感觉很多香港青年其实根本不了解内地，因为香港媒体和社交网站是他们日常获取信息的主要渠道，而这些渠道几乎被“港独”分子占领。为了自己的利益，香港“毒媒”在报道与内地有关的信息时，总会刻意挑选乃至编造负面新闻，许多本就没能建立起正确历史观的年轻人很容易就受蛊惑，滋生出对祖国的怨恨。

南都：你如何让自己的子女了解祖国？

汤镇业：我常年在内地发展，也经常向他们讲述内地的真实情况，耳濡目染之下，我的子女对“港独”分子的居心都心知肚明。因此，即便他们在学校里或生活中接触到“港独”思想，也能分辨孰黑孰白。

后期，我更是直接将两个年纪较小的孩子安排在内地读书，因为我相信，他们能在这里享受更加优质的教育，尤其是中国传统文化的熏陶。

我始终认为从小培养孩子的家国情怀，帮助他们建立正确的历史观和世界观，是他们成长过程中至关重要的一环。因为只有如此，无论他们将来走到哪里，都不会忘记自己的来处。

谈发展：香港影视人北上已成为一种趋势

南都：工作多年，对内地近年来的发展变化有何感受？

汤镇业：内地近年来的发展是翻天覆地的。如今即使在一些三四线小城市，基础建设都已经十分完备，交通网络发达，全国通行的移动支付更是给人们的生活带来极大便利。

而在一线大城市里，人们的工资待遇明显提升，城市环境也越来越优美。尤其在粤港澳大湾区，许多城市都在朝着宜居的方向发展，与香港的拥挤与高压形成鲜明对比。

更令人欣喜的是，内地近年来的发展成果更是在疫情的考验下得到检验，放眼全球，只有我们以最快的速度控制住了疫情，使中国成为2020年全球唯一实现经济正增长的主要经济体。

我认为，这值得每一位中国人为之骄傲。

南都：对于未来香港演艺界的发展，你有何建议？

汤镇业：我认为，加大探索内地市场的力度，是香港演艺界发展的最重要的方向。

随着国际局势变化，海外市场正在萎缩，而且由于制作成本等因素限制，香港电影在海外华人市场的影响力已在衰退。反观祖国内地，不但有广阔的市场和雄厚的观众基础，而且整个影视行业都处于朝气蓬勃的上升期，大环境对年轻人尤其友好。

其实，近年来北上发展已成为一种趋势，许多优秀的香港歌手、演员、导演纷纷涌入内地，我认为这最终将带来双赢局面。我注意到广东是许多香港演艺界人士进入内地的第一站，因为这里和香港同属于粤港澳大湾区，便捷的交通、开放包容的城市性格和熟悉的语言环境，对香港人来说都有着极大的吸引力。香港演艺界人才完全可以在这里施展所长，助推大湾区影视行业的发展。

南都：你对香港的明天有何期待？

汤镇业：过去两年，香港就像生了一场大病，但我有信心，有了香港国安法和完善选举制度这些“良药”，香港很快能痊愈。

在我看来，香港的未来在于融入国家发展大局，继续发挥好其作为重要对外窗口的作用。

研发嫦娥五号取样器的香港科学家容启亮：很高兴我们没辜负期望

人类航天器时隔44年再度奔月取土。2020年12月17日凌晨，嫦娥五号返回器携带月球样品，采用半弹道跳跃方式再入返回，在内蒙古四子王旗预定区域安全着陆。嫦娥五号此次带回2千克月壤，取自月球风暴洋地区。

这份迄今为止“最年轻”的月壤样品抵达地球前夕，同年12月16日，南都专访香港工程科学院院士、香港理工大学教授容启亮，他曾参与嫦娥三号、嫦娥四号所用“相机指向机构系统”的研发。2011年起，容启亮带领团队与中国空间技术研究院合作，负责设计、制造了此次“嫦五”登月采样使用的近距离摄影机、表层采样器和封存月壤样品的初级封装系统。

容启亮向南都记者透露，使用全自动机械臂采集如此大量的月球样本史无前例。“嫦五”带有两个月表采样器以应对不同质地的月壤，着陆月球后，用于月表的采样装置共采样12次，其中第三次一度取样过多，采样器顺利地自动凿去了一部分。

◆ ◆ ◆

南都：2020年11月24日4时30分，长征五号遥五运载火箭在中国文昌航天发射场点火升空，运送嫦娥五号探测器至地月转移轨道。12月1日23时11分，嫦娥五号探测器成功着陆月球。这段时间里，你和团队在做哪些准备？

本文首发于南都新媒体专栏《港事传真》，2020年12月17日。

□ 容启亮

容启亮：长征五号运载火箭发射之后，我们一直留意着资讯，非常紧张地看着嫦娥五号探测器进入地月转移轨道，着陆月球。我们本来应该在北京测控中心看着它采样，但由于疫情，实际上是在香港监测全程。

探测器着陆，进行钻取后，就到我们的部分了。我们团队研发的是两个采样器、两个近摄像机，以及初级封装系统。具体在月球哪个区域采样，由地球这边的工作人员通过近摄像机传回的画面做出选择，在此之后的一切，都是全自动的。

南都：月表采样如何自动进行？

容启亮：首先，接到指令后，初级封装系统将样本罐打开，机械臂将采样器下放采样。

铲子形状的采样器（甲）是为采集松散的月球样本设计的，它闭合时能震动，甩走多余碎片，也能够凿开大块的月壤。采样器（乙）则能够钻进月壤，通过打开齿状金属瓣抓取黏性样本。两个采样器各配有一台近摄像机。

采样一开始进行得比较慢，后面工作人员用得顺手了，就加快了速度。整个过程原来预计要持续30多个小时，结果提早完成，用了不到20小时。第三次采样采多了，我们的采样器顺利凿去了多出的部分。

我们一直在实验室里盯着温度、电流、形态等装置内部的参数，以便发现问题时及时遥控补救。如果遇到什么问题，实验室里有一个模拟器可以让我们立即试验。很幸运，整个流程都很平稳，我们在设计时预测的环境更为极端。

采样完成后，装置自动进行路径规划，返回到嫦娥五号着陆器的平台上，把样本倒进初级封装系统样本罐那里。

南都：月表采样进行了多少次？

容启亮：我们的采样器在月球上采样了12次，同时我们在地球上做试验，看样本罐是不是已经够满了，差不多满了就必须停了，不然盖子会合不上。月壤有时候会堆成一座小山的样子，要一直很小心地看着它，考虑照片拍摄时的光照环境，评估罐子到底有多满，在这个环境下关盖子是否安全。

另外，我们的初级封装系统上有漏斗，用来保护罐子的边缘不会被样本污染，漏斗本身也能实现横向将多余样本刮走的功能。

最后就是锁罐。样本罐一开始是锁在初级封装系统里的，初级封装系统自动把样本罐密封好的同时，要解除罐的锁定，让样本罐能被采样器夹住，拎起来抵达“嫦五”的顶部，也就是上升器的位置。我们的近摄像机有视像导航功能，能自动校正，准确地把样本罐摆进上升器返回舱的凹槽里。

在地球上试过成百上千次，也不能确保到了月球上没问题。这些虽然都是小细节，但我们还是很担心的，做不成难道派个人上去吗？（笑）

我们一路看着机械臂下摇将样本罐取出，稳稳地放进上升器返回舱里，才松一口气，在office开香槟庆功。

南都：“表取采样执行装置”的研发用了多长时间？

容启亮：2010年，我们和中国空间技术研究院合作，争取到这个项目。2011年开始做样机的研发。2012年，样机通过了测试。2017年，真正将投入使用的装置做好交付了。之后的三年里，我们又重新做了很多实验验证。

表取采样执行装置在月球面向太阳的一面运作，而月面温度可高达110

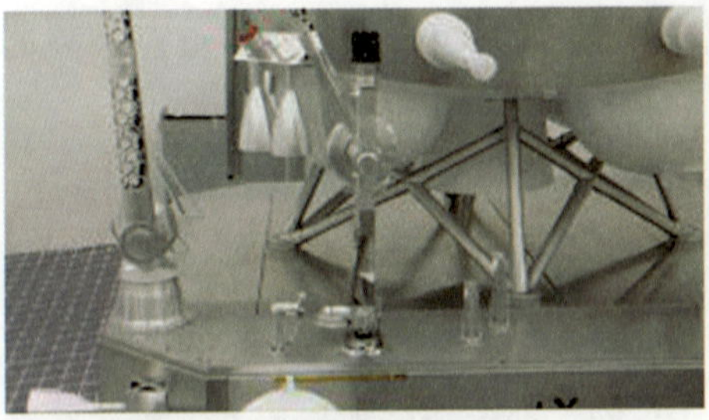
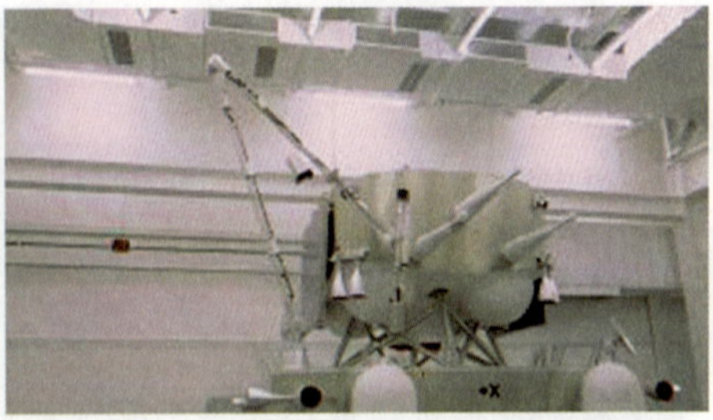

□ 机械臂钳起完成封装的样本罐抵达上升器

摄氏度。我们设计这套创新的系统时就必须考虑，它要能够在极高温下运作，经受太空穿梭期间及月面的极端环境，包括升空及着陆时的冲击和震荡、月球的真空环境、太阳风及宇宙射线，并确保在高速穿越地球大气层时，样本仍然保持稳定。

通过全自动机械臂采集如此大量的月球样本是史无前例的。这个项目从前期研发、装置设计到仪器制造，都需要我们的团队在创新性、精确度和可靠性等方面达到极高水平。这次任务十分复杂，环环相扣，任何细节只要出现细微错误，便会令之前所付出的努力全都白费。我们十分感谢国家把这项关键装置的研发任务交给我们。很高兴我们不负期望。

南都：此次嫦娥五号探月返回任务实现了我国首次地外天体的采样与封装，这一步有什么样的意义？

容启亮：这次我们所取的月壤样本来自月球的风暴洋地区，与此前人类取到的样本完全不同，比那些样本“年轻”几十亿年，受太阳风、宇宙射线的侵蚀比较少，对月球的研究是一个里程碑。

我们国家以前对月亮的了解比较少，这次实现月壤自动采样封装，对我们将来在星空探测领域的研究和发展非常关键。

南都：你是如何与嫦娥计划结缘的？

容启亮：我们团队以前曾经与欧洲太空署、俄罗斯太空署合作。从嫦娥计划开始，我们国家也开始做星空探测。那时候我们香港理工大学的校长和国家航天局有较多联系，他们知道我们有这个能力。

于是，我们团队与中国空间技术研究院的专家为嫦娥三号研发了“相机指向机构系统”，很成功，这个系统也应用到了2019年嫦娥四号的月背探测任务中。

南都：你怎样看待我国航天事业近年来的发展？团队接下来有什么计划？

容启亮：我觉得（我国航天事业）可以说是稳步发展。

做航天研究，最要紧的是在科研中得到知识，同时带动国家的发展。航天工程涉及很多领域，在每个领域都要做到极致。去那么远的地方，第一次就要成功，品质是很重要的，（航天事业的苛刻标准）是一个很大的拉动（力量）。

我们理大在航天项目里所得到的知识和科技都有应用于产品的研发。例如，我们早些时候制作了微型注塑机，它的精准度可以达到微米级，那时候没有其他机器能做到。这些技术后来帮助我们开发了手术机器人，在我们最近研究的无人水管维修、测量中也有应用。其他航天技术转化为民用的例子有很多。

这次嫦娥五号带着样本回到地球之后，我们会重新分析整个过程的数据，探讨是否有改进空间。我们有另外一套准备给嫦娥六号的仪器，进一步的时间表还在论证之中。

香港中文大学校长段崇智：放眼大湾区，实现区域间优势互补

“过去十多年，香港中文大学非常荣幸能够深度参与深圳以及整个粤港澳大湾区的教育发展和科研建设，推动创新人才的培育。”香港中文大学校长段崇智日前在接受央视新闻采访时表示。2020年10月14日，他获邀出席了深圳经济特区建立40周年庆祝大会。

而在同年5月，十三届全国人大三次会议以高票表决通过《全国人民代表大会关于建立健全香港特别行政区维护国家安全的法律制度和执行机制的决定》后，香港各界曾接连发声支持全国人大决定。据新华社报道，段崇智等5所大学校长对此作出了积极响应，他们在联署声明中表示，国家及香港的繁荣稳定与年轻人的未来息息相关，安全稳定的社会环境、健全法制与法治、良好治安、多元包容，对香港的长远发展至为重要。他们完全支持“一国两制”，理解订立国家安全法的必要性。

据悉，香港中文大学是最早在粤港澳大湾区开展学术、科研等交流的香港高校之一，早在2006年已与深圳市政府、中国科学院开展伙伴合作。段崇智出生于香港，是国际知名生物医学科学家，于2018年1月1日就任香港中文大学第8任校长。

2020年12月7日，段崇智接受南方都市报专访，回顾多年来港中大与内地合作的成果。他透露，2014年正式对外招生的香港中文大学（深圳），已连续五年成为广东省内院校中录取分数最高的大学之一。2018年在深圳建立的香港中文大学深圳研究院众创中心，截至2020年底已孵化出46个高新科技项目，其中一项由港中大校友创办的声纹识别项目，已获得亿元人民币融资。段崇智勉励更多香港年轻人，“要放眼国家及世界发展”。

本文首发于南都新媒体专栏《港事传真》，2020年12月13日。

□ 段崇智

“深圳特区40年建设成就中，有港中大的贡献”

南都：适逢深圳经济特区建立40周年，你对这座毗邻香港的城市有什么印象？

段崇智：深圳是一座充满生机的城市，非常适合创业。我们看到，深圳市政府对教育科研的投入一直很大，让深圳科研得以快速发展，各种互联网企业都先后落户深圳，吸引了不少年轻人，目前深圳人口的平均年龄只有32岁，可以说是全国人口最年轻的城市了。年轻人聚集的地方，拼搏奋斗的氛围就变得浓厚。

人们常说“你的邻居就是你最好的朋友”，深圳和香港只是一江之隔，可以说一直是香港最亲密的邻居，也是最好的朋友。香港中文大学（深圳）

成立以来，延续港中大先进的教育理念和方法，为深圳培养了不少科研人才，服务深圳科研和产业各方面。我认为，深圳建设发展中有港中大的一份贡献。

南都：你获邀出席深圳经济特区建立40周年庆祝大会，可以谈谈当时的感受吗？

段崇智：作为教育学者，我对庆祝大会上提到的三点内容非常关注，包括提到要加大基础研究和应用基础研究投入力度，主动融入全球创新网络，要实施更加开放的人才政策，聚天下英才而用之，要抓住粤港澳大湾区建设重大历史机遇，推动三地经济运行的规则衔接、机制对接等。

我认为，港中大与深圳的合作，一直是朝着这个方向努力和实践的。除了2012年获得国家教育部批准和深圳市政府支持，筹建香港中文大学（深圳），早在2006年，港中大就与深圳市政府和中国科学院伙伴合作，建立中国科学院深圳先进技术研究院，其后又在深圳成立香港中文大学深圳研究院；2018年，我们还在深圳研究院基础上成立众创中心，为港中大科研人员和校友到深圳发展提供创业平台。

香港和深圳，都是大湾区的重点人才培训和科研创新基地。港中大非常荣幸，在过去十几年，能够深度参与深圳市和大湾区的教育发展和科研建设，推动创新人才培育。

“港中大校友在深圳的创业项目已获亿元融资”

南都：可以具体分享下，这些年港中大在深圳开展的交流和合作所取得的一些成果吗？

段崇智：我们取得了不少成果。香港中文大学（深圳）自2014年起招生，至今连续五年成为广东省内院校中录取分数最高的大学之一。有别于内地的很多高校，港中大（深圳）延续香港校区的传统，采用的中英双语教育、广泛的通识课程和书院制模式，受到了不少学生的欢迎。

自2019年以来，我们还开始筹建医学院和教学医院，目的是为深圳引进国际医学课程、顶尖医疗系统，以及发展一流生物医学科研。至2020年，这个项目还在筹建当中。

此外，2018年我们在深圳成立的众创中心，主要是为初到大湾区创业的香港年轻人提供一个落脚点，目前该中心已孵化46个高新科技项目，涉及声纹识别、语音信号、处理情绪识别，也有关于医疗影像、5G通信设备等领域的项目。

我了解到，其中港中大商学院毕业生李亚桐与合伙人共同创办的声扬科技（VoiceAI Tech），靠其自主研发的声纹识别、语音识别、语音信号处理、情绪识别等全栈智能语音技术，已处于全球第一梯队，具备在AI智慧时代实现安全、便捷风险控制，欺诈防范，使用者体验提升，客户认知深化等必要基础能力，刚完成了近亿元人民币的A轮融资，被业界一致看好。目前，声扬科技已获得中国工商银行总行、南方电网等数十家大型企业与政府机构的合作项目。

这些都是港中大在与深圳合作实践中非常成功的例子。

南都：香港此前并不平静，港中大如何消除风波带来的负面影响？

段崇智：香港此前的风波，确实对香港的大学校园带来了负面影响，但正是在这个时候，我们获得了经验和教训，也有机会反思我们在校园文化建设中存在的问题。香港中文大学提倡“多元共融”，但大学不能容忍任何形式的歧视、欺凌以及暴力活动。对于违反以上原则的行为，我们有既定程序，通过纪律处分和相关机制来处理。

2020年7月，我们还成立了多元共融事务处，将与各书院、学院、研究院以及其他部门紧密联系起来，旨在创造一个多元共融的和谐环境，让大家乐于在校园安心地学习、研究、工作、生活，培养学生对大学的归宿感。

南都：你如何看待香港擅于培养科技人才，但科创产业不足的现状？

段崇智：香港的优势在于学术研究、培养人才。目前香港高等院校在多项研究领域都处于全球领先位置，我相信未来香港能吸引更多全球的科创人才汇聚，促进国际学术交流，以提升本地科创氛围。

但香港也有劣势，因为香港本土市场规模较小，要落实科研成果的转化往往较为困难，这时我们就无须局限于香港本土，应该放眼粤港澳大湾区，通过大湾区平台，正好帮助香港与内地城市实现优势互补，如香港主力发展上游科研、深圳着力科研成果转化和服务，还有其他城市可着力制造和应用等。通过不同城市不同分工，发挥各自优势，实现科研成果服务于整个大湾区的庞大市场，这样的联合，将为内地和香港发展带来众多机会。

“想告诉年轻人，放眼国家及世界发展”

南都：林郑月娥此前发布施政报告，提到港府将资助1亿港元帮助香港青年到大湾区发展。你怎么看待这个计划？

段崇智：香港特区政府支持香港年轻人到大湾区创业，这当然是非常大的利好。但除了资金，年轻人创业还需要很多其他支持，包括环境、政策等，高校在这点上可以做得更多。

除了我之前提到的2018年我们在深圳成立的众创中心，2020年5月，港中大还在深圳成立了香港中文大学深港创新研究院（福田），这个项目主要是配合落马洲河套区的深港科技创新合作区的发展规划，以及促进香港中文大学有关生物医学科研项目的转化，其中建设发展深港智慧医疗机器人开放创新平台和大湾区肠道菌群与人类健康创新中心，是这个项目目前的主要方向。

此外，我们还在港中大校园内开设了一门特殊的创业创新副修课程，帮助来自各个不同专业的专才学到创业的知识。粤港澳大湾区发展，近期我们还在深圳新设立了粤港澳大湾区发展办公室，统筹两地人才、资金，目的是帮助港中大师生校友于区内学习、认识、体验、交流及创业，协调法律、法规等相关事宜。

南都：你认为粤港两地的合作交流，目前还存在哪些壁垒？

段崇智：香港和内地制度不同，两地在人事、资金、专利归属等制度方面确实存在一些壁垒有待打破。

例如，港中大在内地项目获得的科研经费，是不能够用于建立办公室等的，港中大在内地科研活动的日常运营经费主要来自筹款；在专利方面，过往内地规定科研成果专利属于研发的单位和机构，港中大的科研人员在内地取得的专利成果，校方是否能够应用仍须进一步明确。

但我们也看到了变化，早前深圳落实新例后，科研人员将对科技成果具备所有权及长期使用权，这个做法与香港较为相似。我相信通过不断沟通协调，这些壁垒会慢慢消失。

南都：对于香港年轻人的发展，你有何建议？

段崇智：香港风波以及世界局势的变化，可能给年轻人带来了一些负面冲击，但也让我们学到最大的教训——香港是不可能离群独存的，只有加强合作交流才能实现共赢，所以粤港澳大湾区的发展方向是绝对正确的。

我想告诉年轻人，只要放眼国家及世界发展，任何艰难都可以度过。

澳门义工老人陈雨莲：鼓励青年积极参与粤港澳大湾区建设

“这封回信对我们来说，是最好的重阳节礼物。”2019年10月6日，澳门街坊总会颐骏中心长者义工组的30位老人，收到了一份特别的礼物——来自国家主席习近平的回信。

陈雨莲回忆起当时的场景仍难掩激动：“主席在信中说，希望我们坚持老有所为、继续发光发热，多向澳门青年讲一讲回归前后的故事，鼓励他们把爱国爱澳精神传承好，积极参与粤港澳大湾区建设，携手把澳门建设得更加美丽。”

澳门街坊总会颐骏中心成立于2007年，是一家专业的老年人服务机构。2009年1月，时任国家副主席习近平曾来到中心亲切看望。陈雨莲参加了那次见面活动。她是缅甸归侨，20世纪70年代来到澳门定居，如今已是四代同堂。2022年9月，陈雨莲在接受南都、N视频回访时表示，自己亲身感受到，澳门年轻人在粤港澳大湾区广阔天地里有了更多工作和学习机会。

◆ ◆ ◆

“回信是最好的重阳节礼物”

南都：2019年，你与另外29位老人给习近平主席写了一封信。你们写信的契机是什么？

陈雨莲： 这封信的缘起还要从2009年讲起。当时主席来到中心看望我们，并说以后可以多点交流。10年过去，澳门发生了很大的变化，老年人

本文首发于南都新媒体专栏《十年信笺情——回访收到总书记回信的新时代奋斗者》，2022年9月2日。

□ 陈雨莲

们过着老有所养、老有所属、老有所为的生活。我们想把这些情况与主席分享，就决定一起来写一封信。

写信时，我们围坐在一起讨论，每个人都提出了自己的想法，最终把回归以来澳门由简朴小城变身繁华都会的精彩故事写进了信里。我们还告诉他，作为澳门退休老人，我们深知澳门的发展进步离不开祖国这个坚强的后盾，我们由衷地为自己是中国人而骄傲。

南都：收到回信后，你们有什么感受？

陈雨莲：我们是在重阳节前一天晚上11点多得到的消息，那天我兴奋得一个晚上都没睡着觉，总盼着能快点天亮。第二天我们不约而同地起了个大早，来到中心等待接信，每个人都非常激动。

收到回信后，我们一起仔细、反复地阅读。让我印象深刻的是，主席为我们退休后热心公益事业、生活充实快乐感到高兴，并祝全国的老人们健康长寿、生活幸福。饱含深情的字句让我们深受感动，对我们来说，这是最好的重阳节礼物。

南都：这封回信对你们来说意味着什么？

陈雨莲：主席在回信中谈及，希望我们坚持老有所为、继续发光发热，多向澳门青年讲一讲回归前后的故事，鼓励他们把爱国爱澳精神传承好，积极参与粤港澳大湾区建设，携手把澳门建设得更加美丽。这给我们继续做好义工工作以莫大激励。

收到回信后的那一年，我们变得十分忙碌，经常到澳门各地的学校与年轻人们交流，讲述我们所亲眼见证的澳门回归祖国20年来的发展变化，让他们知道如今幸福生活的来之不易；鼓励他们积极参与粤港澳大湾区建设，在更广阔的天地里寻找工作和学习的机会。中心也在继续做好澳门养老、社会服务工作的同时，不忘把好的经验、做法推广到粤港澳大湾区的其他城市。

“大湾区给年轻人带来更多机遇”

南都：习近平主席在回信的开头提到，想起了十年前在澳门同大家见面的情景。你还记得当天的情况吗？

陈雨莲：那是2009年1月，主席来到澳门街坊总会颐骏中心看望我们。当时我刚退休两年，已经在做长者义工了。面对面见到主席时的那种激动，我到现在还记忆犹新。

那天，他亲切地询问我们退休后生活过得怎么样，我们告诉他，回归后我们的生活越来越好，澳门的老年人都享受到了免费医疗，没有后顾之忧。他听后，衷心地为我们感到开心。

因为2009年是牛年，我们一起做了一只手工小牛，由他亲笔写上“吉祥”二字。后来，我们将那只小牛送给了他，又仿制了一只一模一样的，一直保存在中心里，作为一份特殊的留念。

南都：你当时的心情如何？

陈雨莲：那次见面对我们来说是很大的鼓励。2009年正面临国际金融危机考验，澳门经济也受到了不小的冲击。所幸在国家的帮助下，澳门一步步克服困难，取得了前所未有的发展成绩。我们都很感谢国家对澳门的关注与支持。

南都：澳门回归祖国以来，你见证了哪些变化？

陈雨莲：澳门这二十多年来的变化是全方位的。回归前，澳门的治安情况不容乐观，博彩一业独大，年轻人稍有不慎就有可能误入歧途。回归后，除了经济发展突飞猛进、社会治安显著改善外，澳门的民生福祉也得到了特区政府重视，居民的幸福感大幅提升。

澳门的老人们现在可以享受免费医疗，还能按月领取退休金、养老金，口袋里的零花钱比年轻打工时还要多；孙辈们在接受15年免费教育之余，还能进入内地高校深造；粤港澳大湾区融合发展给澳门年轻人带来更多机遇……这些福利都是我们在回归前不敢想的。

“希望未来能继续发光发热”

南都：你对内地的发展有哪些了解？

陈雨莲：我见证了国家几十年来的沧桑巨变，亲身感受到澳门与祖国的血脉相连。如今，我家中已是四代同堂，生活宽裕了，基本上每年都会组织一次全家旅行，我们一起走过广东、四川、江西、广西、青海等地，看到了祖国各地翻天覆地的变化。

南都：为什么选择在退休后继续做义工？

陈雨莲：出来做义工可以力所能及地帮助别人。澳门有不少独居老人，我们的日常工作就是登门探望或者打电话问候他们，还经常组织老人们一起去看大熊猫、爱国电影等。没事的时候，我也会在中心的咖啡厅里帮帮忙，但凡是我能做的，我都会去做。

近年来，我发现越来越多的老年人自发加入我们的志愿者队伍。从小跟着我跑来跑去的两个孙女，现在也利用业余时间做起了义工，大家都在为我们的社会贡献自己的力量。

南都：你对未来的生活以及澳门的发展有怎样的期待？

陈雨莲：我今年78岁了，还没想过“停下来”。义工工作让我感觉自己越发年轻。我希望未来能继续以身作则、发光发热，发扬老有所为的精神。我深知，澳门居民今天平稳、安定的生活，离不开国家对我们的长期支持。我希望接下来随着疫情影响不断减弱，我们能抓住机遇，充分发挥澳门的独特优势，迎来新一轮的经济发展。

台湾知名舞台剧导演赖声川：
不少作品源自中华文化，两岸一脉应有更多交流

2024年五一假期前，由台湾知名舞台剧导演、剧作家赖声川担任艺术总监的新剧《今生有约》，在上海顺利完成首演。

他在剧中埋下一枚小小的“彩蛋”：“戏中戏”里东北青年“江滨柳”和云南女子“云之凡”，老年在台北重逢。“我创造的这两个角色，他们无法相守，对我来讲这是再明显不过的一个象征，关于一整个时代，关于太多长辈们的分离与痛苦。”同年5月，赖声川在位于上海的专属剧场——上剧场，接受了南都、N视频记者专访，分享他所经历的两岸故事，吐露创作心声。

中华民族在漫长历史中，共同建设了包括宝岛台湾在内的祖国疆域，共同书写了中国历史，共同创造了中华文化，共同培育了民族精神。赖声川正是投身其中的一员。祖籍江西、成长于台湾的他，将先辈从大陆到台湾的故事搬上舞台，让这些历史一路北上，到广州、到上海、到北京……让大陆与台湾观众看见“共同、共通的中国故事”，守护两岸同胞共同的精神家园。

“在多年巡演中感受大陆”

两岸同胞从来都是一家人，应该常来常往，越走越近，越走越亲。

这也是赖声川的多年心得。近日，南都记者在上海上剧场与赖声川对谈。一如既往地，他穿着一身朴素的深色衣裤，鬓角与胡须花白，鼻梁上架着一副黑框眼镜，态度亲近随和。2024年，他迎来70岁生日，距离他第一次来到大

本文首发于南都新媒体专栏《“心手相连向复兴”系列访谈》，2024年5月6日。

陆，已过去了32年。

成长于台湾的赖声川对大陆不可谓不了解。他在大陆工作多年，走过许多省份。历数起来，赖声川直言："在剧场间、巡演中，与大陆朋友们好玩的故事，已经可以写成一本书了！"

1992年，赖声川携舞台剧改编电影《暗恋桃花源》到桂林参加金鸡奖活动，这是他首次来到大陆，随后他又去了深圳。"我在广州也有亲戚，每到广州，就住在舅舅家里"，赖声川向南都记者回忆道。在他口中，这些旅途是一段"静静欣赏相似与不同的过程"。

"最近，我去了泉州，人们都说那是距离台湾最近的地方，我在那里寻找台湾路边摊上的面线糊，没找着。但是，我又从来没有见过像泉州这样拥有如此多庙宇的城市，我去开元寺、妈祖庙、关帝庙，如此平和的、舒适的氛围，和台湾又那么像。"赖声川对南都记者一一细数。

赖声川另一部知名剧作《宝岛一村》的第一幕里，刚刚迁至"台湾南部一个眷村"的众人聚在一起，人人口说不同的方言，标准北京腔、天津话、巴蜀方言、吴侬软语……

□ 赖声川

一个台湾剧作家，何以写出如此多地道的大陆人物角色？

“没有那么难理解！”赖声川笑道，“我们多年巡演，每去一次大陆都能深入感受到许多与台湾相同、不同的地方。”

“剧场文化”，是赖声川“感受大陆”的一个视角：剧场新不新不重要，台上台下关系好不好，才是他更在乎的。

“有一年，我们上午在广州中山纪念堂演出，下午就到了广西河池一个开放景区。我在那里工作，但景区也要开放给观光客，于是他们给我拉了一条线，我在线后的台子上。”赖声川说，在他伏案时，身后的旅行团导游就向游客们大声吆喝着：“各位！请看我们这个中西合璧的建筑……好！我给大家讲讲这位建筑师……好！请看这里，这是著名导演赖声川。”

“我倒成了一个蜡像了！”赖声川举例说，“这么多年在大陆的演出经历，也就是我写作、表演艺术学习、成长、交流的故事。”

2024年1月，赖声川在祖籍地江西省赣州市会昌县牵头建设的“会昌戏剧小镇”，正式开放。他告诉南都记者，想把戏剧教育带回老家。“大陆有越来越多的新剧场，但技术人员太少，尤其基层技术人员十分难得，我们很希望在会昌建设的戏剧技术学院，能为大陆戏剧发展带来技术人才。”

“2019年，会昌退出贫困县序列。它的未来是否可能与文化有关？来自这里的年轻人是否可能将戏剧创作视为未来的一个选项？我不知道。但我想努力把这个种子在这片土地上种下来。”赖声川说。

“讲述中华文化流传下来的故事”

提起赖声川，不得不提他最为著名的三部舞台剧《暗恋桃花源》《如梦之梦》与《宝岛一村》。事实上，两岸历史故事，影响、塑造了赖声川延续至今的创作。

“有关这个题材，我是不需要去思考，也不需要去选择的。我们这一代在台湾生长，面对的是一个十分重要且深刻的主题：我们的父母从大陆到台湾，有成千上万的故事可以讲述。这些故事，都是中华文化流传下来的故事。几十年来它的变化如何？”

就像赖声川的表演工作坊成立后的第一部正式剧作《那一夜，我们说相声》一样，一项深蕴中华文明的民间艺术——相声，突然在台湾没落、消失，“好，那我就写作一部剧本，这是一件很寻常的事情，不需要思考和选择。”他举例道。

另一个更为人所知的主题，是台湾“眷村”。2023年，《宝岛一村》首演迎来第15年，但眷村，却已逐渐从地理位置上消逝在历史的烟尘中。

那是1949年后台湾当局为安置上百万大陆赴台军人和家眷所建立的聚落。“当时，‘眷村二代’王伟忠（台湾电视节目制作人）带着这个故事来找我，但我花了两年时间才决定将这个大故事搬到小舞台上，他‘逼’着我思考，如何让它‘不变小’。”赖声川向南都记者解释道。

《宝岛一村》就这样诞生了，一个“比我们都更大”的故事、“上一代”的故事、两岸的故事。“我们的祖辈父辈，不论在海峡这头还是那头，都辛苦地书写了历史。为何有那么多纷争，一些不必要的纷争？”赖声川发问。他笔下的《宝岛一村》，成为比纪录片更生动的记述。

让赖声川颇有感触的是，在大陆，观众们会说，“台湾最后一个眷村，叫

□ 《宝岛一村》剧照

作《宝岛一村》”。

他也直言，今天即使在台湾演出，许多年轻人也已经不怎么了解眷村了。“‘噢，我爷爷好像是眷村人’，这离年轻人已有些遥远了。这样一想，不能不说有一点凄凉。”赖声川看到，“其中也有温暖——我们至少有一部戏，一个重要的、也许将被历史遗忘的话题，在舞台上活着。”

“就像你说的一样，”赖声川对南都记者笑道，“眷村的最后一盏灯，在《宝岛一村》的舞台上被点燃了。”

“看到大陆与台湾共通的情感”

《宝岛一村》演出了三代人的故事，到第三代及以后，这批居民开始面临“两岸婚姻”的问题。直至今日，两岸婚姻依旧受限于台湾当局对大陆配偶赴台定居的繁琐规定，但赖声川总认为，“应当宽松一点”。

“两岸本来同属一脉，怎么区分得清楚？对我来讲，很多问题要得出答案都十分容易，两岸婚姻应该是顺理成章的事情。”赖声川对南都记者说。

他更推崇交流的意义。2024年4月，马英九率台湾青年到广东、陕西、北京等地寻根、交流。“他带了20个学生来。不，应该每年两万个学生来大陆，两万个学生去台湾，两岸的交流就是要‘多’。我在大陆和台湾工作、生活多年，发现一个道理：两岸关系，是人与人之间的关系，人们互相接触后，你会发现没有什么问题不能沟通。”赖声川说。

有华人的地方，赖声川的剧作总是很受欢迎。但每一次他带着新剧来大陆，还是有些忐忑。

2010年，《宝岛一村》在大陆首演，第一站是广州。他们在白云一个会议中心演出。“那其实并不是一个很适合演出的地方，天气也不好，下着大雨，交通不便，又是首演，”赖声川对南都记者坦言，“我们也不知道广州的观众会对这部剧有何反应。”

剧幕拉开，起先，席间非常安静。那安静让赖声川不安，又让他充满了希望，因为他能读出背后的专注。观众们与故事越走越近，抛梗的地方他们开

□ 赖声川专属剧场“上剧场”

始笑，难过的地方他们一同伤心。“我们真想不到，演出结束时，整场观众都站了起来，掌声持续了五分钟。我们都呆住了。这是一种自然的爱，让人感动。”

这个“出生”于台湾的故事，从广州一路北上，一路轰动。

“《宝岛一村》告诉大家，在台湾，有许多先辈过得很辛苦。在物质层面的辛苦之外，还有一种内心的辛苦，就是乡愁。无法归乡，却又不得不抱揣希望坚持下去。”赖声川讲到这里很是动情。

中华文化是中华民族的精神命脉，是两岸同胞共同的精神家园。那年《宝岛一村》广州的首演，让赖声川看到了大陆与台湾同胞共同、共通的情感与价值，无论是谁，无论在哪儿。

“这是属于我们共同的故事。《宝岛一村》不只是个台湾故事，它（更）是中国故事的一个象征。”

“台湾民谣之父”胡德夫：乡愁是一首歌，将用音乐续写中华民族历史新辉煌

2024年4月，马英九时隔一年率台湾青年再访大陆，来到广东、陕西、北京等地寻根、交流，感言唯有回归民族情感与中华文化，两岸才能长长久久，在岛内持续引发热议。

中华民族一路走来，书写了海峡两岸不可分割的历史，镌刻着两岸同胞血脉相连的史实。作为台湾少数民族歌手，这些年来，胡德夫身体力行，把在两岸多地走访了解到的民族音乐融进了自己的创作，续写中华民族历史新辉煌。2024年6月，已过古稀之年的“台湾民谣之父”胡德夫，带着“匆匆50年”音乐会来到广州，继续吟唱他所见过的山川大地、日月星河，以及对祖国统一的渴望。

同年5月，身在台湾的胡德夫接受了南都、N视频记者专访。谈起曾经从课本中学习王洛宾的民谣歌曲，到如今台当局推行“去中国化”倒行逆施，“让年轻人忘记了自己的祖先”，他说，有责任消解两岸间的隔阂和距离。而他最有力的“武器”就是歌曲，“用歌曲搭起一座桥，两岸人民可以在桥上穿行往来，沟通问好，而我愿做桥上的板钉”。

“台当局推行‘去中国化’很可悲”

胡德夫向南都记者追溯了一份源于18年前的缘分——

2006年，在由南方都市报联合举办的“娱乐十年盛典”中，胡德夫获得十

本文首发于南都新媒体专栏《“心手相连向复兴”系列访谈》，2024年5月8日。

□ 胡德夫

年音乐贡献奖民谣音乐奖。就在前一年，唱了40多年歌的他，发行了人生中第一张专辑《匆匆》，随即拿下金曲奖最佳作词人奖、最佳年度歌曲。

在获奖致辞环节，胡德夫说："假如十年以后我们还在这里见面，我希望台湾跟大陆的隔阂和距离，因为大家的努力让它消失。"

一晃18年过去，回想起当年致辞一刻，胡德夫仍然感触良多："曾经我们的距离是那么近，几乎没有隔阂——后来这种感觉却消失了。"

"台湾正在发生很悲哀的事情，那就是'去中国化'。"胡德夫对南都记者感慨道。

民进党当局推行"去中国化"教育政策，多年来被各界诟病，尤其2019年启用的课纲大幅削减文言文比例，并对中国史进行简化、肢解，遭到广泛批评。

两岸同胞同根同源、同文同种，源远流长的中华文化是两岸同胞心灵的根脉和归属，是两岸同胞共同的宝贵财富和精神纽带。

事实上，关于大陆的记忆，早已深深烙印在胡德夫的脑海里。

“我读小学和初中的时候，音乐课本中的内容多是王洛宾的民谣作品，像新疆民谣《达坂城的姑娘》。这些民谣通过教育留在我们的脑海中，形成记忆。”那时候，台湾音乐教育中的大陆元素比本土元素还多，因此，胡德夫对这片土地并不陌生。

20世纪八九十年代，胡德夫受邀到云南参加一个音乐学术研讨会，也借机陪同一些朋友在大陆寻亲。此后，他多次来到云南、甘肃、四川、广东等地采风，参观了解不同民族的生活方式、服饰，研究当地民族音乐。

这些经历统统被融进了他的音乐创作中，“大陆不同地域的民族音乐所具有的多元独特曲式和唱腔，以及歌曲中的故事和情感表达，都深深地影响着我的音乐创作，并在我的歌曲中有所表现。”

他始终相信，两岸同胞要坚定中华文化自信，做中华文化的守护者、传承者、弘扬者，铸牢中华民族共同体意识。

用双脚丈量大陆的旅行仍在继续。“以前学习历史时，看到成吉思汗曾在呼和浩特的大草原上奔驰，我也想要去那里看看，也想要坐火车从青藏铁路去看看青藏高原。”

他曾在《我们都是赶路人》一书中谈到一首歌，名叫《一座大桥》。“最好的歌就是一座桥。”胡德夫说，歌曲本身是真诚、深邃心意的表达，它给人带来喜悦、平和，是两岸间互相交流最好的语言之一。

在他看来，现在人们依旧需要音乐，歌曲依旧可以变成一座“大桥”，两岸人民可以在桥上穿行往来，沟通问好。“通过分享真诚的音乐，人与人不会怒目相视，不会擦肩而过，遗憾会比较少。”而若歌可以做一座“大桥”，他愿意做桥上的板钉。“如果你相信歌曲的力量，你就要用尽全力去成为桥梁的一部分。”

胡德夫唱的第一首华语歌，是小学时候老师教的《在那遥远的地方》。他在王洛宾歌曲中形成的两岸民谣共同记忆，最终也在广州落地。

2013年，在广州举办的华语金曲奖，将终身成就奖颁给了王洛宾，那一年的评审团大奖颁给了胡德夫。他跟王洛宾的儿子同台领奖，感慨无限，他也终于有机会亲口和对方说一声：“你父亲对我们的影响很大。”

“从歌里感受到两岸分隔之痛”

胡德夫1950年出生于台湾省台东县，20世纪70年代与杨弦、李双泽发起了民歌运动，主张创作与演唱华语歌曲，被誉为“启蒙了整个华语流行乐坛”。

作为一名“山谷里走出来的孩子”，他常常打趣自己是一名“北漂”——从老家台东“北漂”到台北求学、工作与生活。

由于童年的快乐，年少离家的胡德夫尤为不舍。原住民身份洒下的孤寂，让他写了很多念家的歌，想念的是孩提时代的好友，是东部耸峻的高山、纵深的峡谷和广阔的海洋。

在台湾大学外文系求学时，余光中是胡德夫的老师，给他讲过民谣和诗歌，对他产生了极大的影响。

和众多音乐文学创作一样，余光中诗歌中的“乡愁”，也成为胡德夫创作的重要动力。

这些复杂的情感，最终凝成了一句句唱词，化作《大武山是美丽的妈妈》《太平洋的风》《芬芳的山谷》和《美丽的稻穗》。

“乡愁本来就是一首很大的歌。”后来在一场民歌演唱会上，胡德夫唱起余光中的《乡愁四韵》，他才逐渐能够明白这句话的含义。

这些年，胡德夫不时在大陆唱起这首歌，内心仍是充满唏嘘、遗憾。“我的老朋友们有生之年无法回到大陆，我也无法带他们来看看大陆。每当唱起这首歌，我总是心有不舍，感受到数万人历经生离死别、分隔两岸恒久的伤痛。”

中国人的精神内核里始终都有不忘乡愁、叶落归根、团团圆圆的期盼，“北漂”的“小乡愁”最终浓成了“大乡愁”。

曾有人评价，胡德夫的歌里“有自己、有家乡、有世界”。他却说，这是在李双泽的歌声里学会的。

在采访中，胡德夫突然吟诵起了一首歌的歌词：“假如我是一只杜鹃，让我来为你歌唱，歌唱那穷苦的岁月，也歌唱那不停的悲伤……我们大家都是歌手，让我们一起歌唱，歌唱我们美丽的河山，也歌唱我亲爱的家乡。”

这来自李双泽创作的《我们都是歌手》。“李双泽写的歌对我影响很大，

□ 1973年，胡德夫读大学时，在台北一家西餐厅驻唱

我觉得他有很大的胸襟，歌也要有很大的胸襟。”

这一信仰伴随着他，一走就是半个世纪——

恰在50年前，1974年，胡德夫在李双泽的大力促成下举办了“美丽的稻穗”演唱会，那也是台湾华语流行音乐史上第一场个人演唱会。2024年6月，“匆匆50年”胡德夫音乐会将在广州大剧院上演，古稀之年的他仍保持旺盛的创作和演出状态。

胡德夫对南都记者说，他仍有许多话想说，还有很多故事想要借由歌声传达给听众，就像是吟游诗人般，诉说那些年他所见过的山川大地、日月星河，像家里的长辈那样，诉说他所经历过的岁月与足迹。

更重要的是，他希望通过自身的影响力和号召力，增进两岸交流，“音乐是两岸人民的共同记忆”，这也是他倡导“用音乐架桥”的意义。

“把历史用音乐说给台湾年轻人听”

“我们隔着迢遥的山河，去看望祖国的土地，你用你的足迹，我用我游子的乡愁……”

在大陆的数次演讲中，胡德夫常常提起《少年中国》。这首饱含着期待祖国统一渴望的歌曲，曾一度被台当局“封杀”。

他向南都记者感叹道，相较于从前，如今社交媒体发达，年轻人之间相互往来更加便利，但两岸间的交流却遭遇人为阻隔。

“至于历史，”胡德夫说，很多台湾年轻人已不甚了了，“他们应该知道的，也不让他们知道，有人在阻止他们去知道。”

最令他痛心疾首的是，“我们小时候所说的东西，他们（年轻人）都不知道了”。但他依然坚定，“我还是愿意说给他们听”。

胡德夫意识到，还要为年轻人付出更多的努力。

“我们一定要改变这种情况，让台湾年轻人知道自己是谁，记得自己的祖先从哪里来，以及自己的语言和文化的珍贵。”他对南都记者说，音乐人的工作很重要，就是让年轻人不失去原来的自己。“我相信音乐的力量。”

两岸青年好，两岸未来才会好。近年来，在各类音乐综艺节目和晚会上，人们常常能发现胡德夫的身影：一台钢琴，一支麦克风，一身简朴衣着，构成了观众对他的全部荧屏印象。

“有台湾朋友常常问我，一位白头发白眉毛的老人在台上表演，台下成千上万的观众却几乎都是年轻人，他们真的在听你唱歌吗？”胡德夫却从中收获了莫大的支持。

“虽然年纪大了不方便走动，但我仍竭尽所能，有什么活动我都很愿意去。”年轻人热烈的反馈，化作对他巨大的鼓励和支持，“人们知道台上一直有位白发白眉老人在用音乐表达，也记得音乐传递的情感，这已经很可贵了。”

两岸同胞从来都是一家人，胡德夫常常鼓励台湾年轻人不要却步，“可以去大陆，大陆年轻人也可以到台湾来，谁都挡不住”。

在采访中，他也向南都记者谈起了求学趣事。原来，大学时就读于外文系的胡德夫和马英九所在的法律系“经常玩在一起”。

2024年4月，马英九率台湾青年开启了第二次大陆之行，到广东、陕西、北京等地寻根、交流。胡德夫一直关注着马英九参访大陆一事。“我鼓励老马去，希望他能常常去，尤其带着年轻人去，这是对的。”

话锋一转——“但我觉得他去的次数要和我一样多。”胡德夫笑道。“我们需要主动承担起这份责任，在交流上不怠惰，才能更加努力地消解两岸间的隔阂。”

台湾著名歌手、主持人凌峰：乡愁的力量壮怀激烈，还想为两岸交流多做些事

2024年4月，凌峰时隔五年后再度返回台湾，便马不停蹄回到了在台北的家。这里珍藏了一个近四十年的庞大片库，是被他视作这辈子最重要资产的“孩子”——一盒盒被清晰编码、记录下拍摄时间和内容的原始影像带。它们来自一部曾轰动台湾的电视纪录片——《八千里路云和月》。

20世纪80年代，凌峰凭借《出外人》《船歌》等歌曲在台湾走红，主持综艺节目也创下高收视率。随后，他突然放弃岛内的演艺事业，于两岸开放交流当年冲破重重障碍，拍摄了一部介绍大陆风土民情的电视纪录片，《八千里路云和月》就此诞生，他也成为第一位到大陆拍片的台湾艺人。

凌峰是山东青岛人，可以说一口流利的家乡话。2024年5月，已定居泰国多年的凌峰接受南都、N视频记者专访，回顾了当年拍摄《八千里路云和月》的心路历程。他说，自己这辈子做对了两件事，除了拍摄《八千里路云和月》，就是在中国青少年发展基金会的倡导下参与了希望工程。即将迈入耄耋之年，凌峰坦言，希望看到两岸在交流中走向和谐发展，他也一直在思考筹拍新一套节目，希望借此展现家国情怀，“为两岸交流多做些事”。

“乡愁的力量壮怀激烈”

“当然很喜欢，俺青岛好得很！”

2024年3月，凌峰回到山东青岛老家，在视频中用一口地道的青岛话和网友

本文首发于南都新媒体专栏《“心手相连向复兴”系列访谈》，2024年5月17日。

□ 凌峰

介绍自己的家乡。凌峰告诉南都记者，他从小在家，父母都是说青岛话，“所以我们全家都可以用青岛话交流”。

凌峰1945年出生于山东青岛，4岁随父亲到台湾，自幼居住在台北眷村。他还记得，小时候，眷村里的妈妈们在一起，只要一唱起《松花江上》就会流泪。凌峰不懂，只知道一直在青岛长大的父母，把对家乡的思念藏在了节日庆祝中，“爸爸妈妈用节日仪式来抒发自己的乡愁，我们从小就知道要祭拜祖宗”。

凌峰的父亲生前一直想要回一趟大陆。1983年春天，凌峰想方设法让父亲辗转经由日本，回到山东老家。后来听家里人说，父亲扑在爷爷奶奶的坟前号啕大哭，泣不成声，他备感震撼。

“爸爸是家里最有威严的长辈，我从来没听过爸爸的哭声，只知道他喊的那一声‘爹娘’，可以用‘呼天抢地’来形容。”

父亲在返乡同年的秋天离世。随着年岁渐长，凌峰对长辈的乡愁越发感同身受。“我们从小只听过爸爸妈妈和其他长辈讲家乡的故事，但是从来没有亲自看过家乡。”

乡愁越发浓烈，凌峰更感觉到，要以文字、影像等方式记录、保存这份感情。

于是，他萌生了去大陆拍摄一档节目的念头，然而当时，两岸仍对峙隔绝，至亲不得相见，家庭不能团圆。凌峰只是道出了自己的想法，“大家就都说我疯了”。

1987年，凌峰悄悄赶到日本，借东京影展的场合，与中国驻日本大使馆接洽拍摄事宜，没想到遭到媒体曝光。他从日本一回到台湾即遭软禁，岛内报纸封杀他的消息，同时他被勒令不准上电视、不准演出。由于当年海外报纸争相报道，数月后，台湾当局迫于压力才放他出岛拍摄。

“怒发冲冠，凭栏处、潇潇雨歇。抬望眼，仰天长啸，壮怀激烈。”回忆起筹备拍摄的日子，凌峰在接受南都记者采访时，哼唱起《满江红》，随后掷地有声地说道，“这是乡愁的力量，壮怀激烈。”

“回家”的民意汹涌，台湾当局迫于压力终于1987年10月宣布开放部分台湾同胞赴大陆探亲的政策。同年11月11日，凌峰一行便踏上大陆，正式开拍《八千里路云和月》电视纪录片，并亲自担任主持，成为第一位到大陆拍片的

□ 凌峰在采访中

台湾艺人，冲开了封闭38年之久的两岸往来之门。

纪录片取名为《八千里路云和月》，选自岳飞词作《满江红·写怀》，“三十功名尘与土，八千里路云和月。莫等闲、白了少年头，空悲切”。

凌峰说，这既是家国情怀，也是希望能走遍祖国河山，感受地理乡愁、文化乡愁。

凌峰向南都记者回忆道，《八千里路云和月》的拍摄，第一站便来到了广州，实地拍摄了“以天下人为念”的黄花岗七十二烈士墓，以及“爱国、革命”黄埔精神起源地黄埔军校旧址等地，“感慨万千”。

“历史是抹不掉的”

此后，《八千里路云和月》将镜头对准大陆的山川雄姿、风土人情。凌峰每年花一半时间在大陆奔波拍摄，北至黑龙江，西至新疆伊犁，南至云南边境，北京、广州、南京、苏州、桂林、成都、哈尔滨……都留下了他的脚印。

经历了台湾当局多次阻挠，1989年，《八千里路云和月》正式在台湾开播。节目中，凌峰不时出现在镜头前，戴着一顶宽檐帽，留着两撇胡子，手拿一支有线话筒，将大陆不同地方的风土人情娓娓道来，让许多不能返乡却乡愁难抑的台湾同胞，得以通过他的镜头窥见大陆的生活百态，节目轰动一时。

这份来自大陆的呼唤，台湾同胞听得见。

一声声来自神州故土的乡音穿过历史隔阂，跨过台湾海峡，有力地冲破两岸断连的坚冰，掠过台湾的山峦河湖，轻轻呼唤着离家数十年的游子们：常回家看看。

《八千里路云和月》播放六年之久，共有300多集。这份沉重的乡愁，台湾同胞读得懂。之后，越来越多的台湾同胞沿着节目组走过的道路，回到大陆故乡探亲，实现亲友团聚愿望。也正是他们无法遗忘与割舍的乡愁，带领他们走过八千里路，不顾艰辛回到大陆探亲。

凌峰每每见到他们，都难以忽视他们的眼泪，“听他们讲述家乡的故事，有太多太多的感动”。

“我这辈子做对了两件事，一是拍摄《八千里路云和月》，二是在中国青少年发展基金会的倡导下，参与希望工程。”

1991年，凌峰发起创立了海外华人支持希望工程的第一个组织——“希望工程海外爱心基金”，专门接受海外华侨、华人组织和个人对失学儿童的捐助。凌峰本人除捐资创办希望小学外，还在全国各地发起希望工程义演，历时7年，募捐的资金全部用于修建希望小学。

“要帮孩子们建构起一个未来。”凌峰始终认为，教育是国家发展的重要支柱，两岸教育不分家，台湾教育也是中国教育的一部分。

民进党当局推行“去中国化”教育政策多年，凌峰对此不以为然。

“历史是抹不掉的，”他说，台湾是中国的一部分，台湾历史是中国历史、中华民族发展史的一部分，“一小撮人自己搞小团队、搞小动作，鼓吹‘台独’，这是不可能实现的。正是因为团结合作的力量，坚信两岸同胞同根同源，两岸才能克服历史的阻碍，携手走到今天。”

1992年，由凌峰捐建的山东省第一所希望小学“平邑希望小学”落成，并

□ 1990年，凌峰在四川省宣汉县希望小学奠基仪式上

投入使用。至2015年4月，山东省已建成1000所希望小学。截至2024年，山东省青少年发展基金会已累计筹款12.1亿元，援建希望小学1240所，资助困境青少年62万余人。

“如果有一天我走了，”凌峰说，“我的墓志铭上一定要写着：这里埋葬着一个因为希望工程，才有点儿希望的人。”

“两岸必定会走到一起”

《八千里路云和月》拍摄多年，凌峰与大陆结下了深厚情缘。

2023年8月，凌峰阔别十年后再回北京，观看北京爱乐合唱团40周年音乐会。

这其中有一段深刻的缘分——

1990年8月，台北爱乐合唱团作为第一个来大陆的大型演出团体，在北京、上海，分别与中央乐团（现中国交响乐团）及合唱团、上海乐团及合唱团演出了经典抗战歌曲《黄河大合唱》；1992年“台北爱乐”再次来北京，演出了作曲家田丰的音乐作品《云南风情》。

为回馈两次大陆之行，“台北爱乐”邀请中央乐团少年及女子合唱团（现北京爱乐合唱团）于1992年12月赴台湾6个城市环岛巡回演出，在岛内引起极大轰动。

在大陆拍摄《八千里路云和月》时，凌峰被著名指挥家杨鸿年排除万难，坚持创办北京爱乐合唱团的精神所感动。杨鸿年后来回忆道，凌峰拍摄《八千里路云和月》时，光是制作合唱团的专集就花了七八个小时，纪录片的片头音乐《大海啊，故乡》正是由合唱团所唱。

后来，这集纪录片在台湾连续播放了14天，以至于合唱团在台湾演出时，观众还点名要他们演唱《大海啊，故乡》，“说是爱听”。

三十余年过去，如今已继承父亲衣钵的杨力，是北京爱乐合唱团团长兼指挥。凌峰此行来到北京，感慨曾经见过的孩子，“一点点长大了”。

“杨力问，你们当时谁跟着凌峰老师去了台湾，音乐厅楼上的孩子‘哗’

地一下全都站起来了，我特别感动，眼泪都不好意思让他们看到。”凌峰对南都记者回忆道。

除了感动，还有欣慰。“这就是民间的力量。”凌峰感叹道，“它让我看到两岸民间友好交流互联的可能性，以及两岸共同努力能够带来的美好成果。”

时移世易。凌峰向南都记者坦言，这些年来，他也在思考筹拍新一套《八千里路云和月》：“通过节目展现家国情怀，为两岸交流多做些事。”

不过，随着媒介环境的变化，拍摄也面临着更多的挑战。他透露，目前拍摄工作仍在探索研究中。“相较于电视时代，当下主客观环境都发生了巨大变化，我们还需要重新摸索规划。”

凌峰台北的家中存放着一个庞大片库——珍藏近四十年的《八千里路云和月》录像带。

2024年4月，他回了一趟家，就是为了看看这些被精心保存着的资料。在凌峰看来，这些录像带已经不属于他个人，而是公共财产，“是中华民族的资产”。他希望有识之士能够共同合作，让《八千里路云和月》的影像资料在大陆落户，成为维系两岸历史记忆的重要纽带。

也是在同年4月，马英九再次率领台湾青年踏上大陆，在广东、陕西、北京展开寻根、参访、交流之旅。随后，洪秀柱、傅崐萁相继参访大陆，受到广泛关注。

“这个交流太有意义了。”凌峰对南都记者说，看到两岸青年能够面对面、心连心进行交流，“就知道我们都有一个共同的希望——台湾能够回到祖国大陆怀抱，两岸一条心。”

两岸同胞在交流中交心，在交往中增信，“交流”是凌峰常挂在嘴边的关键词。

“一代又一代的人一起交流，两岸必然会走向和谐发展。”他也坚信民间的力量是永恒的，“两岸同胞始终是心连心，只要我们希望大陆好，希望台湾好，两岸必定会走到一起。”

第四章

广东IP名扬海外

广东是改革开放的排头兵、先行地、实验区，也是观察中国的一个窗口。在广东经济、文化、高质量发展等议题上，南方都市报坚持寻找小切口，从一个个具体而微的事物中，讲述相关领域的海外影响。报道选点另类，案例故事性强，写法生动活泼。

番禺产的抓娃娃机行销全球：可响应不同需求，也输出运营模式

投币、启动、调整、落爪、取物，一只可爱的娃娃玩偶能否收入囊中，考验着玩家的技术，游戏的不确定性也吸引人们一次又一次地尝试。这几天，在澳大利亚悉尼华人林先生经营的一间人气颇旺的“娃娃屋”里，不少餐饮业经营者前来“取经”，询问这些抓娃娃机的购买渠道，想放在餐厅吸引顾客。

除了澳大利亚，加拿大、新加坡、马来西亚、菲律宾、英国、美国等地的商场、游戏厅或者街边，都不难发现广州番禺制造的抓娃娃机。这里是全国乃至全球重要的抓娃娃机研发制造基地，全球市场占有率庞大。

“你把想法带到番禺来，我们就能帮你落地。”2022年末，南都、N视频记者采访多家位于广州番禺的抓娃娃机研发制造企业负责人，以及最早将抓娃娃机的设计和制造技术引入番禺的台湾厂商后了解到，当地分工明确、配套成熟的产业基础是抓娃娃机打开国际市场，快速响应各类差异化需求的重要保障。如今，抓娃娃机的出口不只是单纯地外销机器，在国内庞大而活跃的消费市场孕育的审美认知、消费理念、运营模式等，也伴随着抓娃娃机走向世界。

出海：全球抓娃娃机重要研发制造基地

悉尼华人林先生告诉南都记者，当地市面上的抓娃娃机不少是零星摆放，他则开了一间“娃娃屋”。“现在营业额跟利润都很可观，这边的人觉得这个机器很新鲜，特别地喜欢。”他提供的现场视频中，有大人带着孩子玩抓娃娃，成功抓到娃娃的少年高兴地蹦蹦跳跳。“机器太漂亮了，老外都挺喜欢玩的。我（把抓娃娃机中的玩偶）可能设得太密了，每个人都能抓着，他们玩得

本文首发于南都新媒体专栏《广东制造的海外爆款》，2023年1月10日。

□ 澳大利亚悉尼，当地人热衷玩抓娃娃机

挺好挺开心的。”

南都记者了解到，林先生的抓娃娃机采购于广州市番禺区速锐电子厂（以下简称“速锐”），这批抓娃娃机功能简单，但操控比较灵敏，效果逼真，因此消费者体验感好。林先生说，现在这间“娃娃屋”做出了一个示范，他打算在其他地方推广，机器还从速锐购买，场地整体设计也保持一致。

在马来西亚新山的陈先生也经营着速锐生产的抓娃娃机，他向南都记者介绍道，当地市场主要使用具有挑战性的技术台和随机抓取的运气台。“技术台能做好的估计都没有太多选择，速锐的产品技术到位，所以比较省心。”

在新西兰，一家日漫零售店于2019年购买了广州市劲峰动漫科技有限公司（以下简称“劲峰动漫”）的20多台抓娃娃机，并结合手办的售卖和代抓兑换进行运营，取得不错的经营效果。在新加坡一家家庭娱乐嘉年华电玩品牌的每个门店也都能看到劲峰动漫的抓娃娃机，总计超过100台，包含劲峰动漫多个系列产品。

南都记者了解到，在加拿大多伦多生活的一位华人计划开办一个“娃娃屋”，经过市场调研和多方考量，他选择向广州市时欣动漫游艺设备有限公司（以下简称“时欣游艺”）购买包括50台抓娃娃机在内的共约60台礼品机。他看中的是时欣游艺多年的运营经验。

速锐、劲峰动漫和时欣游艺都来自广州番禺，这里是全国乃至全球重要的抓娃娃机研发制造基地。

2022年3月，广州市服务贸易出口基地建设成效新闻发布会披露，番禺区动漫游艺设备生产已有近30年发展基础，商用游戏机产品占全国60％、全球20％以上市场份额。各类动漫游戏企业超过1000家，从业人员5万多人，获文化和旅游部审核通过的机型机种达3700多种，占国内总数的85％。据番禺海关统计，2022年1—11月，番禺区游戏机及其零附件企业出口额同比增长96.8％。多位从业者向南都记者表示，目前番禺制造的抓娃娃机在全球市场上占有重要份额。

2022年，以小微企业居多的动漫行业迎来了政策利好，研发费用加计扣除比例提高到100％，增值税减免，出口退税加速。当年，番禺区税务部门累计为辖内动漫企业办理出口退（免）税逾1400万元。

发展：各类供应商提供配套服务形成集群

岁末年初，时欣游艺的出货现场一片繁忙，工人们忙着将一台台抓娃娃机装柜运往国外，赶在春节放假前将货发出。2023年1月6日这天，就有4个货柜共43台抓娃娃机运往印度。

时欣游艺销售总监佘婧告诉南都记者，该公司从2012年开始将抓娃娃机销往国外，2022年的出口数量有三四千台，主要销往欧美和东南亚国家，也有部分销往大洋洲，包括印尼、新加坡、印度、新西兰、越南、菲律宾、澳大利亚、美国、加拿大等。

“每个国家对抓娃娃机的要求是不一样的，包括电源、电压、零配件、外观设计等，我们都会根据当地的具体需求去专门定做。”佘婧向南都记者介绍，时欣游艺从研发、生产到销售、运营能够为客户提供一条龙服务，也能第一时间掌握客户需求，并快速地把货做出来。在她看来，时欣游艺研发生产的抓娃娃机能够在全球多个国家畅销，离不开番禺本地成熟完整的产业基础。

速锐研发生产抓娃娃机多年，该公司负责人钟先生向南都记者介绍道，速锐的抓娃娃机主要销往越南、新加坡、马来西亚等东南亚地区。近年来，澳大利亚、美国、加拿大市场对抓娃娃机的需求也逐渐上升，客户以华人居多。

钟先生发现，不同地区消费者的需求和习惯差异很大，例如，在东南亚国家，消费者更看重抓取的礼品是否贵重，因此对抓娃娃机技术性玩法的要求更高；而欧美国家则以娱乐为主，抓娃娃机的设计更注重娱乐性。番禺的产业基础能够快速响应不同的生产需求。

时欣游艺和速锐都位于番禺区的星力动漫游戏产业园内，这里汇集了番禺区各种动漫游艺设备经营企业，目前约有190家企业入驻。产业园负责人黄汉书是最早来番禺做游戏机的台湾人之一，见证了这一产业的崛起。他向南都记者介绍，抓娃娃机最早由从日本学会了设计和制造技术的中国台湾厂商引进大陆，并把番禺作为制造基地，有了产业基础和人工成本等优势加持，番禺抓娃娃机产业逐渐发展壮大，形成集群。

起初，番禺无法自主生产游戏机的主板和零部件，只能依赖进口配件，再组装成整机出售。后来，随着产量越来越大，番禺的抓娃娃机厂商开始自主研发，逐渐形成分工十分专业的产业格局。如今，在番禺，组成抓娃娃机的天车、机箱、主板、摇杆等零部件，都有专门的供应商，配套也越来越完善。

“你把想法带到番禺来，我们就能帮你落地。”黄汉书自信地说，番禺最大的特色就是生产供应链100％完整，从抓娃娃机的研发、生产到销售、运营，覆盖每个环节。“通常客户接触了我们番禺的抓娃娃机多半都会继续合作下去，你很难再找到比这里性价比更高，又能快速满足各种定制化需求的厂商了。”

创新：还提供场地设计及运营指导

“国内抓娃娃机市场更新迭代非常快，从行业发展来看遥遥领先于国外。”这是多位受访者的直观感受。过去抓娃娃机的内核比较单薄，只是抓取礼品，但新一代年轻人更在意抓娃娃机的娱乐价值，更加注重外观的审美，也更愿意为自己的兴趣买单。由此，也推动厂商不断为抓娃娃机注入丰富的元素和多元的价值。

□ 广州番禺制造的抓娃娃机

2019年，劲峰动漫为抓娃娃机研发推出的氛围系统就备受市场好评。这实际是一套互动系统，通过声音和灯光，为现场营造合适的氛围，以此增强消费者的体验感。同时有助于抓娃娃机的运营和宣传，减少场地的软装成本。

劲峰动漫海外部销售总监邱晓琳告诉南都记者，这一氛围系统不仅在国内受欢迎，在国外也获得用户认可。澳大利亚一家家庭娱乐中心连锁品牌，原本只购买了一台拥有氛围系统的抓娃娃机，结果发现这台抓娃娃机不仅在外观上比其他抓娃娃机更美观、更吸引人，营收也更好，于是这家连锁店在7个场地用上了劲峰动漫的抓娃娃机，每个场地约有80台。“好多客户都告诉我们，不看logo都知道是我们的产品，就是因为我们的产品有自身特色。”

除了新潮的外观，抓娃娃机还与手办、盲盒、IP、国潮等元素结合，并创新发展出一套在国内很受欢迎的二次兑换运营模式，即通过抓取的毛绒玩具来兑换手办、盲盒等礼品。

“过去是消费者担心抓不到娃娃，现在是经营者怕你抓不到，机器设计上也会考虑这一点。”黄汉书向南都记者解释，抓娃娃已经成为年轻人重要的社交活动之一，年轻人也常常逛抓娃娃机店，看看有没有更潮的公仔或者手办。

因此，国内的抓娃娃机行业非常注重运营，包括服务的优化、氛围的烘托以及不断更新的游戏玩法。

与此同时，这些创新的运营模式也随着番禺厂商提供的“一条龙”服务，逐渐走向国际市场。速锐负责人钟先生介绍，他们除了卖机器，还会给客户提供整体场地的外观设计，以及运营指导。

前述居住在加拿大多伦多的华人向南都记者介绍，他曾对“娃娃屋”行业进行了调研，据他观察，国外“娃娃屋”的市场需求巨大，也吸引了大批人投入经营，可在几个月内，他亲眼见证了某些店铺从盛大开业到倒闭歇业，其中原因就包括没有做好经营规划。他在意的是长线发展，所以选择拥有丰富运营经验并且愿意分享的公司来合作，相信在运营中遇到问题时能得到及时帮助。

如今，抓娃娃机的出口不再只是单纯外销机器，在国内庞大而活跃的消费市场孕育的审美认知、消费理念、运营模式等，也伴随着抓娃娃机走向世界。

东莞刮痧板在欧美火了：
实用性强受好评，掀起健康美容新潮流

早上起床后，用一片光滑圆润的粉晶刮痧板，配合护肤用品，沿着脸部轮廓自下而上进行刮拭，近几年，不少外国博主在海外社交平台上掀起了一股刮痧的健康、美容新潮流，多条视频点击量突破百万。

2022年末，在美国西雅图经营刮痧板产品的华裔商人周女士向南都、N视频记者介绍，她的公司与三四家广东供应商保持长期合作，“因为他们对品质的要求蛮高的，我比较相信广东工厂的服务”。据她了解，中医文化在国外已经有比较深远的影响，这是刮痧能够被广泛接受的原因之一。

多家广东的刮痧板制造和经营企业向南都记者介绍，他们的产品靠品质“征服”多个国际知名美妆品牌和商超，畅销美国、加拿大、法国、英国、德国、韩国、巴西、墨西哥、俄罗斯等国家。新的一年，他们期待积极参与更多业内展会和研讨会，与全球各地的客户进行交流，通过品牌经营擦亮“广东制造”的招牌。

□ 广东产的刮痧板在海外社交平台走红

本文首发于南都新媒体专栏《广东制造的海外爆款》，2023年1月12日。

海外社交平台掀起“刮痧”热

近年来，海外社交平台上掀起一股“刮痧”热。

南都记者在Tiktok平台发现，有不少博主分享刮痧教程、刮痧前后对比，介绍刮痧工具等。YouTube上刮痧的拼音“guasha”话题之下则有数千个视频，有博主的单条分享视频点击量高达百万。

在亚马逊国际官网上搜索“guasha”，一家广东深圳企业提供的刮痧板获得不少好评。一位用户表示：“我虽然不了解刮痧的好处，但是使用刮痧板之后，我感觉心情放松，皮肤更有光泽，我是配合精华液使用的，包装内还有产品宣传册，教给我如何正确使用刮痧板。”

还有一位用户评价：“我买刮痧板是听朋友讲，它可以使下巴皮肤更加紧致，然而使用几周之后，我发现刮痧对缓解我的鼻窦炎有帮助。我每天从下巴开始刮起，一直到耳朵，然后再刮脖子，重复几次，我很喜欢刮痧。”

在美国多个知名百货连锁品牌的门店内，也能买到产自广东的刮痧板。华裔商人周女士在美国西雅图开办企业多年，经营刮痧板品类也已经五六年，开发了几十种不同组合的刮痧板产品，是进入这个行业较早的从业者。她的公司多年来一直在向多个连锁店提供Lindo品牌的美容美体美发工具等各类商品，其中就包括刮痧板。

周女士对南都记者说，她对货源的选择有较高的品质要求，因为经常与大品牌合作，不少大公司也会在重要节日找她定制礼盒套装，所以出品要有保障。“广东的生产商合作起来比较放心，因为他们对品质的要求蛮高的，产品尺寸也匀称，广东企业在生产流程中会注意这些，有问题也能及时反馈。我比较相信广东工厂的服务。”

目前，周女士与三四家广东刮痧板生产企业保持长期合作，大部分货品都是从这里采购。“我们的用户大部分都不是亚洲人。”她向南都记者介绍，她经营的刮痧板主要面向北美市场，还有欧洲、大洋洲以及日韩等地区，年销量几十万片，“用户普遍反馈我们的刮痧板质量非常高。我们也卖给中医诊所，他们感觉也非常不错”。

□ 在美国知名百货连锁品牌的门店内能买到产自广东的刮痧板

“广东制造”探索在海外打响自主品牌

与周女士合作的一家重要供应商，是来自广东东莞的慕尚未来美容用品（广东）有限公司（以下简称“慕尚未来”）。负责人易文杰向南都记者介绍，该公司从2017年开始生产玉石和水晶两种材质的刮痧板，目前在东莞和惠州都有加工工厂。他们的刮痧板以出口为主，占比高达90％，年出口量达600万—700万片，总货值约1200万美元，销往美国、加拿大、法国、英国、德国、韩国、巴西、墨西哥、俄罗斯等国家。

为了保障出品的质量，慕尚未来从世界重要的玉石、水晶产地采购原材料，比如，从南非、尼日利亚、马达加斯加、巴西、乌拉圭等地采购水晶，从巴西采购玉石。

慕尚未来如今正在探索经营行业品牌。“我们想做一个出海的品牌。”易文杰对南都记者说，目前该公司自主经营的品牌在国内已有一定知名度，在国外还处于起步阶段。

在亚马逊平台销售刮痧板的深圳企业也从慕尚未来采购货物，其品牌负责人姚先生向南都记者介绍，该公司于2019年开始在跨境电商平台销售刮痧板，供货商主要来自东莞和惠州，目前每天有几百单销量，后期会增加研发投入。

“我们出口刮痧板材质以玉石为主，加工工艺要求高，产品质检严格，在工厂中只挑选最好的30％成品。”姚先生告诉南都记者，广东有很多传统的外贸生产企业，市场化程度高，生产工艺要求较高，能够满足海内外市场需求。

江门市新力医疗器械有限公司（以下简称“新力医疗器械”）生产的刮痧板则以不锈钢材质为主。负责人卢永权向南都记者表示，不锈钢材质的刮痧板更容易实现标准化，新力医疗器械每年出口的近2万片刮痧板有80％进入美容行业，20％进入体育行业和中医理疗馆，覆盖美国、英国、意大利、德国、法国等国家。

值得注意的是，江门紧邻中山、佛山的不锈钢原材料市场，新力医疗器械广泛采用珠三角多个制造业的工艺用于刮痧板生产，以提升产品品质。“我们的刮痧板因为品质高，所以价格也相对较高，出厂价处于行业领先。”卢永权说。

融入中医文化挖掘更广阔的市场

周女士见证了刮痧在国外兴起并成为新潮流。她向南都记者介绍，最早是奥运会运动员因为拔罐、刮痧在身上留下痕迹，让大家了解到这些中医疗法。在美国，中医也已纳入医保，让人们更好地接受刮痧。

“中国传统刮痧是身体刮痧，不舒服的时候会刮一刮。但是欧美人的切入点主要是面部美容，认为可以提拉、提亮皮肤，起到修容和淋巴排毒的作用，同时也能促进护肤产品更好地吸收。”周女士认为，刮痧在海外市场正处于上升期，还有很广阔的空间，美国几家比较专业的美容杂志都做过刮痧的介绍。即使在疫情期间，刮痧板的销售也没有受到太大影响，“这个品类是比较新颖的产品，也不会过时，人们不能去美容院的时候，就喜欢在家里通过刮痧改善皮肤状况”。

周女士向南都记者分析称，外国人喜欢使用刮痧板，一方面是因为中医文化在国外已经有比较深远的影响；另一方面，亚洲人的皮肤一般比较细腻，所以来自东方的美容用的东西，外国人更容易接受，也愿意尝试。“我们在产品包装上也会写上源于中国传统的中医疗法，并附上使用指导。”周女士说。

“其实这两年我们传统文化衍生出来的很多产品，在欧美越来越新潮。我觉得时尚是个圈，我们传承几百上千年的刮痧，又变成今天的时尚。”易文杰向南都记者介绍，当初选择生产刮痧板等产品，也是看中了这一物品承载的中国传统文化。据他了解，随着刮痧的流行，有的外国用户甚至开始研究人体穴位图。

打入国外市场后，这些“广东制造”还结合当地需求做出了改变。据了解，慕尚未来目前制作的刮痧板以“大拇指”和“羊角”形状为主，“这两个形状的刮痧板欧美（用户）使用得会多一些，因为适合他们更大一些的手型，而国内目前以‘海豚’形状为主”。

易文杰向南都记者介绍，有一位英国客户是健康美容行业的讲师，非常喜欢中国文化。这位客户会向学员推荐慕尚未来的刮痧板，也会基于自己工作中的经验向工厂提出很多设计和改良要求，“她的很多建议可以推动我们的产品发展”。

“刮痧板只是一个工具，需要有文化的内涵才会更有价值。”卢永权认为，需要给予消费者更多技术性的指导，并将中国文化、中医文化融入其中，才能将产品推向更广阔的市场。

新的一年，卢永权和易文杰都期待能积极参与更多业内展会和研讨会，与全球各地的客户进行交流，通过品牌经营擦亮“广东制造”的招牌。

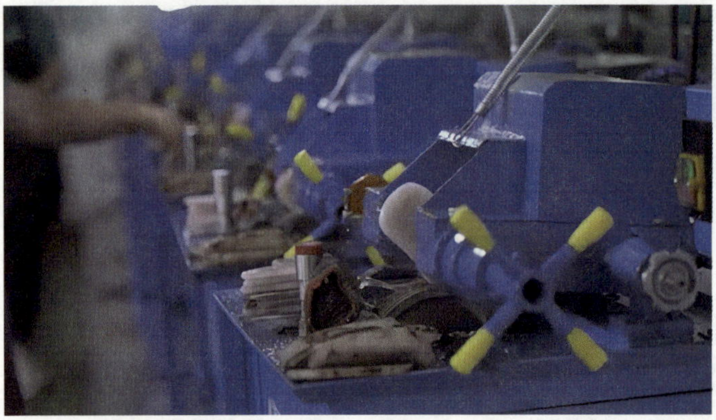

□ 广东一家刮痧板加工工厂

深圳产的义齿出口多国：客户称赞系世界级，正积极向智造转型

铸造、涂瓷、车瓷、上釉、抛光……在牙模技师精巧熟练的操作下，一颗小小的义齿经过数十道复杂工序的打磨，每一颗都是个性化定制，形状、尺寸、颜色不尽相同。这些在深圳制造完成的义齿，也就是人们常说的假牙，将出口到美国、欧洲等地，帮助患者改善面部美观，同时恢复牙齿的咀嚼功能。

深圳是全世界最大的义齿生产基地。美国牙科设备制造商登士派提供的数据显示，全球义齿加工业务有60%至70%在中国。我国义齿出口则主要集中在深圳，业内人士调侃“深圳一停摆，世界都要牙疼”。

2022年末，深圳多家义齿制造企业负责人告诉南都、N视频记者：“深圳义齿加工行业在‘智能制造’方面的转型，让国外市场及时更新了对中国制造的认知，并把‘广东智造’推向世界。”

“深圳一停摆，世界都要牙疼”

走进位于深圳宝安区的明皓义齿有限公司，在占据整栋厂房一层的生产车间里，可以看到各类不同材质的义齿，包括二氧化锆全瓷、金属烤瓷牙、树脂等。牙模技师们有的在电脑前不断精细化国外顾客传来的口腔3D模型，有的在工位上给经过高温烧结的义齿一层层地堆填瓷粉，给牙冠填色并完善义齿的形状。

该公司负责人汤晓波向南都记者介绍，他们为欧美顾客提供义齿的个性化定制服务，2022年出口了约10万颗义齿。订单大部分来自美国各大牙科诊所，要求根据诊所客户需求和医院提供的患者牙模进行精细定制。每一颗义齿的材质、规格、尺寸、颜色，都不尽相同。一颗义齿，从国外诊所发来牙模、数

本文首发于南都新媒体专栏《广东制造的海外爆款》，2023年1月13日。

□ 深圳一家义齿制造企业

据，到生产完成并交付到医生手中，最快一周时间就能实现。

除去通关和运输的时间，生产企业需要在3至4天内完成数据收集、建模、设计、3D打印、铸造、涂瓷、车瓷、上釉、抛光等数十项复杂操作，每一个程序都有赖于技师的手艺与经验。汤晓波告诉南都记者，美国是全球最大的医疗器械消费国，与他们合作的外国客户一部分是美国当地的医疗机构和牙科诊所，还有一部分是将中国企业作为供应商的北美义齿工厂。

美国牙科技工所协会的数据显示，该国超过40%的义齿修复材料来自海外，其中又以中国为主。

如今，深圳拥有100多家义齿制造企业，其中大部分为民营企业，每年生产约五千万颗义齿，约占全世界的三分之一。深圳康泰健医疗科技股份有限公司总经理芮鑫泉告诉南都记者，业内人士总是调侃“深圳一停摆，世界都要牙疼”，可见深圳义齿制造行业在世界的影响力。

芮鑫泉向南都记者分析，深圳制造的义齿之所以能远销海外，离不开质量、价格和技术水平的优势。他表示，经过近半个世纪的发展，深圳的义齿制造技术有了稳固提升，生产效率很高，修复的效果很好。其次，深圳义齿制造的价格相对低廉，又不会因为价格低而影响质量，能满足高端客户的需要。以美国对义齿的需求为例，美国的口腔医生更看重牙齿的功能性，深圳的义齿产业工厂数量多、产量大的特点完全能够满足美国很多医疗机构的基本需求。

“世界级水平的中国义齿”

巩坤在深圳美牙牙义齿加工厂从事业务员工作3年了。这家义齿工厂专门为海外客户提供服务，客户分布在芬兰、德国、美国、加拿大等多地。

在她看来，义齿产业拥有价值巨大的海外市场，但仍有一些海外顾客对中国义齿的认知还存在“廉价”“贴牌”等偏见。“一切用产品说话，我始终相信好的产品能及时转变欧美客户对中国制造的偏见。”巩坤向南都记者回忆起了多年前的一个故事：“有一位德国客户是德国牙、口腔和颚骨领域的专家，在接触中国制造的义齿产品前，他对中国制造义齿的质量和材料都存有一些顾虑。进一步合作后，他告诉我，‘中国义齿制造绝对是世界级的’。”

深圳义齿产量全球第一，但与欧美相比在利润上不占优势。汤晓波向南都记者分析，深圳义齿行业也存在诸多挑战，随着竞争加剧，义齿行业处于调整阶段，这些年厂房租金、劳动力成本上涨，利润下降。

在欧洲，这些消费需求则非常高。袁医生在德国北威州一家华人牙科诊所担任医师，他告诉南都记者，德国人爱牙是出了名的，他们在幼年看牙的时候就会为牙齿建立档案，时刻关注龋齿、牙周疾病，每次看诊的牙医和诊所都会登记在册。与此同时，培养一个专业的牙科医师最短可能都需要3至4年的时间。“因此，在德国，装牙套、牙桥和假牙的费用异常昂贵。”

不过，袁医生向南都记者分析称，欧洲传统义齿制造存在其劣势，包括生产效率低、纯手工制作造成的一些人为误差等。他发现，中国的义齿制造在某种程度比欧美的制造模式更有优势，也将规模化的流水线生产做到了极致。“我认为中国在朝着高端制造进化的过程中，也可以继续保持一些标准化、规模化的生产模式，取长补短，让更多西方人接受中国制造。”

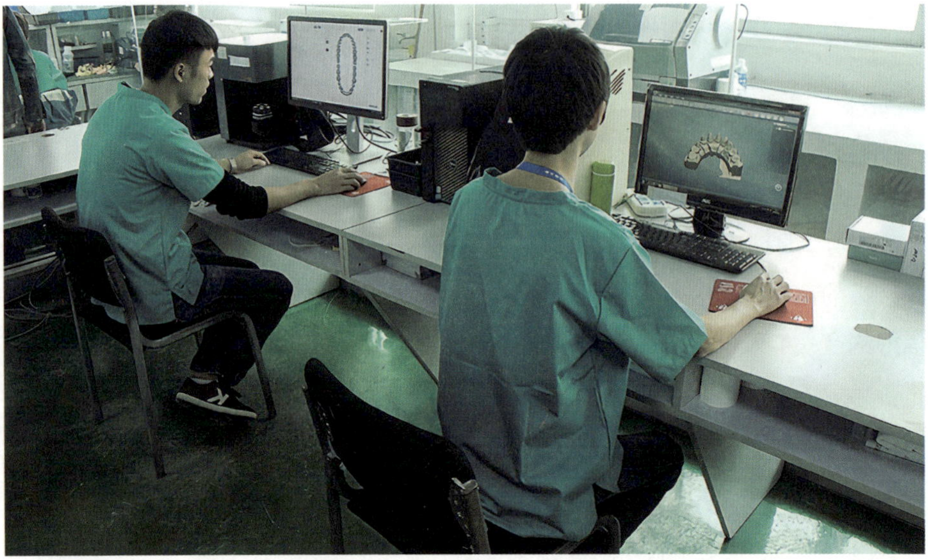

□ 深圳义齿企业引进先进技术，提高了义齿的生产能力

向“智能制造”转型

随着数字化技术在全球口腔修复领域的应用更加深入和广泛，越来越多深圳义齿企业引进3D打印数字义齿设备、CAD（计算机辅助设计）、CAM（计算机辅助制造）等先进技术，提高了深圳义齿的生产能力。

“不同于传统的石膏印模、取模制造，现在通过电脑就能接到国外诊所传过来的患者口腔牙齿的数据，利用数字化数据建模、3D打印、远程会诊等信息智能化创新技术生产制造，从而最大程度上满足海外顾客的要求。”深圳美牙牙义齿加工厂业务员巩坤认为，对深圳的义齿加工行业而言，产业的数字化最直接的影响是提高生产效率与精准度，这也让海外客户更加依赖深圳的义齿制造技术。

“很早以前海外的订单需要国外的牙医，通过获取物理印模和创建患者牙齿的石膏模型来制造模型，再邮寄给我们生产，其中的时间和人力成本可想而知。”巩坤介绍，“如今，只需要把扫描仪放入口腔内就能生成数据模型，海外顾客可以在线把数据传输给我们。我们接收数据后，可以在数字文件中创建牙齿和牙龈的3D渲染，通过牙模技师在电脑中不断地裁切，最终形成可以3D打印的形态。”

在3D建模设计完成后，牙模技师会把最终的模型发送到3D打印室和数字化切削设备室进行3D打印和研磨切削。巩坤说，利用这些数字化仪器制作出的义齿，在精准度上较传统工艺大为提高，并且精简了义齿加工的流程，从而缩短了交付时间，促进行业标准化、规范化进程。

深圳康泰健医疗科技股份有限公司总经理芮鑫泉也向南都记者分析称，从“制造”到“智造”，深圳义齿口腔数字化与智能化取得长足进步。一方面，越来越多的义齿加工企业加入数字化转型中，在稳固义齿产量全球第一地位的同时，尝试争夺全球范围内的高端义齿市场份额；另一方面，在义齿材料、新技术不断革新和国际市场规模扩大的双重推动下，我国义齿行业在国际上的竞争力不断增强。

深圳义齿加工行业“智能制造”的转型，让国外市场及时更新了对中国制造的认知，从而提升了中国智造的影响力。新的一年，巩坤期待她所在的企业能继续投入义齿加工的数字化设备，保持与全球各地客户的沟通交流，在合成树脂义齿等产品方面继续创新，把“广东制造”和“广东智造”推向世界。

广东狮鼓响彻全球：孕育的马来西亚二十四节令鼓传至非洲

2022年11月26日晚，在马来西亚新山中华公会一百周年庆晚宴上，二十四节令鼓声声鼓乐，响彻全场。鼓手们在呼喊与舞动中，道尽二十四节气轮转，生生不息。

二十四节令鼓1988年由马来西亚华人陈再藩和陈徽崇联合创作。这种鼓乐表演以中国传统二十四节气为创意，融合了我国国家级非物质文化遗产广东醒狮所用的广东狮鼓和传统书法艺术的特点，气势磅礴，鼓舞人心。

34年来，二十四节令鼓已成为马来西亚国家非物质文化遗产，并凭借极强的可塑性和活力，传至非洲、传遍全球。每一声鼓乐，都是中华文化的脉搏与海内外华夏儿女情感的共振，也将中华文化推向世界各个角落。

陈再藩告诉南都、N视频记者，经过多年的传承与创新，对各国文化的兼收并蓄，二十四节令鼓不断衍生出令他意想不到的丰富价值。如今，他已年近古稀，“我相信还有很多没有被挖掘出来的意义，就让一代一代的年轻人去做，让他们继续去发挥节令鼓的创造性”。

非洲之行

2022年7月，马来西亚新山鼓队团长林煜凯和艺术总监颜世闲，分别在非洲的斯威士兰和莱索托指导创建了二十四节令鼓队。

他们的非洲之行原定在2020年，两年后终于成行，一批从广东新购的鼓已先于他们运往当地。林煜凯去了斯威士兰，他的学生有53人，全部都是中小学生；颜世闲去了莱索托，学生有66人，年龄在10岁至19岁之间。林煜凯的授课

本文首发于南都新媒体专栏《广东非遗的海外踪迹》，2022年11月28日。

时间约为9天，颜世闲则因故只有短短4天。

临行前，两人都有些顾虑，担心如此短暂的时间会影响授课效果。不过，这些非洲学生给了他们很多惊喜。

“2020年鼓具抵达当地后，孩子们就对这些乐器非常感兴趣，时隔两年才接触到节令鼓教练，他们都很珍惜这次机会。”林煜凯告诉南都记者，鼓声贴近心脏的节奏，“孩子们也许是因为看到鼓具之后，心里萌发了学习的兴趣”。

回想起在非洲授课的日子，林煜凯仍然兴致勃勃。“有些小孩因为年龄太小，没有进到我们的班级学鼓，但他们会在旁边自己练。”在他授课的时候，有些小孩会捡起两条树枝当棒槌，在一旁边看边学。非洲小孩的这股求知欲，让他印象深刻。

林煜凯还惊讶地发现，孩子们与生俱来的身体律动感，以及身上散发的自由野性，令他们在打鼓方面具有先天优势。“他们的这些特质，在马来西亚鼓手身上看不到，其实是学习二十四节令鼓很好的条件。”

□ 二十四节令鼓声在非洲响起

非洲学生的团队合作精神也让他深受触动。曾有一个学生告诉林煜凯，因为二十四节令鼓，他和朋友们有了更多话题，也认识了更多朋友。

“还有一个学生告诉我，他以前觉得自己一个人什么都能做到，但学习了二十四节令鼓后，他感受到了团队合作的重要性。”林煜凯介绍，练习二十四节令鼓很讲究团队合作，表演讲求整体性，因为练习时间有限，这群非洲孩子会经常聚在一起练鼓。

颜世闲平均每天授课6个小时，但学生们觉得时间不够，还想多学一点。“我当时就在想，这些小朋友怎么这么主动，他们不满足于每天课上的学习，课下也来找我继续学。”

在教授二十四节令鼓的过程中，颜世闲还会向学生们分享节令鼓背后的文化。“我教他们用中文写二十四节气，教他们这些节气的读法，他们还会自己注音，很可爱。”

虽然学习时间短暂，但两个鼓队进步很快，都能够完成颇具气势的二十四节令鼓表演。不过也有一些未竟之事，颜世闲和林煜凯希望能有机会再去非洲，把中国少林功夫和非洲特色舞蹈融入进当地的二十四节令鼓表演中。

响彻全球

从1988年诞生至今，二十四节令鼓已经走过三十多个年头，也从马来西亚远渡重洋走向了世界，响彻亚洲、欧洲、非洲、美洲和大洋洲，更不断涌现出国际著名的专业鼓队。

现在，二十四节令鼓常见于马来西亚学校的开学仪式，以及比赛、商业活动等各类庆典，甚至进入小学课本，也时常出现于各大国际性舞台。2010年，美国俄克拉何马州立大学鼓队登上NBA雷霆队和木狼队比赛中场休息的舞台；2012年，英国利物浦大学鼓队为伦敦奥运会的火炬传递活动演出……每一次强劲的鼓声响起，都将中华文化传递给更多观众。

在陈再藩看来，二十四节令鼓得以迅速传遍全球，特别是受到年轻一代的喜爱，除了其磅礴气势震荡人心之外，也得益于对各国文化的兼收并蓄、创新传承。回首再看，二十四节令鼓的发展演变在他眼中甚于“女大十八变”。例如，在非洲，经过几天的练习，非洲青少年们所表演的节令鼓竟然融入了非洲舞蹈特有的律动方式，呼喊声也让人感觉仿佛奔驰在非洲大草原，完全体现出了非洲人的性格特征，别有风味。

陈再藩告诉南都记者，二十四节令鼓并不是让鼓手被动地练习前人的作品，而是可以参与创作，“这大大满足了年轻人喜欢创新的需求”。年轻鼓手们也成为二十四节令鼓传承创新与广泛传播的中坚力量。

20世纪九十年代，马来西亚宽柔中学鼓队曾有一位非常有才华的鼓手。他在原始二十四节令鼓表演形式的基础上创作出《醉鼓》，把中国各种酒的名字写在鼓上，把鼓当作酒瓮，“鼓手‘喝’得东倒西歪，迸发一种豪情，把鼓打得非常动听”。陈再藩对此印象深刻。

陈再藩还发现，现在大学、中学的鼓队里有很多女鼓手。在一次交流会上，他曾询问，为什么这么多女孩子喜欢打鼓？在场的女学生齐声回答了一个字：“帅！”

“传统文化容易被年轻人视为老土，但二十四节令鼓以新形式传承传统文化，具有年轻人喜欢的活力。西方年轻人喜欢摇滚，二十四节令鼓就像是我们中华民族的‘摇滚’。”陈再藩说。

广东渊源

不仅在海外声名远播，带着中华“基因”的二十四节令鼓也早已回到中国。1997年，二十四节令鼓就进入位于福建的华侨大学，随后在国内遍地开花。2005年，节令鼓声在湖南炎帝陵百龙祭始祖大典上擂响，以缅怀炎帝神农氏首创农耕之功德。

南都记者了解到，2014年，广东禅武中心与马来西亚新山鼓队共同商讨建队与合作事宜，至2015年6月，正式成立广东禅武中心二十四节令鼓队。鼓队成立仪式后，广东禅武中心代表与新山鼓队代表签订结盟协议书。陈再藩也现场见证了签字仪式。

在潮州，由潮響鼓社耗费数年打造的公益性质的国内首个廿四节令鼓文化馆已初具规模。在汕头，二十四节令鼓先后在汕头小公园、南澳岛亮相，还登上“四海同春”2022全球华侨华人新春云联欢舞台，汕头青少年的精气神也在激昂的鼓声中荡漾开来。

陈再藩的故乡，就在广东。他1953年7月出生于马来西亚，祖籍广东潮安。自小受华文教育的他，对中华文化抱有深厚感情。

1988年，陈再藩与著名作曲家陈徽崇共同创作了二十四节令鼓，一种以中国传统二十四节气为创意，结合广东醒狮所用的广东狮鼓和传统书法艺术特点的鼓乐表演，气势磅礴，鼓舞人心。

陈再藩向南都记者讲述起当年的创作情景，依然激动不已，“鼓乐是文化传承的重要载体，展现中华民族文化的磅礴之音”。

选择广东狮鼓作为二十四节令鼓的鼓具，虽是当时的无奈之举，却也恰到好处。“从各方面来考虑，广东狮鼓都是最合适的。”陈再藩介绍，那时想集齐24面鼓并不容易，相较于华丽的定音鼓，广东狮鼓价格实惠，而且马来西亚

□ 陈再藩

有不少舞狮队，广东狮鼓更易寻获。

更重要的原因则是，广东狮鼓最能代表广东人敢于拼搏的精神。身为二代华裔，父辈漂洋过海与大浪搏击，在陌生地域开荒拓土的故事，给陈再藩留下了深刻印象。“虽是迫于当时的情况，但我觉得正好。广东狮鼓的声音比较粗犷，这恰恰符合我心中的文化要求。漂洋过海是粗犷的，广东狮鼓的粗犷代表了广东人走向世界的开拓精神与过程。”而他与陈徽崇创作二十四节令鼓，就是将其摆在天地之间，呈现人类文明最原始粗犷与豪迈的状态。

二十四节气轮转，春生夏长，秋收冬藏，代表着中华民族生生不息的时间接力。

“传统节气是传承文化最好的时间点，我们希望在传统节气有一种表演老少咸宜，欢天喜地。我们的创作定位是‘节庆的鼓乐，传统的脉搏’。”陈再藩说，这也是海外华人对祖先和故土的一种想念。

当年，第一支二十四节令鼓队由马来西亚新山宽柔中学的同学们组成，而创立仪式则选在马来西亚柔佛古庙，一个承载了众多华人乡愁的地方。

文化使命

二十四节令鼓不仅是中华民族的文化缩影，其衍生价值也常常带给陈再藩惊喜。

他向南都记者介绍，马来西亚新山的一家韩国公司也成立了二十四节令鼓队，公司里来自各国的高管、行政人员，以及货仓、生产线工人，都可以相约去打鼓。陈再藩感到好奇，大部分鼓队都在学校里，企业或机构有需要也是请学校的鼓队来表演，“为什么公司里也要成立鼓队？”

“因为打鼓有疗愈的作用，有时开会出现争论，打了鼓之后大家气就消了，打鼓能够振奋员工的精神面貌。”听了公司负责人的解释，陈再藩才意识到，在传播与传承的过程中，二十四节令鼓已经被挖掘出丰富的价值内涵，“原来打鼓对团队凝聚力的建构也是有帮助的，能拉近企业高层跟基层员工的距离”。

一支由癌症患者组建的二十四节令鼓队，也让陈再藩感慨颇深。患者们告诉他，接受治疗的过程很痛苦、很疲惫，阵阵鼓声能给他们带来坚持下去的力量和勇气。“二十四节令鼓帮他们度过了最艰辛的治疗过程，这点是我之前从没想过的。”

“我曾去过广州一家制造广东狮鼓的公司，我说‘我从马来西亚来，叫陈再藩’，他们都惊呼‘我们终于等到您来了’。”陈再藩告诉南都记者，全世界绝大部分节令鼓队所使用的鼓，都源自广州，随着二十四节令鼓在国际上广泛传播，广东狮鼓的制造厂商也多了不少海外订单。

2009年，二十四节令鼓成为马来西亚国家非物质文化遗产。后来，每两年举办一次的二十四节令鼓国际观摩会暨大马精英赛，也成为全球鼓队相聚、切磋的盛大节日。“鼓手们表演结束后，都会聚在一起叫响同一个口号——天下鼓手是一家。世界各地的鼓手因二十四节令鼓而心脉相连。”陈再藩说。

陈再藩希望带马来西亚的鼓队与中国有代表性的鼓队一起回到中华文化的发祥地黄河流域。“如果能实现二十四节令鼓的黄河之旅，去到二十四节气文化的故里，这对它的发展非常有意义。”

“二十四节令鼓不纯粹是打鼓，它擂响的是我们传统文化的脉搏。”陈再藩希望，二十四节令鼓得到文化界的关注，走向更多领域和地区。

如今，陈再藩已年近古稀。“我相信二十四节令鼓还有很多没有被挖掘出来的意义，就让一代一代的年轻人去做，让他们继续去发挥节令鼓的创造性。”

林煜凯和颜世闲就是这样的传承者。2023年是二十四节令鼓诞生35周年，新山鼓队希望可以来中国演出，与广东狮鼓队沟通交流。

“马尼拉大披肩”上的广绣：随西班牙国粹弗拉门戈舞享誉世界

在西班牙的剧院、酒馆、街头，总少不了弗拉门戈舞者身披马尼拉大披肩，舞步生风。马尼拉大披肩是西班牙女性钟爱的服饰之一，也是西班牙国粹、世界级非遗弗拉门戈舞蹈的传统特色之一，上面精美的刺绣正是源自我国国家级非物质文化遗产“广绣”。

清朝时期，大量的广绣工艺品从广州销往西方，大受欢迎，被称为“中国给西方的礼物”。因为运输途中经菲律宾马尼拉港中转，所以在西方国家，广绣绣制的披肩被称为“马尼拉大披肩”。

西班牙著名的安赫莱斯·埃斯皮纳尔（Ángeles Espinar）绣坊历史悠久，对马尼拉大披肩作出诸多改良和创新，让古老广绣焕发新活力，其出品享誉西班牙乃至国际时尚界，也是欧洲皇室的服饰宠儿。绣坊主人、刺绣大师玛丽亚·何塞·桑切斯·埃斯皮纳尔（María José Sánchez Espinar）告诉南都、N视频记者，承载广绣精美技艺的马尼拉大披肩，深深扎根于当地民俗服饰文化之中，成为西班牙最富象征意义的服饰珍宝之一。

□ 马尼拉大披肩

融入西班牙服饰珍宝

清朝时期，广绣工艺品通过马尼拉大帆船销往西方国家，刺绣材料、绣绷、绣架以及绣艺等也一并传入西方，促进了西方刺绣业的发展。不过，许多人望

本文首发于南都新媒体专栏《广东非遗的海外踪迹》，2022年12月2日。

文生义地以为广绣披肩来自菲律宾首都马尼拉。

玛丽亚向南都记者展示家族收藏的古老大披肩刺绣样板图纸，“这些古老的刺绣样板表明，马尼拉大披肩是在广州制造的”。南都记者看到，图纸上印有“CANTON（广州）”和洋行的中文名字。

“来自中国的大披肩带来了丰富的刺绣文化，并很好地适应本地服饰文化，受到商业公司的欢迎。”玛丽亚介绍，马尼拉大披肩传到西班牙之前，当地女性也有类似服饰，面料有羊毛，也有更精细的织物，但没有刺绣。直到20世纪初，吸收了广绣技艺的西班牙本土刺绣行业才开始兴起，包括生产带有精美刺绣的马尼拉大披肩。

由于马尼拉大披肩在西班牙、美国南部、墨西哥、古巴等地受到女性的欢迎，每个地区都对其进行了改良，融入了当地的设计风格和颜色偏好。

玛丽亚出生于西班牙塞维利亚城旁边的比利亚曼里克德拉孔德萨，这里被誉为“西班牙刺绣的摇篮”，几乎家家户户都会刺绣。20世纪二三十年代，玛丽亚的外婆和其他绣娘合开了一间刺绣作坊。

玛丽亚的母亲安赫莱斯·埃斯皮纳尔（Ángeles Espinar）继承了刺绣的好手艺，但起初并没有从事马尼拉大披肩生产。直到1978年，安赫莱斯发现马尼拉大披肩在风格、图案和刺绣技法等方面正在失去其传统特色，面临被机器生产的刺绣工艺品取代的危机，遂决定开设手工绣坊，重振这一传统工艺，并以自己的名字为绣坊命名。

“用机器生产的大披肩质量不高，图案都是一样的，披肩也就失去了灵魂。”玛丽亚说，绣坊在沿用旧时来自中国的图纸的基础上，在图案和颜色方面大胆融入自己的设计风格。“母亲改变了人们对马尼拉大披肩的传统看法，使大披肩更具商业价值，成为一种时尚品，也成为西班牙服饰中的瑰宝。”

2007年，西班牙现任国王费利佩六世（当时为西班牙王储）授予安赫莱斯“艺术功勋金奖”，这是西班牙文化艺术最高奖章之一，安赫莱斯迄今仍是唯一获得该奖章的刺绣师。“为了保持大披肩工艺的活力，母亲奉献了自己的一生。”玛丽亚感慨地说。

享誉国际时尚界

从小看着母亲制作马尼拉大披肩的玛丽亚，如今接管了家族绣坊。她对马尼拉大披肩在西班牙的发展演变，也有清晰了解。

她介绍，从19世纪到21世纪，西班牙的马尼拉大披肩在图案和设计风格上不断演变，材料和时尚理念也一直在创新。

早期的大披肩设计风格比较简单，只有披肩边角上绣有图案，流苏又少又短，随着时间推移，披肩图案越来越丰富，包括花鸟、中国宫廷元素等图案，因此大披肩在西班牙越来越流行。到19世纪中后期，人们开始在大披肩上绣制更大的花朵，而且花朵图案越绣越多，流苏也更密更长。

在塞维利亚，有一种马尼拉大披肩叫“烟厂女工大披肩”，名字来源于世界著名歌剧《卡门》的烟厂女工角色，是一种非常大的大披肩，绣有大朵玫瑰。

“这些图案的基础是来自广东披肩的古老图案，但我们融入了自己的设计特色和风格。传统的马尼拉大披肩图案有人物、花鸟，我们家族绣坊设计的披肩图案主要是大朵的玫瑰花，也会结合鸟类、葡萄和一些中国元素。”玛丽亚说，这些大披肩的制作流程和方式一直不变，“绣品被置于大约两米长的木架上进行制作，绣好后被送到坎蒂利亚纳小镇进行流苏加工”。

由于手工绣制大披肩工序复杂，安赫莱斯·埃斯皮纳尔绣坊出品的大披肩价格取决于制作工期。玛丽亚告诉南都记者，手工绣制大披肩所需时间取决于披肩的大小，制作一条面积大的披肩最长要7个月，面积小的披肩最短也要2个月才能完成。由于手工绣制的大披肩价格比较贵，有的西班牙女性还会将其作为传家宝，一代传一代。

“每一条大披肩的颜色都是不一样的，我们为客户制作的每一条马尼拉大披肩都是独一无二的。”玛丽亚自豪地说，她自己在家里染纱，用眼睛看染色效果，纯凭经验和感受。

绣坊也以私人订制方式为客户提供服务。曾有一位客户要求在大披肩上绣上他和妻子的旅行历程，从迪拜、肯尼亚到中国。也有客户要求将自家宠物绣到大披肩上。

由于工艺精湛，这家绣坊出品的马尼拉大披肩享誉西班牙乃至国际时尚界，一直是欧洲皇室的服饰宠儿。西班牙王室女性、英国王后卡米拉等国际名流都穿戴过玛丽亚家族手工绣制的大披肩。该绣坊还是第一个将马尼拉大披肩带到专业时装秀舞台的绣坊。

玛丽亚介绍，她们家族曾将精心绣制的马尼拉大披肩作为新婚礼物，赠送给西班牙王后莱蒂西娅。“那是一条天然水绿色丝绸披肩，刺绣图案是为她独家设计的，绣了塞维利亚的黄金塔和吉拉达钟楼，以及皇冠和戒指等图案，还包括王后名字的首字母和婚礼日期。”

古绣焕发新活力

马尼拉大披肩融入弗拉门戈而成为舞蹈表演的一部分，也出现在社交活动、婚礼、聚会、朝圣、剧院等重要场合，深深扎根于当地民俗服饰文化之中，成为西班牙最富象征意义的服饰珍宝之一。

“可惜的是，很多年轻人不想学这门手艺，他们不重视大披肩文化，导致大披肩绣工缺乏。”虽然绣坊声名在外，但玛丽亚仍然忧虑这门技艺后继无人。

□ 玛丽亚·何塞·桑切斯·埃斯皮纳尔和母亲安赫莱斯·埃斯皮纳尔

她介绍，在20世纪八九十年代，家族绣坊车间里有一百多名绣工，如今只剩几名，整个西班牙的刺绣师也越来越少。近年来，市场对大披肩的需求已经有所下降，所以必须使传统工艺适应现代生活方式，否则她担心“随着时间的推移，大披肩工艺将会从我们的生活中消失”。

“我很幸运，我的女儿非常乐意参与绣坊的工作，我们一起创造了一个名为埃斯皮纳尔古董（Espinar Antique）的新品牌。”玛丽亚兴致勃勃地告诉南都记者，这是一项针对马尼拉大披肩的修复工作，对古董级大披肩进行清洗修补，重新出售。“这项修复工作的效果非常好，我们给了有独特历史的大披肩作品第二次生命，也让人们重新体验这种源于中国、深深扎根于西班牙的服装配饰，并让其作为西班牙的时尚标志，传播到全世界。”

与此同时，玛丽亚正在收集一些有趣的藏品，包括大披肩、设计图纸、存放披肩的老漆盒等，并计划建一个家庭博物馆，与人们共享这些珍贵的历史记忆。

“马尼拉大披肩已经成为我生命中的激情所在。”玛丽亚认为，马尼拉大披肩不仅是一种服饰，它的历史，它的演变，它在西班牙时尚界的重要地位，它与弗拉门戈舞蹈的融合，都十分有意义。因此，保护和传承马尼拉大披肩尤为重要，玛丽亚也计划培训一批对大披肩刺绣工艺感兴趣、愿意从事该行业的年轻绣工。

对于刺绣工艺，玛丽亚坦言，希望能领略广绣的高超技艺。在她看来，广绣针脚完美、色彩丰富，“希望能在广州亲眼看看现存的广绣工作坊，看看他们传承千年的刺绣技术和设计风格，看看现在的绣工如何将21世纪的流行风格与传统手艺融合在一起”。同时，她对广绣的原材料也很感兴趣，因为在西班牙，天然丝线非常稀缺。

玛丽亚认为，马尼拉大披肩在世界各地生根发芽，让广绣在异国他乡焕发新活力，也成为各国文化可以互鉴交融的有力证明，而连接东西方的贸易之路正是这种文化融合产生并持续发展的基础。

在泰国发新芽的潮汕英歌：
融入当地表演出新品，助力旅游经济

到泰国春武里府帕那尼空县（Phanat Nikhom）旅行的游客们，不仅可以买到当地特产的竹编，还能在街头巷尾见到基于我国国家级非物质文化遗产英歌制作的各色人偶，甚至可以体验一把英歌脸谱妆容。

源自广东潮汕地区的英歌在泰国这片异乡已传承演变百余年，衍生出与当地文化特色融合的新版本。例如，在那空沙旺府，英歌和当地一种叫帕卜的表演相并，衍生成为“英歌-帕卜舞蹈”。而在帕那尼空县，英歌与当地审美结合，脸谱妆容变得更加简单、柔和，当地还扩展了英歌的表演空间，更发展起英歌表演、英歌人偶等相关的旅游经济。

2022年中秋节的帕那尼空县，上万人涌上街头，喧天锣鼓声中，15岁少年Supakorn Piyachatroj（中文名“韦俊杰”）拿着一条长长的蛇形道具，出现在一支身着黑色紧身短打武士服、画着独特脸谱妆的队伍中。队伍在热闹的人群中跳着舞步穿梭，其他舞者手握两根短木棍，高举、挥舞，又随着锣鼓的节奏回落、对击，发出清脆的敲击声，赢得阵阵喝彩。

参与这场英歌表演的舞者们，是来自一所学校的中小学生和老师。这支英歌队在当地颇有名气，每年中秋节游行表演，总能吸引不少游客前来观看。为了让英歌得到更好的传承发展，这所学校于1998年将英歌引入校园，让学生一代一代传下去。2022年11月，学校的老校长、教练和英歌队的学生向南都、N视频记者讲述了来自潮汕的英歌在泰国生根发芽的故事。

◆ ◆ ◆

本文首发于南都新媒体专栏《广东非遗的海外踪迹》，2022年12月7日。

潮汕英歌在泰国

2022年9月10日，是中国传统节日中秋节，泰国帕那尼空县的人们也在为这一节日而庆祝。

当天，15岁的韦俊杰和8岁的弟弟起了个大早，赶到学校，让教练和老师用油彩给自己画上厚厚的戏曲妆，并进行最后的排练，为傍晚的演出做充分的准备。原本已经放假的学校，因为他们变得热闹起来。

兄弟俩是华裔后代，因此也拥有中文名字。他们都是当地一所学校的学生。当天傍晚18时，学校师生组成的英歌队，将走上街头进行一场路程长达2公里的表演游行。

傍晚演出开始，韦俊杰和弟弟一同出现在游行队伍中。约70人的队伍里，大家按照行军队列站立，每人双手持三十厘米长的木棍，左手上右手下，双棍击打，踩着锣鼓声的节奏，敲出清脆的声响，脚下配合着节奏跳跃前进。

与队伍中的其他人不同，韦俊杰拿着一条长长的蛇形道具，在行进过程中

□ 泰国一所学校的师生们在进行潮汕英歌演出

不断扭动或者挥舞手中的道具，指挥队伍变换各种舞姿，控制行进的速度。他的动作自信、舒展又从容，展示着这位少年不俗的表演功底。

沿路两侧人头攒动，观众们举着手机拍下这场一年一次的精彩表演。这场演出吸引了上万人观看，其中不少观众是特意从外地赶来。

该校已退休的老校长奔财·替帕阳根（Boonchai Tipyangur）是这场演出的组织者。他的祖上姓张，祖籍广东普宁。他告诉南都记者，每年中秋节，当地都会举办各色传统庆祝活动，包括舞狮子、祭拜月亮、比赛吃月饼等。其中，英歌表演是一项非常重要的活动，已经持续了19年。

英歌是我国国家级非物质文化遗产，流行于广东汕头、揭阳、潮州、汕尾等地，是一种融舞蹈、南拳套路、戏曲演技于一体的民间广场舞蹈，表演气势豪壮，气氛浓烈，有歌颂英雄的含义，被认为是扬正压邪、吉祥平安的象征，深受人们喜爱和推崇。相传英歌已有300多年的历史，来源多解释为当地民众尚武习俗的变体或搬演《水浒传》故事。

据奔财介绍，英歌舞传入泰国已有100多年历史。作为近邻，中泰两国间商贸和人员往来络绎不绝，英歌也随着中国移民来到泰国，并在各府开枝散叶，成为泰国民间祭祀、节庆、春耕祈福等活动上的重要节目。

校园中传承演变

经过百年传承与演变，英歌在泰国保留了原来的演绎形式、传统服装以及美好寓意等，不过也随着时移势易产生了新的变化。

奔财向南都记者介绍，100多年前，英歌表演者每个人的面部妆容都不同，会打扮成《水浒传》108个好汉的模样。不过，如此丰富的脸谱在当地已失传，现在的妆容大部分都是白色粉底，眼圈和脸颊涂抹成黑色或红色，每个人脸部再做一些个别化装扮。

比如，舞动蛇形道具指挥队伍行进的韦俊杰，他的妆容相比其他成员就更为特别，右侧脸颊只有简单的红白粉底，而左侧脸颊则在红白粉底的基础上用黑色描边、黄色填充，勾画出特殊图腾，在队伍中格外显眼。

韦俊杰

“我们也做了一些本土化融入的努力。”奔财介绍，他们使用的脸谱画法和中国潮汕地区的英歌脸谱不同。“潮汕英歌脸谱用色较深，看起来凶一点，我们的脸谱用色比较浅，比较温柔，这是为了适应这里的审美，吸引人来参观，尤其我们的学生是小孩子，脸谱太凶的话，小朋友可能会害怕。”

不仅限于在中秋节等节庆活动上游行演出，英歌还出现在当地很多其他具有仪式感的活动场合。当地华人、泰国本土人、老挝人常举行行善活动，奔财觉得这也是发展英歌的好机会。于是从1998年开始，奔财和当地英歌队教练丕席·通丹（Phisit Thongdang）把英歌舞引入到行善活动中，扩展了英歌的表演空间。

也是从那时开始，为了让英歌更好地传承下去，奔财把英歌同步引进了校园，让学生在学校里学习跳英歌舞。后来，泰国教育部门规定学生必须掌握一门文化民俗课程，借此机会，奔财等人在2006年专门编写了英歌舞教材，名为《当地“英歌舞”表演技能》，并把英歌设置为政府规定的文化民俗课，每周五上课，一节课50分钟。

学生们都很喜欢上英歌课，在课上，老师除了教授学生英歌舞的动作要领，还会讲解《水浒传》中的人物和故事。把英歌课程纳入学分体系，加上寓教于乐的授课方式，吸引了大批学生参与。

□ 潮汕英歌在泰国演出

韦俊杰接触英歌要比其他同学更早一些。他小时候因患有呼吸道疾病，身体比较孱弱。父母为了让他增强体魄，便早早让他跟随教练学习英歌舞。韦俊杰告诉南都记者，通过多年的练习，他不仅身体变得强健，也深爱上了这项活动。在他的影响下，弟弟也加入了英歌队伍。兄弟俩年纪虽不大，但大大小小的英歌演出已经参加过不少。

发展英歌旅游经济

韦俊杰的教练中文名叫邹弟绿，今年60岁，跳英歌舞已有30年。30多年前，他偶然看到了一部关于潮州英歌舞的影片，被其中气势磅礴的表演深深震撼了。“我当时就觉得潮汕地区的英歌舞好美，好有力道，看的时候我能感觉到自己的心脏都在有力地跳动，我就想自己也要学。”

当时，英歌相关的影片和视频成为邹弟绿学习的参考。他有空就会找来潮汕各地的英歌舞演出视频，仔细研究其服饰妆容、舞蹈动作、鼓乐配合、队列设计等，边看边模仿，尝试融合进自己的英歌表演中。

邹弟绿告诉南都记者，他也是祖籍广东普宁的华裔。“英歌舞是由华裔带到泰国来的，在学习和表演英歌舞时，我感到一种使命感，我们的祖先把英歌带来，我们就要把它传下去。”

后来，邹弟绿也成为奔财所在学校的英歌舞教练。除了依托学生把英歌一代代传承下去，他们还组建起一支在当地颇有名气的英歌队，并逐渐走出帕那尼空县，将英歌表演带到了泰国各府县。

除了固定每年一次的中秋演出，学校英歌队也会受邀到其他府县表演，一般每年有十多次。邹弟绿带着学校英歌队去过泰国很多地方演出，“次数多到我数不清了，有人来请，我们就去”。

据奔财了解，目前泰国全国有四五个府有自己的英歌队，时不时也会有人到他们学校参观，学习如何组织英歌队。

值得一提的是，英歌在当地不仅是一项艺术表演，也为拉动消费做出不小

□ 奔财

贡献。奔财向南都记者介绍，英歌表演吸引了不少游客慕名前来，也带动了当地旅游业发展。“这些来看英歌的游客也会在我们县里产生其他消费，包括吃住，还有我们的地方特产竹编也很受欢迎，可以说，英歌给这里的经济带来了更多活力。”

为了进一步满足游客需求，当地人还制作了造型丰富的英歌人偶供游客购买留作纪念。奔财向南都记者展示了仿照英歌舞者形象制作的英歌人偶，大小各异的摆件，有双手举着木棍跳跃的，有打鼓的，有摆弄蛇形道具的，颜色鲜艳，造型多样，颇受游客欢迎。如果游客想要亲自体验，他们也会为其画上英歌脸谱。

奔财和邹弟绿也有遗憾，他们虽为华裔，但因祖辈移居泰国多年，已经没有与故乡的亲人来往，也从未来过中国。但是当跳起英歌舞时，激荡的锣鼓声让人热血沸腾，也总提醒着他们身上有着华人的血统。

邹弟绿只在视频中看过潮汕本土的英歌表演，“我总惦记着，将来有机会一定要到潮汕去，看看那里的英歌”。

粤剧八和祖师民俗在法国新西兰：弘扬尊师信念，推动粤剧传承

一香案，一果品，一纸上书“敬如在”，简单陈设的香案前，几名扮相精美考究的粤剧演员肃穆而立，躬身敬拜。在新西兰，惠灵顿粤剧曲艺团每次演出前，都会在后台拜华光祖师。在华光诞时，庆祝活动则更为隆重。

华光诞，又称粤剧八和祖师诞，是粤剧行业奉祀华光祖师的信俗活动，也是广东省级非物质文化遗产，已成为交流粤剧艺术的平台，在行业内具有广泛的影响力和凝聚力。遍布全球的八和弟子团结一心、自立自强，推动粤剧在海外传承发扬，并逐渐走入当地政府和观众的视野。

惠灵顿粤剧曲艺团团长曹启兴是当地知名粤剧文武生，在他的带领下，剧团始终坚守八和祖师信仰，恪守尊师重道、传播粤剧的信念。欧洲粤剧研究会联合总会会长彭溢威，心系中华文化传承，推动八和祖师文化在欧洲生根发芽。2023年8月，他们向南都、N视频记者讲述了粤剧八和祖师文化从广东走向世界的故事。

海外粤剧人的坚守

依照惯例，在每次演出前，惠灵顿粤剧曲艺团团长曹启兴都会同即将登台唱戏的八和弟子祭拜华光祖师，祈祷演出顺利。这是他们坚持多年的一项仪式。

到了华光诞当天，剧团的庆祝活动则比日常更为隆重。虽没有国内热闹巡游之景，但也在祭品、演出上下足功夫。这一天，剧团不仅会准备乳猪、放鞭炮，还会请广东粤剧院的“大老倌”、当家花旦等前来助阵，策划专门的庆祝演出。

本文首发于南都新媒体专栏《广东民俗的海外传承》，2023年8月15日。

因涉及人员调配、服饰剧目准备等，整个华光诞庆祝活动筹备周期长达一两年。活动上，传统例戏《八仙贺寿》是保留节目，以表达众弟子对华光祖师的恭敬之情。场内座无虚席，当地华人华侨、新西兰本土人士及各国粤剧爱好者齐聚一堂观看演出，达六百余众。剧团也曾受邀参加在澳大利亚举办的华光诞庆典。

远在塞纳河畔的法国大巴黎，欧洲粤剧研究会联合总会会长彭溢威的家中，也常设华光祖师的牌位。华光祖师诞当日，彭溢威在家中敬拜过后，回到会所会再次领众会员敬拜。他所拜之“像”同曹启兴一样，均是一纸“敬如在”。

彭溢威向南都记者介绍，因条件受限，没有合适的固定供奉场所。他请教后得知，在纸上书写“敬如在”三字进行奉祀，亦能表达弟子心意。此后，他们便以此为华光“像”，在演出前和华光诞进行祭拜。

相传，华光为治火之神，清代粤剧戏班多用红船穿行于珠三角河网地带，各戏班为避祸，戏前祭拜华光祖师，并渐成习俗。因此戏行前辈极为尊崇华光祖师，认为只有祭拜过华光，求得火神庇佑，才能逢凶化吉，消灾避祸。清光绪十五年八和会馆建成，取义“和为核心，八方和合；自强自立，生生不息；相互关爱，扶助弱群”。自此每年农历九月廿八日华光祖师诞日，均在八和会馆举行奉祀活动。

粤剧表演艺术家、广东八和会馆荣誉会长叶兆柏告诉南都记者，“华光师傅就是粤剧的救命师傅”，粤剧人为了表达救命之恩、许演出顺利之愿，戏前皆祭拜华光祖师。

即便现实条件受限，这一传统民俗也从未间断。在新西兰，为了祭拜仪式顺利完成，曹启兴等人以“上香而不点香”的方式进行，以此恪守地方规制和内心信仰，求得两全。

回到广东文化寻根

曹启兴是新西兰知名粤剧文武生，1963年生于广州，从小对粤剧耳濡目染，还曾在广州荔湾区粤剧团学习和演出。1999年，他在亲友引荐下，前往新西兰惠灵顿，并跨行成为一名厨师。与此同时，作为粤剧行家的他也被邀请加入了惠灵顿粤剧曲艺团。

那时剧团刚成立两年左右，由当地爱好粤剧的粤籍老华侨们组建。曹启兴向南都记者回忆，初到新西兰时，当地并无祭拜华光祖师传统，彼时的同行多为二三代华裔，从祖、父辈处传承粤剧，以此寄托对祖国的思念，但他们对于其中的文化渊源不甚了解。

后来，随着国内与海外的联系愈发密切，内地、香港的粤剧名伶“老倌”也纷纷到访新西兰交流演出。“他们登台前祭拜华光祖师的传统，就像一阵风吹过来”，让新西兰当地粤剧艺人深受触动，便也跟随国内艺人一同祭拜，延续至今。

与会唱会演的曹启兴不同，彭溢威不会唱粤剧。作为1954年出生于柬埔寨的华裔，他从小听着粤剧长大，当地有专门供奉华光祖师的华光庙。

20世纪70年代，柬埔寨发生动乱，彭溢威和众多华侨华人只能逃亡他乡，

□ 2008年，彭溢威组织全球各地粤剧爱好者到佛山寻根

他与不少同胞逃往法国。在大巴黎，彭溢威投身餐饮、服装等行业，悉心毕力，闯出了自己的一番天地。

彭溢威告诉南都记者，他们初到法国时，为了维持生计，根本没有精力唱粤剧。直到20世纪90年代，他们在当地站稳脚跟，有了安定的生活和空闲的时间，这才重拾藏在内心深处的粤剧爱好。

“最开始大家只是寻个开心，消遣时间，没有专业指导，都是跟着影碟学习。戏服是自制的，化妆像熊猫，头饰像顶在头上的花盆，唱的是反音跌调的粤曲。”如今回想起来，彭溢威仍有些忍俊不禁。

但他从中看到了通过粤剧凝聚的乡情，于是在1992年，他组织成立了法国广东粤剧社。随后，彭溢威联合法国、英国、荷兰、比利时、德国、瑞士、丹麦等国粤剧爱好者，于1994年成立欧洲粤剧研究会联合总会，不断推动粤剧在欧洲的传承传播。

“我们根本不了解粤剧文化，但听过长辈讲粤剧华光祖师的故事。我们都是出生在国外的华人，有的还不会中文，也从未回过祖国，但不论走到哪里，我们都记得我们的祖籍，记得我们是中国人。”彭溢威介绍，直到1996年，他组织欧洲多国60多个粤剧爱好者回广州参加第二届羊城国际粤剧节，那时“才知道粤剧文化是什么样”。

正是这次寻根之旅，彭溢威了解到华光祖师的文化历史，并将这项传统文化带往欧洲。

引领粤剧海外传承

对于扎根海外的曹启兴而言，信奉华光祖师，不仅是求得“保佑红船弟子演出平安顺利，国泰民安、风调雨顺”的好意头，同时也是“尊师重道，不背信弃义，增强内部凝聚力”的必要仪式。

而粤剧能够经久不衰，用艺龄79年的叶兆柏的话来说，正是因为“大家有信仰”。他介绍，借助信仰的力量，粤剧艺人在面对困难时，总能团结一心、共克时艰。

□ 广东八和会馆内的华光祖师像

叶兆柏以粤剧艺人自发组织成立的八和会馆为例介绍，每年春节前的义演活动，海内外的八和弟子均会尽心尽力，唱戏筹款，以解同行之忧。位于广州三元里走马岗路的“八和墓园”，是国内现存唯一一座梨园公墓，正是粤剧艺人此前集体购置的义地。

为了推动粤剧的海外传播，曹启兴还在自己开的中餐馆里展示宣传，让往来食客在享受中华美食之余，一览粤剧戏曲之美。在聚会时，他也总是主动唱起粤剧，让身边更多的友人接触和了解。

在多年努力之下，如今的惠灵顿粤剧曲艺团已由初创时的八九人扩充至二十余人。每到中秋、春节、元旦等传统节日演出，总是观者云集。

为了更好地传承粤剧文化，实现长久发展，曹启兴还从观众、朋友中积极吸纳青年粤剧爱好者，培养接班人。他介绍，目前剧团内已有三四个年轻演员。在他看来，华光祖师文化为剧团发展和粤剧传承起到引领作用，也增强了大家对中华传统文化的认知和认同。

值得注意的是，自20世纪90年代以来，欧洲粤剧研究会联合总会组织举办欧洲粤剧文化节，并携手全球粤剧社团到世界各地举办全球华人粤剧文化节，至今已举办近30届。为传承华光祖师文化，2008年，彭溢威还曾组织20多个国家和地区的160个粤剧爱好者到佛山举办“粤剧寻根大汇演”，祭拜华光祖师，“我们不再是自娱自乐，已是一种使命”。

□ 2019年，曹启兴（最右）参加在澳大利亚举办的华光诞演出

粤剧八和祖师诞构建起一个交流粤剧艺术的平台，在行业内具有广泛的影响力和凝聚力，并得到全球八和弟子的认同和社会各界的广泛支持。如今，八和弟子遍及海内外，世界各地凡有操粤语的人群，几乎都有粤剧、粤曲演出活动，在港澳地区以及新加坡、马来西亚、美国等国家，也相继出现许多八和会馆分会。

曹启兴和彭溢威明显感觉到，在异国他乡，当地政府部门对粤剧文化越来越重视。曹启兴介绍，近十余年来，剧团在新西兰演出的场地费用可享受优惠或者直接免除，也会受地方政府、企业邀请在庆典上演出。

彭溢威介绍，他们的粤剧表演在2023年3月被列入欧洲当地政府活动，从自己组织观众发展为政府邀请艺术界、文化界人士观看，粤剧文化的地位进一步提升。

目前，曹启兴正为2023年下半年的华光祖师诞辰做演出筹备工作，彭溢威也开始为下一届全球华人粤剧文化节选址。“2024年是中法建交60周年，我希望把地点定在法国。”彭溢威说。

青龙爷故事流传到法国新加坡：成为民俗风景，凝聚潮人乡情

在法国有着30多年历史的“巴黎13区华人彩妆游行嘉年华”活动上，一面从广东潮州漂洋过海而来，绣制着“潮州青龙古庙”六个金色大字的旗帜现身巡游队伍，在沿途超十万名游客的簇拥之下，缓缓穿行在法国巴黎街头，引来阵阵喝彩。

潮州青龙古庙主祀青龙爷安济圣王，“潮州青龙庙会”也是广东省级非物质文化遗产，成为海内外潮人凝聚乡情的重要纽带。安济圣王的精神文化，也随潮人出海，被引至新加坡、泰国、马来西亚等国家。

法国潮州会馆会长文瑞潮告诉南都、N视频记者，2023年10月，他将从潮州青龙古庙把安济圣王像请到法国潮州会馆，希望以此讲好中国的故事，团结海外潮人，“给华人后代一个了解自己文化的机会”。在新加坡的安济圣王庙，已走过105年岁月。该庙理事会主席林海德介绍，他们通过慈善事业得到了当地认可，也希望能让更多人认识安济圣王保家卫国、扶贫济弱的精神。

◆ ◆ ◆

成为讲好中国故事的窗口

癸卯年正月初八，寒冷的巴黎街头响起阵阵欢呼。在逾千人参与的彩妆游行队伍中，绣制着“潮州青龙古庙”六字的旗帜由专人举托，在沿途超十万名游客的簇拥之下，缓缓穿行在巴黎13区唐人街头。

本文首发于南都新媒体专栏《广东民俗的海外传承》，2023年8月11日。

□ “潮州青龙古庙”旗帜出现在巴黎街头

这一传统春节彩妆游行活动在法国已有30多年历史。法国潮州会馆会长文瑞潮向南都记者表示，“营老爷”已经在法国举办了多年，但这是首次有潮州的“老爷”出现在队伍中。据悉，本次游行人数达到1200人，超过以往任何一年，队伍中不乏金发碧眼的中国文化爱好者。

“老一辈的潮汕华侨都对潮州安济圣王的故事有一定的了解，新一辈则对此充满好奇。”文瑞潮说。

他是潮州潮安区凤凰镇下埔村人，40多年前只身前往法国发展，后来多次回到潮汕地区考察访问，为维系海内外潮人情谊、促进潮人故地和侨居地友好交流作出贡献。

2022年末，文瑞潮及夫人等一行到潮州寻根谒祖和参观访问，先后到牌坊街、广济桥、开元寺、韩文公祠、青龙古庙等地参观。他告诉南都记者，青龙古庙生动的历史令他印象深刻，也让他萌生出以青龙古庙为主发扬中国传统文化的想法。“这不仅是传播中国的历史，也代表了我们团结海外潮人的凝聚力。”

于是，他积极联络潮州青龙古庙，委托古庙方制作一面绣制了“潮州青龙古庙”六字的旗帜，并寄送到法国，出现在此次春节庆祝活动中。

“看到这面旗帜出现在队伍的最前方，我们是很高兴的。”湘桥区潮州王伉传统文化研究会副秘书长曾小明告诉南都记者，这表明安济圣王在当地华侨华人团体中具有崇高地位，也让他看到了研究会的工作成果。

在文瑞潮的极力促成之下，青龙古庙更专门制作了安济圣王的铜像，将于同年10月由他本人亲自请到法国潮州会馆。接下来，他还要把安济圣王的精神文化传播到欧洲各国，在农历春节期间，帮助比利时、荷兰、德国等地的潮乡会在游行中增加新的节目，从而了解大众的反响。

如今，在巴黎13区唐人街，法国潮州会馆已成为一道靓丽的风景线。这里不仅是华人的家园，也是其他族裔了解中华文化的一扇窗口。待将安济圣王的铜像请回以后，会馆还打算推出一系列配套活动，向来自全球各地的游客更好地展示安济圣王文化。

文瑞潮向南都记者透露，目前，法国移民局相关部门已经开始收集当地庙会的相关资料，希望了解从亚洲传至当地的庙会文化，以及拜“老爷”的传统。法国潮州会馆也给予了大力支持，提供了不少相关资料。他希望能以此讲好中国的故事，团结海外潮人，“给华人后代一个了解自己文化的机会”。

□ 新加坡安济圣王庙

慈善事业获得当地肯定

在新加坡西海岸，占地约2000平方米的新加坡安济圣王庙沿海沟而筑。庙内有图文并茂的二十四孝图、妙趣横生的十二生肖石雕，龙运桥、青龙聚宝池、养生池……这座起源于1918年的庙宇，虽几经易址，仍吸引各地民众纷至沓来，百年来长盛不衰。

据记载，上世纪初期，潮州人王东清下南洋谋生，也从家乡将安济圣王精神文化带到新加坡，并在杨桃园住家辟场所供自己和其他村民祈愿。

20世纪30年代，当地曾在巴西班让七英里处（俗称“渔寮”）一地重建新庙宇，同时将青龙爷安济圣王像等安奉于庙宇内。

安济圣王庙落户“渔寮”五十余年的时间里，成为村民联络与交流的聚集处，也曾是新加坡政要接见民众的场所。“旧时在渔村，很多村民膜拜安济圣王。”新加坡安济圣王庙理事会主席林海德告诉南都记者，“无论是渔民还是

□ 2023年6月，新加坡安济圣王庙庆祝安济圣王（青龙爷）寿诞

□ 安济圣王庙举办“青龙献爱心”活动，积极回馈社会

外出工作的村民，都请安济圣王保佑他们出入平安、五谷丰收”。

后来，因土地被政府征用，1994年，安济圣王庙与福连宫联名向新加坡建屋发展局申请购地，并于1997年在西海岸现址落成。

林海德是新加坡第二代华人移民，祖籍广东揭阳，2011年加入新加坡安济圣王庙理事会。他告诉南都记者，历经百余年，在新加坡多元文化融合的背景下，安济圣王庙吸引了不同国籍的人士前来。

林海德向南都记者透露，安济圣王庙中常常出现印族同胞的身影，敬香、绕场一周等种种仪式同样做得很到位。他也希望将来能有越来越多的外籍人士前来，将安济圣王的精神文化传到全世界。

安济圣王庙在传统华人节日都会举办活动，包括新年期间的“拜太岁”和“接财神”，中秋节的提灯会等。林海德表示，每逢安济圣王寿诞，庙宇不仅会摆千人筵席，还会有舞龙舞狮、印度舞蹈和歌台等余兴表演。在歌台表演中，不仅有华语歌曲、方言歌曲，更有融合了淡米尔语、马来语和英语的歌曲表演，成为当地一大特色。

多年来，安济圣王庙更通过向社区低收入者赠送礼券或礼包、向免收费的医院等机构组织捐款等方式，积极回馈社会。“长此以往，每当我们举办活动时，就会有人主动前来，为我们的公益活动慷慨捐助。循环往复，我们也有足够的资金继续进行捐助活动。”

在林海德看来，一个庙宇发展百年十分不易。“只有像青龙爷一样做好事、帮助人民，大家才会支持，将这一庙宇延续下去。”

如今，安济圣王庙已成为新加坡历史悠久的古庙之一。林海德告诉南都记者，如何做好庙宇的保护，是理事会长期在思考的工作。“除了举办庆典以外，我们也通过慈善事业做好社区的宣传工作，得到了大家的肯定。希望能通过此类活动带动人气，让更多人认识安济圣王保家卫国、扶贫济弱的精神。”

寄托海外潮籍侨胞乡情

据《潮州府志》记载，青龙古庙原祀水神、青蛇神，安济圣王即为其封号。明朝时，又改祀蜀汉永昌郡太守王伉，沿用安济圣王封号至今。

□ “潮州青龙庙会”巡游活动

王伉为三国时蜀汉永昌郡（今云南保山市）太守。建兴年间，益州耆帅雍闿叛蜀附吴，永昌府丞王伉与郡吏吕凯忠于蜀汉，率吏民长期反抗雍闿的叛变行动，维护了永昌郡的地区安定，深受当地百姓爱戴，后来王伉受到提拔任永昌郡太守。王伉逝世后，当地士民感念其守城护境之功绩、忠勇爱民之精神，故立庙以祀。

潮州青龙古庙又称安济圣王庙，庙中主祀安济圣王，是民众纪念忠勇、欣赏潮州民间工艺、解读潮州人精神特质的活动场所。青龙古庙也是非遗文化的集中展示地。

湘桥区潮州王伉传统文化研究会是管理青龙古庙的民间社会团体组织，成立于2011年。曾小明告诉南都记者，由于许多资料在上世纪丢失，目前，研究会在管理庙里日常活动以外，也不断挖掘、收集资料，开展关于王伉传统文化的研究与对外交流，寻觅考察海内外相关庙宇。

在2023年2月举办的“潮州青龙庙会”巡游活动上，20多个方阵、800多人组成约1.5公里的巡游队伍，从青龙古庙出发，路线全长逾6公里，分别展示英歌舞、布马舞、潮州大锣鼓、舞龙、舞狮、舞凤表演，以及潮州花灯、潮剧、标旗等，持续时长4.5小时，沿途观看民众多达30万人。

此次活动，研究会遍邀全球各地潮籍商会、华侨华人参与，来自香港、澳门、泰国、马来西亚、新加坡、美国、瑞典、法国、挪威、比利时、柬埔寨等国家和地区的60个社团均有代表出席，文瑞潮的身影也在其中。潮州青龙庙会已成为海内外潮人凝聚乡情的重要纽带，为海内外潮籍乡亲返乡联谊交流、融洽感情提供了良好条件。

青龙爷安济圣王的精神文化还被引到新加坡、泰国、马来西亚等国家，在海外的青龙庙成为联结、凝聚当地潮人的所在。

“潮州文化具有鲜明的地域特色，所祀之‘神’都是曾作出贡献的有功之士。”曾小明向南都记者透露，目前，研究会正致力于宣扬安济圣王信俗中的忠孝文化，积极做好对外交流，丰富和弘扬中华传统文化，增强文化自信，让侨后代更有归属感、认同感。

“今年庙会期间，我们给海外各个潮州同乡会制作了多面‘青龙古庙’的旗帜，就是希望以此寄托归心。”曾小明说。

“出花园”礼俗在加拿大马来西亚：联结潮人，传承感恩与担当

换上红色新衣、脚踩红木屐，远在加拿大温哥华的潮汕籍青少年们共聚一堂，重拾故乡习俗，体验花水洗漱、祭拜“公婆母”、咬鸡头等特别的民俗文化，拥有了一场特殊的成年礼——“出花园”。

地球另一端的广东汕头，即将在农历七月初七举办一场“出花园”仪式。“出花园”是潮汕地区人生礼仪习俗的重要组成部分，是当地人由少年进入青年、由家庭进入社会的“成年礼”，寄托着长辈们的期盼，也希望让孩子们懂得感恩，敢于担当，具有历史、文化、社会学、民俗学等诸多价值，是广东省级非物质文化遗产。

“出花园”寄托着家中长辈对孩子们长大成人的祝福。这一礼俗流传至加拿大、马来西亚、新加坡、泰国等国，其文化魅力感染着越来越多的海外青少年，成为他们了解潮汕传统民俗文化的纽带。加拿大、马来西亚等地的潮汕籍华人向南都、N视频记者讲述了“出花园”在当地的传承发展经历，以及这项传统礼俗联结起的海内外潮人情谊。

潮汕礼俗传入加拿大

“‘出花园’是一段我脑海中从小就很特别的记忆。”15岁那年，按照潮汕传统民俗，在汕头长大的朱春雄参加了自己的成人礼——“出花园”。

移民加拿大后，现任加拿大潮属社团总会副会长兼青年部部长的朱春雄与志同道合的当地潮籍华人们，一起将“出花园”带到了温哥华。

本文首发于南都新媒体专栏《广东民俗的海外传承》，2023年8月16日。

2022年农历七月初七，第一届温哥华潮籍青年成人礼仪式——“出花园”由温哥华潮州同乡会、加拿大潮商会举办，多名在温哥华的潮籍青少年参与了活动。

仪式现场，由潮汕乡亲为孩子们介绍民俗源起，讲述民间流传着的“公婆母”传说，分享多年前自己“出花园”时的情景。红桌、红盆、红衣让仪式显得热闹又庄重，盛放着12种鲜花的水为孩子们洗去晦气，只留青春朝气，12碗定制菜式代表着多种美好寓意。

“潮汕‘出花园’是一种特殊的成人礼，专为虚岁15的男孩女孩，在农历七月初七或另择吉日举办。”汕头市文化馆副馆长陈少冰向南都记者介绍：“传统潮汕人一直认为孩子生活在一个精神花园里，‘出花园’寓示孩子们已经长大成人。”

问卜占卦、沐浴更衣、拜“公婆母”、吃“头彩食”……陈少冰告诉南都记者，“出花园”这一天，孩子要沐浴更衣，洗漱的花水集齐了12种具有吉祥意义的鲜花。家长还为孩子们系上红肚兜，再穿上外婆家送来的新衣服、红木屐，寓意孩子们跨出“花园”后一帆风顺、出人头地。

相传，在潮汕地区“公婆母”是孩子们的保护神，在孩子们15岁之前一直庇佑他们成长。陈少冰表示，“出花园”这天，孩子要在睡床上祭拜“公婆母”，答谢其庇佑的恩德。

“十里十乡，一乡一俗。在潮汕不同地区，‘出花园’民俗大同小异。”他举例道，父母采集的12种鲜花可能因地而异，孩子的肚兜大多数地方用红色，也有少数地方用白色等。但仪式背后的内涵不会改变，“成人礼寄托着长辈们的期盼，希望让孩子们明白自己已经长大，要懂得感恩，敢于担当”。

“出花园”作为潮汕地区人生礼俗的重要组成部分，具有历史、文化、社会学、民俗学等诸多价值。如今，这一极具广东潮汕特色的民俗已经流传至加拿大、马来西亚、新加坡、泰国等国家。

在马来西亚遍地开花

在马来西亚，“出花园”则已传承多年，是马来西亚多地潮州会馆年年都办的集体活动。参与“出花园”成为当地潮汕青少年重拾故乡传统习俗的契机，甚至是在成长阶段首次亲身体验潮汕民俗风情的机会。

传承离不开乡情。2007年，马来西亚柔佛潮州八邑会馆首次举办了集体“出花园”仪式。该会馆董事纪继耀回忆起这段过往时说，“这是一段很长的故事”。

“当时，有会员提出想为孩子按照传统潮汕习俗办‘出花园’仪式，却早已忘记仪式的具体做法，于是向会馆求助。”纪继耀向南都记者讲述道，这一请求引起了会馆的重视。按照传统习俗，“出花园”是家族活动，由家长们为孩子筹备。但在异国他乡，这一潮汕礼俗逐渐式微，会办传统“出花园”仪式的人已经寥寥无几。会馆时任秘书长陈振发决定将“出花园”搬出家门，定下统一的时间，邀请召集愿意参与的家庭，在会馆举办集体“出花园”仪式。

经过许多人的推动，从第一年参与者不到10个家庭，到在马来西亚遍地开花，“出花园”礼俗在海外生根发芽。

纪继耀介绍，2012年，他担任马来西亚柔佛州潮州会馆联谊会青年团州团长，萌生了将“出花园”推广到全柔佛州的念头，并于2013年将愿景变成现实，实现联合全柔佛州的潮州会馆在各自所在地，同一时间同步举办“出花园”。而后，时任马潮联青总团长李富新又将这个活动推广到全马来西亚。

在海外传承中国传统文化并非易事，“各地潮州会馆找我要‘出花园’的资料，我们挑选出传统文化中有趣的元素，然后放大进行推广，让大家先感受到趣味性，再深入了解文化内涵”。回忆这段历程，纪继耀向南都记者感慨道，“这个民俗从小小的一间会馆出发，延续至今，正向整个马来西亚的潮人

□ 马来西亚的潮汕籍青少年们参与“出花园”仪式

家庭普及”。他坚信，文化活动只要顺应时代的变迁，在不改变核心价值的前提下，可以得到很好的传承。

民俗的传承极具感染力，紧紧联结起海内外潮人情谊，也影响了远在加拿大温哥华的潮籍华人们。

年幼时的“出花园”经历，让朱春雄格外关注这一民俗在海内外传承的情况。自从留意到马来西亚、新加坡等国家均有潮籍青年参与“出花园”仪式，朱春雄更有了将“出花园”带到温哥华的念头。

他向海外其他潮人社群“取经”，“‘出花园’在海外潮人间的流传让我感到惊喜。尤其这又是一个有特殊意义的青少年活动，我想把它发扬下去，传承给下一代”。

海外青少年传承感恩、担当精神

“将‘出花园’在温哥华发扬光大”，这一想法也得到当时的温哥华潮州同乡会支持，于是活动筹备提上日程。

传统仪式十分讲究，菜式、用具、流程都有含义。为了复原传统仪式，朱春雄查找资料、向潮汕老人们请教，辗转购置齐了所需物品。“孩子们对这一民俗文化感到很新奇，一些年轻的父母也不曾了解过。”朱春雄介绍，活动举行后还引起一些加拿大当地人的兴趣。

“这是传承了很久的潮汕民俗，经历过‘出花园’，就证明这个孩子长大独立了，跳出花园，也就是跳出了孩童时期。”林琼璇是汕头人，早年与丈夫移民加拿大，留意到温哥华举办了“出花园”活动，她立马为孩子报名参加。

看着孩子身穿喜气的红衣，认真庄严地完成仪式，林琼璇不由得回忆起自己青少年时期的“出花园”。“成人礼那天，妈妈特意为我办了一天，印象里还留着那时的满足和幸福感。”她向南都记者感叹，当时年幼，对这一民俗的理解还不够深入，如今看着出生在海外的孩子重新体验“出花园”，才切身体会到父母对孩子的殷殷期待与祝福。

“这是一次难得的经历，让孩子有机会感受潮汕传统文化的魅力。希望孩

□ 孙彦彬为孩子筹办线上“出花园”

子们继续茁壮成长、平安喜乐，成长为能独当一面的青年人。”林琼璇说。

“因为我是潮州人，但没有‘出过花园’，这对我来讲是个遗憾，所以当会馆有举办‘出花园’的活动，我就一定会让我的小朋友们去参加。”柔佛潮州八邑会馆副会长孙彦彬，是在马来西亚成长的第三代华人，祖籍广东潮安。谈及故土，孙彦彬忍不住向南都记者分享了家乡最精确的地理位置，为孩子举办“出花园”也是维系、传递这份思念的方式。

孙彦彬家的三个孩子都拥有“出花园”的经历，其中老三的仪式最特别，是会馆首次通过网络进行线上联动。

“由于疫情，2021年我们采取了线上‘出花园’的形式。”他向南都记者介绍，参与线上“出花园”的家庭，要在家中举办仪式，线上与其他家庭同一时间联动，反而给了他与孩子深度体验这一过程的机会，让传统潮汕习俗回归家庭。

这场活动也开创了线上举办集体“出花园”的先例。网络帮助马来西亚的青少年们克服疫情困扰，联结起国内有关部门、民俗专家，实现海内外共同参与。

作为父亲，孙彦彬一手操办了整个仪式，也让孩子第一次对潮汕民俗有了亲身体验。“对我们而言，‘出花园’已经不只是一个成年礼，它还教育了孩子们怎样感恩，让他们感受了潮汕文化的内涵。”

海丰“珠宝小镇”变迁路：
口碑引来外国客商，跨境直播拓市场

秋意正浓的午后，在素有“鱼米之乡”之称的汕尾海丰县，可塘镇上商铺林立，一排排档口摆满了色彩缤纷的珠宝；在宝石原料市场，来自世界各大宝石产地的批发商与客户喝着工夫茶洽谈生意；远在美国、欧洲、东南亚的网友们，正通过手机直播间欣赏并了解精美饰品、摆件背后的可塘镇。

不产宝石原料的可塘镇，靠老一辈进厂学来技术，返乡创业办起一个个珠宝加工作坊，再建起一家家工厂、企业，构建联通海内外的购销渠道。为将可塘珠宝产业做大做强，当地充分调动社会力量，发挥龙头企业带动作用，整合本土资源，建立了集珠宝原材料销售、设计研发及生产加工、半成品及成品批发销售、电子商务、检验检测和配套服务为一体的完整产业链，擦亮“珠宝小镇”招牌。

□ 广东可塘珠宝交易市场

本文首发于南都新媒体专栏《广东小镇的海外生意》，2023年11月28日。

如今，可塘镇全球客商云集，大力发展跨境电商，进一步打开海外消费市场。在可塘镇开店十年的阿富汗商人告诉南都、N视频记者，他来做双向贸易，这里和平安定的环境给了他们信心。从事跨境直播的企业则在大力培养外语主播人才，看好海外直播带货这片“蓝海”，将广东小镇的特色介绍给全球更多人。

阿富汗商人扎根10年

2023年11月中旬的一个午后，在一家青金石料行商铺的门口，来自阿富汗的Amin正在看着工人们将地上的青金石铲起装好。31岁的他是这家料行的老板之一，来可塘镇开店已有十年之久。2023年他在这里待了足足8个月。

历史上，阿富汗以其丰富的青金石资源闻名于世。早在公元2世纪，阿富汗巴达赫尚的青金石就传入中国并深受中国人喜爱，成为制作工艺品和绘画的上等原料。敦煌莫高窟所用的进口颜料主要为青金石，来源地为阿富汗地区，通过丝绸之路进口而来。

提起家乡青金石的品质，Amin的脸上充满自豪。他向南都记者介绍道，其家族几代都经营青金石原料生意，家里人在巴基斯坦、印度、香港等地也有生意。来可塘之前，他常与中国采购商打交道。“十年前，阿富汗的朋友和中国的朋友都向我介绍可塘镇，说这里专门经营珠宝的市场发展得很好。”

抱着试一试的心态，Amin与从小一起长大的朋友Amiri先后来到可塘考察，不久后便决定在这里把生意长期做下去。因为他们发现，在这里卖青金石出货特别快。“可塘镇的客源很多，除了镇上的珠宝加工厂，中国其他地方的采购商也会来购买我们的青金石。大家都知道这里有很多珠宝原料，也有很多珠宝工艺品。”

青金石出货快，除了因为客源多，也得益于可塘精湛的珠宝加工工艺，“这边加工的珠宝很漂亮，连珠子都更圆，外国客户很喜欢，加工好的珠宝就卖得快，对我们青金石原料的需求也就更大。巴基斯坦和印度的设备和技术没有这边好，我们出货也会慢一些”。

□ 阿富汗商人Amin（左）和Amiri（右）在可塘镇

说到这里，Amiri连忙打开自己身后的一个袋子向南都记者展示，里面装满了青金石吊坠，旁边几个袋子还装有圆形青金石珠子。这是他们在可塘采购的加工好的青金石饰品，将要卖到其他国家去。

原来，Amin和Amiri在可塘做的是双向贸易，既出售产自阿富汗的青金石，也从可塘本地企业购买加工好的珠宝销往阿富汗、巴基斯坦、印度、美国、德国、法国等世界各地。

两人在最年富力强的十年里，在广东小镇打拼自己的跨国生意，也适应了这里的生活。他们在这里学会了中文，爱上了潮汕菜，办公室里也摆上了泡工夫茶的大桌子。

到可塘镇卖宝石买珠宝

如今，来自国内外的珠宝采购商、原料批发商云集可塘镇。

这里其实并不产珠宝原料，也没有世代传承的加工技艺，其特色珠宝产业的发展，还要追溯到上世纪80年代。

广东可塘珠宝交易市场跨境电商业务负责人王伟斌向南都记者介绍道，改革开放之初，不少港商到深圳开办珠宝加工厂，一批可塘人为了养家糊口，便进厂从事珠宝加工。他的父辈就在其中。

父辈们学有所成后，便回到家乡与亲朋好友合伙创业，于是一个个珠宝加工作坊在可塘镇兴办起来。起初，大大小小加工厂主要以代加工的形式承接来自台商和港商的珠宝加工订单，源源不断的代加工订单对可塘形成珠宝加工基地起到至关重要的作用。

为了进一步打开销路，20世纪90年代后期，众多可塘珠宝加工企业在以广州荔湾广场为中心的华林珠宝产业带集聚销售。可塘珠宝厂商迅速建立其稳定的销售渠道，可塘镇加工的珠宝产品销售逐步延伸至内地各省份、港澳台和东南亚、欧美等地区。

□ 可塘生产的珠宝

□ 可塘镇生产的珠宝

“后来，父辈们又开始思考，怎么才能建立起可塘镇的核心竞争优势，探索降本增效的产业模式。他们走访了全国各地的珠宝贸易市场，最终经过分析确定，应该把交易市场放在产业的源头。”王伟斌对南都记者说，这对上游的加工、销售企业以及下游的采购商而言，在提供了极致便捷的一站式交易平台的同时，各种交易成本的降低，也给商品创造了更高性价比的可能性。

为了打响可塘的国际知名度，当地政府充分调动社会力量，打造了以广东可塘珠宝交易市场、可塘荔埗广场等珠宝专业市场为龙头企业，建立了集珠宝原材料销售、设计研发及生产加工、半成品及成品批发销售、电子商务、检验检测和配套服务为一体的完整产业链。

经济和产业的发展离不开人才，可塘镇灵活运用人才驿站，宣传各级人才扶持政策，结合“奔向海陆丰”人才招引专项行动，努力集聚了一批支撑珠宝产业发展的领军人才和产业精英人才。

从家庭作坊的初始模式开始，经过多年发展，可塘镇逐步升级为国际知名的彩宝购销中心，“到可塘镇卖宝石买珠宝”已成业内共识。

据统计，可塘镇年均的彩宝加工总量达5万多吨，产值近50亿元，从业人员约3万人，占本地常住人口的一半，其中外来人口占行业从业人员的一半以上。

值得一提的是，可塘镇的水晶产品加工占全世界加工总量的70％以上。

双语主播试水跨境直播“蓝海”

站在电商飞速发展的风口，近年来，可塘镇将珠宝与电商产业发展有效结合，搭建了电商直播平台，提供成熟的直播运营培训服务，帮助珠宝商户、主播快速入局电商生态。2022年电商销售额为11.4亿元，2023年1—9月电商销售额为13.2亿元。目前，当地共有1964多家（号）3000多人从事电商直播。

与此同时，跨境直播为可塘走向世界打开了一扇全新的门。手机直播间也成为全球网友了解可塘的一个窗口。

“This is pinker in reality，这在现实中会更粉嫩一点。Let's continue to go go go，让我们继续冲冲冲。This is pink colour，这个是粉色。”在海外社交平台上，“钰玉珠宝”账号每天24小时不间断地直播着，琳琅满目的珠宝饰品、摆件每天都在上新。直播间里，来自美国、欧洲、东南亚等世界各地的网友能听到主播介绍珠宝产品，也能了解可塘镇的风土人情和发展面貌。

这家来自可塘镇的珠宝企业，除了做实体店铺，也通过网络直播带货。主播燕燕告诉南都记者，该公司从多年前开始探索国内直播带货，在积累了成熟经验后，于2021年试水跨境直播，直播间设在海丰县城，产品则从可塘采购。

目前，钰玉珠宝已进驻多个海外平台，并招聘培训了一批中英双语主播。

主播直播前会做不少功课，结合每场直播面向的具体国家和地区的语言习惯、历史文化等来介绍产品。“比如，英国王室喜欢海蓝宝石、托帕石等，或者哪国的王子送给老婆的定情信物是什么水晶，我们在直播塑品的时候会通过一些故事去链接它的历史文化，提升产品高级感。”

主播甜甜也是将可塘推向全球的实践者，她在上海运营一个直播团队。“国内直播带货领域已经比较饱和，很‘卷’了，国外还是一片‘蓝海’。”甜甜透露，目前做跨境电商的性价比更高，国外直播带货领域的竞争也更小。

甜甜因为跨境直播收获了不少海外客户。2022年初，一位美国网友到她的直播间买了几个水晶柱，之后有段时间天天来下单，购买雕刻摆件、水晶球、吊坠、手链等售价几十美元到几千美元的产品。“这个美国客户是珠宝收藏爱

□ 跨境直播间里的可塘珠宝

好者，后来常跟我们分享她的日常生活和收藏品，比如给我们发她抱着从我们直播间买的水晶柱睡觉的照片。”

王伟斌告诉南都记者，为了引导商户抓住新机遇、新风口，进一步拓展海外市场，2023年4月初，广东可塘珠宝交易市场成立了跨境电商直播基地，为商户提供便捷的电商出海服务，及时响应商家的需求。

可塘镇政府方面也向南都记者表示，未来将主动作为，鼓励优秀企业利用不同类型的海外平台，开拓东盟、欧盟等海外消费市场，扩展珠宝产业发展空间。

罗定“蒸笼小镇”转型史：
竹香飘上德国餐桌，升级版行销全球

在美国纽约曼哈顿中国城伊丽莎白街，一家极具粤式风味的老牌中餐厅吸引了大量本地食客。热气腾腾的诱人茶点，装在精致的竹蒸笼里，既保存了菜肴的原汁原味，又飘散着一股清新的竹香，是不少当地居民从童年到中年的餐桌记忆。

这家中餐厅叫福临门海鲜酒家（Oriental Garden），老板告诉南都、N视频记者，他们让糕点变好吃的秘诀，来自万里之外的“中国竹蒸笼之乡”——云

□ 即将打包远销海外的泗纶镇竹蒸笼

本文首发于南都新媒体专栏《广东小镇的海外生意》，2023年11月30日。

浮罗定泗纶镇。“织蒸笼，唔忧穷”，泗纶镇几乎家家户户都会编织竹蒸笼，泗纶竹蒸笼作为一项非遗竹编手工艺，吸引大批“蒸笼姑娘”投身其中，带动了泗纶特色农业产业升级发展，也让一个农业小镇开启了出海贸易之路，通过海外客户口口相传做大市场。

“有华人的地方就有泗纶竹蒸笼。”这是南都、N视频记者在泗纶镇最常听到的一句话。近些年，泗纶镇在探索特色农业非遗模式的同时，以“互联网+”的新型销售模式大大拓宽了海内外市场，竹蒸笼出口量占全国同类产品的85％以上。企业加大新产品研发，把目光投向价值更高、更符合市场需要的竹蒸笼衍生品，提升泗纶出品的国际竞争力。

外国餐桌上的诱人竹香

泗纶镇位于云开大山地带，青山连绵，林木葱郁，肥沃的土地上，罗竹（又名沙罗竹）绵延不绝。风入竹林，万亩翠竹随山势起伏，形成了一片翡翠的海洋。

当地村民告诉南都记者，这种竹子相互摩擦会发出“罗罗”的声响，因而得名罗竹。由于这种竹子修长挺拔，竹节较长，径大、壁薄、柔韧，并且带有一股天然的竹香，因此被视作一种极佳的环保编织材料。

实际上，在20世纪80年代，泗纶镇的罗竹主要用途并不是编织，而是造纸，为当时镇上的几家造纸厂提供原材料。随着时代的发展，镇上的造纸厂陆续停业，罗竹也滞销了。

为解决罗竹的销路问题，当时镇上和几个村的干部商量后，认为编织竹蒸笼是本地的一项传统特色，若能扩大规模，不但可以解决罗竹卖不出去的困境，还可以带动其它竹类产品的发展。

此后，镇上派出几名干部和竹制品加工方面的能手外出学习，带回了相关的生产和管理技术，自此，竹蒸笼产业在泗纶镇“落地生根”。

镇上大大小小的村子，都开始将编制竹蒸笼当成了主业。与此同时，一些西方国家开始追求环保，流行用竹制蒸笼作炊具，而且竹制蒸笼成本低，无污

□ 泗纶镇竹蒸笼晾晒厂

染，有益健康，泗纶蒸笼的海外贸易逐渐兴盛。

谈到泗纶镇的海外生意，罗定市恒兆蒸笼有限公司的老板张群英打开了话匣子。她的公司就开在泗纶镇里，是一家业务覆盖竹制品研发、生产、加工、销售、电子商务平台服务与国际贸易的企业。

“泗纶的蒸笼除了用少量细铜丝固定边缘外，其他全部是竹子，非常环保。”张群英告诉南都记者，环保的工艺，加上罗竹纤维长、韧性好，制作的蒸笼较其他竹蒸笼更耐用，使得泗纶蒸笼受海外客商青睐。她家生产的蒸笼畅销欧洲、日本、东南亚、澳大利亚、美洲等100多个国家和地区。

“有华人的地方就有泗纶罗竹蒸笼。”张群英的海外生意就是靠口碑一点点做起来的。“有一次，德国客户要过来检测我们的蒸笼，说不明白为什么用我们的蒸笼蒸出来的糕点那么香。他们专门派质检人员来泗纶的山上砍了罗竹拿回去检测，然后发现糕点的香气都得益于竹子天然的味道，从那以后那个德国客户就成了我们长期客户。”

“后来德国客户把我们推荐给了美国的客户，美国的客户觉得好又把我们推给了新西兰的客户，海外的蒸笼的市场从此就越做越大。”张群英说。

在张群英看来，从厂里出来的任何一个产品都必须是用良心生产出来的，这份坚守是任何技术都替代不了的。她的工厂已有6000多平方米，工人数达上千人。她向南都记者介绍道，目前有上万农户在和她的厂子合作，分享着产业发展的收益。

带动村民成为“蒸笼姑娘”致富

走进泗纶镇的蒸笼生产基地，清幽的竹香扑面而来。遮阳棚下，无数个编制好的蒸笼正在晾晒，旁边的生产间内，工人正有条不紊地对蒸笼定型、加固、打磨。

南都记者发现，这些蒸笼编织工人许多都是女性。从事蒸笼产业近10年的竹之森公司董事长沈美娟向南都记者介绍，在她的公司，80%以上员工都是泗纶镇的农村妇女，她们平时在家种种菜，闲暇时间就制作竹蒸笼，每人一个月有两三千元的额外收入。

村民们看到制作竹蒸笼既不愁原材料，也不愁销路，纷纷开始投身到竹蒸笼加工行业中，更多的农村妇女摇身一变成为“蒸笼姑娘”。

泗纶镇村民彭利香就是这样一位“蒸笼姑娘”。

她告诉南都记者，早已把编织蒸笼当成照顾家中老小闲暇之余的副业。很多农户喜欢热闹，愿意多来厂房和其他工人交流，在厂子里编织，家中农务繁忙时，也可以在自家完成编织，厂里每天会派卡车去各家收集成品，编织的效率大大提升。

让彭利香感到既意外又骄傲的是，她亲手编制的竹蒸笼，不仅远销海外轻松卖爆，还被许多老外喜爱，有些甚至卖出高价。南都记者查询发现，在海外销售平台，一个直径25厘米左右的小规格竹蒸笼，可以卖到15.49美元。

罗定市万润农业科技有限公司的负责人沈秋婵告诉南都记者，在欧洲地区，老外根本不会做蒸的食物，但他们通过视频，了解蒸笼的正确的用法，每次食物出锅后，整个屋子充满好闻的竹香。

□ 泗纶镇村民正在进行手工竹蒸笼贴标打包

因为原生态的选材和绿色手工加工，竹蒸笼非常符合目前全球的大健康发展方向，在国内外都十分受消费者欢迎。

在东南亚，泗纶竹蒸笼，不但被用来蒸制原汁原味的糕点，马来西亚航空曾经还将竹蒸笼作为纪念品送给游客，深受当地人的喜爱。在欧洲，人们也会将竹蒸笼作为圣诞节的礼物赠送亲友。

如今，泗纶镇从事蒸笼加工的人员达1.2万人，年产蒸笼约8500万只，年产值超3亿元，每个农户编制竹蒸笼年收入约4万元。蒸笼产量和出口量分别占全国同类产品的80％和85％，已成为富民兴村、振兴乡村的重要产业。

为小小竹蒸笼赋能新科技

随着互联网时代的发展，以沈美娟为代表的新一代“蒸笼姑娘”，开始探索建立线上和线下、传统与现代相融合的销售模式。泗纶镇几家较大的竹蒸笼生产企业都注册了网店，借助网络平台把泗纶蒸笼销往海外。

美国纽约曼哈顿中国城中餐馆福临门海鲜酒家（Oriental Garden）的负责人王先生告诉南都记者，他只是简单在海外平台搜索了竹蒸笼，就能看到平台上推荐的来自泗纶镇的蒸笼。用泗纶的蒸笼蒸出来的糕点别有一番清香风味，不光华人食客喜欢，就连很多外国食客也会问他食物中的一抹独特醇香是怎么做到的。

王先生特别提到，他们曾尝试用不锈钢蒸笼蒸制糕点，但一下就被挑剔的食客指出，糕点尝不出“老味道”了，很多食客可能不知道他们说的“老味道”是什么，但王先生一下意识到“老味道”就是泗纶蒸笼的竹香和品质赋予食物的特殊味道。

在国际商品市场竞争日趋激烈的情况下，泗纶镇的企业搭上“科技快车”，在提升竹蒸笼质量水平和科技含量的道路上不断探索。

自2012年起，泗纶镇引导企业更新观念，加大新产品研发，把目光投向价值更高、更符合市场需要的竹蒸笼衍生品，深入推进行业供给侧结构性改革，让蒸笼产品提质升级。

□ 海外中餐厅餐桌上泗纶竹蒸笼蒸出来的点心

在有关部门的建议引导下，许多企业研发和生产竹蒸笼与电磁炉等现代厨具结合的多功能电子蒸笼——竹香电蒸笼，既有现代科技方便高效的特点，又能保留传统工艺制作和罗竹的清香，非常适合家庭和小餐馆使用。

“国外客户每次进货量比较大，但对工艺、环保的要求也十分严格。”张群英向南都记者介绍，为了提升编织效率，公司也研究使用了一些机械化手段，取代部分人工制作工序。如以切割机取代传统的柴刀切割竹条，仅这个步骤就提升了数倍的效率，但是企业还是面临着从业人员年龄偏大，没有人使用专业机器等问题。

对此，泗纶镇经济办主任陈聪告诉南都记者，为解决从业人员年龄偏大的问题，泗纶镇为在家的年轻闲余劳动力进行劳动技能培训的同时，积极申请创建罗竹省级产业园，推动竹产业再造“新引擎”解锁“新密码”，吸引更多年轻血液。

陈聪表示：“近些年，我们镇多措并举，扶持本土企业扩资增产的同时，鼓励企业积极自主研发，增加企业核心竞争力。比如，我们支持恒兆蒸笼有限公司引进价值5000万元的一次性竹纤维餐具生产线和数控化管理设备，抢抓‘以竹代塑’机遇，争取把竹纤维餐具也销往海外。”

开平“卫浴小镇”升级潮：
侨胞引来技术，打响品牌出口多国

在江门开平水口工业园里，大型机械此起彼伏，生产车间运转繁忙；走到水口镇的街道上，随处可见五金店铺，有人坐在店里的机器前对压铸件进行抛光处理，有人忙着进出搬运包装好的阀芯、花洒；各家卫浴企业里，来自伊朗、沙特阿拉伯、印度尼西亚等国的采购商与水口镇的供应商交流生产经验、咨询报价……

这里位于开平市东郊，是工业重镇。回望数十年来水口镇的工商业发展历程，除了踏实肯干、刻苦钻研的本地人，也不乏外国客商来往贸易、投资建厂、支援技术的身影。近年来，越来越多的水口镇企业走出国门参展，产品销往欧美、土耳其、巴西、墨西哥等世界各地。如今，水口镇正打造“水暖卫浴

□ 水口镇上随处可见销售水暖卫浴的店铺

本文首发于南都新媒体专栏《广东小镇的海外生意》，2023年12月1日。

工业小镇”。

“水口镇是经济全球化的受益者。”开平市水口水暖卫浴行业协会秘书长司徒广鹏向南都、N视频记者感慨道，从模仿学习到自主研发，再到走出国门向世界展示产品，水口镇的产品质量和设计走在国际前沿，未来协会将鼓励企业从代工生产向创立自主品牌转型，“我们要做自己的品牌，到国际上去竞争”。

侨胞介绍资源引来技术和投资

第134届广交会开幕第二天，广东顶尖管业科技有限公司就迎来了三批客人。

“我们做外贸生意近20年了，与全球70多家知名企业建立了稳定的合作关系。”广东顶尖管业科技有限公司采购部部长郭先生告诉南都记者，平时常有国外客户到公司总部洽谈业务。

□ 第134届广交会上，外国客商与水口镇企业交流卫浴产品

广东华艺卫浴实业有限公司副总裁潘权富说，公司从上世纪90年代就开始做外贸生意，因为产品质量好，通过客户转介绍、出国参展等方式，他们逐渐打开了国外市场。

从生产简易水阀，到成为“中国水暖卫浴五金出口基地”，回望数十年来水口镇的工商业发展历程，除了踏实肯干、刻苦钻研的本地人，也不乏外国客商来往贸易、投资建厂、支援技术的身影。

“水口镇是经济全球化的受益者。”司徒广鹏向南都记者介绍，水口镇实力雄厚的工业基础来源于20世纪50年代。

当时，镇上的个体手工业户组成白铁生产互助组，生产以水龙头为主的五金制品，随后开始生产水暖阀件，并借助“侨乡”的华侨资源，吸收海外先进的生产技术和理念。

司徒广鹏称，千禧年前后海外企业面临成本压力，在全球寻找新的卫浴生产基地，经侨胞介绍，国外客户一路南下来到开平水口镇，“他们需要生产水龙头的核心配件阀芯，工艺比较复杂，我们这也没人做过”。

但在开平、江门以及广东省政府的支持下，水口镇的五金师傅们交流技术、寻找材料供应商，最终生产出令客户满意的成品。

司徒广鹏说，这一阶段对水口镇的工业、外贸发展至关重要。国外客户将水口镇作为生产基地，为其提供原材料和技术支持，还有外企直接到镇上投资建厂。在外国友人的支持下，水口卫浴企业逐渐摸索出了先进的生产技术，并将产品出口到美国、加拿大等国。

赛道阀芯总部位于西班牙，2003年在水口镇成立阀芯生产工厂——开平赛道龙头配件有限公司。该公司总监董记月告诉南都记者，集团总部负责人当年考察时发现，水口镇培养了很多技术、管理、销售人才，形成了卫浴产业基地。他们决定在此设厂，并派人负责技术、品质、生产等环节。

“外企投资设厂肯定需要培养本土人才，技术岗员工掌握生产原理后就会深入学习、开始创新。”司徒广鹏表示，外企将先进的技术带到水口镇，推动了当地技术提升，水口镇逐渐涌现出亿展、翰森等本土阀芯品牌。

产品荣获红点设计奖

随着行业不断发展，一些企业意识到，仅仅依靠模仿国外产品很难继续开拓市场，因此，水口镇的产业重心逐渐转向自主研发设计产品。

潘权富就表示，开发产品不是闭门造车，他们会到国内外考察市场，了解市场动态和消费者的需求再进行产品研发。研发出新产品后，一些国外客户也会到公司交流学习。

促进产业转型升级，有序承接产业转移，深化“研发+制造”等合作模式。2022年以来，水口镇政府紧抓“双区”建设机遇，全力推动水暖卫浴产业转型升级，向纵深、高端发展，着力打造开平市国际卫浴创新基地，延伸、补齐、建强产业链。

广东顶尖管业科技有限公司也在探索产品创新和产业转型升级，在开发产品时较为注重用户体验感，会想办法解决客户的痛点。

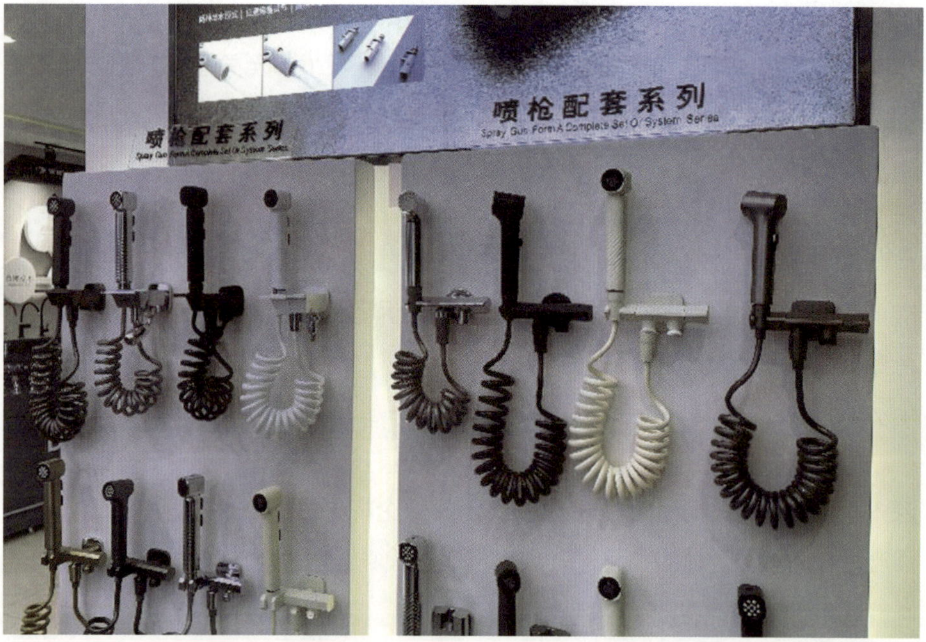

□ 广东顶尖管业科技有限公司开发的喷枪产品

郭先生介绍，他们曾因为北美房屋多别墅、常用木地板，对防爆要求高，开发了一款高压防爆软管，管身破裂时内置的防爆器会自动启动，瞬间止水，可以避免淹掉客户的房子。多个采购该产品的客户反馈称，该产品在海外市场销量喜人。

从专注单一品类到转型开发新产品，该公司投入了很多精力。“市场上的五金产品千篇一律，很少有人花心思去做。”郭先生告诉南都记者，他们从颜值、质量、功能三方面入手，开发既好看又实用的多功能小五金产品，赢得了客户的认可。

郭先生举例称，该公司2023年初推出荣获2023年德国红点设计奖的斐然多功能角阀套装。“其实这本来是针对国内市场开发的多功能喷枪，但国外客户在展会上试用产品后对其中一项功能感到不适应，我们了解客户诉求后，针对不同国家的需求推出不同款式，现在已经更新到第五代了。”

2023年10月的广交会上，该公司吸收国外客户建议的改良产品成为展厅的“网红产品”，一位伊朗的客户体验后就下了定金，广交会一结束便来到水口镇进一步洽谈合作。目前，已有来自伊朗、沙特阿拉伯、印度、印度尼西亚等地的客户与该公司达成合作意向。

“十年前我们参展是去学习国外的先进技术，现在是向世界展示自己的产品。”司徒广鹏告诉南都记者，从以前通过外国人带来理念和技术，到如今各企业自主创新产品，水口镇卫浴从业者心态上的转变十分明显。

要做“自己的品牌”

“产品质量好、品类齐全、方便采购”，这是最近来到水口镇参观的一名意大利商人对这里的评价，也是大多数外国客商选择到水口采购的原因。

2016年，西班牙商人伊莱萨第一次来到水口镇，看到街上随处可见的卫浴店铺，被这里可以一站式采购卫浴产品的产业集群深深地吸引了。他决定留在水口镇，将卫浴产品卖到全世界。通过多年积累的销售网络，他一个人就将这里的产品卖到全球30多个国家和地区。

司徒广鹏告诉南都记者，像伊莱萨这样的外国商人，在水口镇并非个例。镇上拥有集原材料、生产、研发、销售、服务物流的完整产业链，每年都有不少外国客商、返乡华侨来此采购，还有国外著名卫浴企业到此投资建厂，水口卫浴企业的客源得以不断拓展。

董记月告诉南都记者，知道赛道阀芯在水口镇有工厂后，土耳其、巴西、墨西哥等地的客户都曾让他们推荐，想与当地企业建立合作，“我们的品质有保证，他们觉得我们能就近指导、服务”。

2023年初，俄罗斯的客户选择水口镇一家企业作为新供应商，但这家企业提交的产品不合格，客户便将不合格的原因、视频、照片发给董记月，让他帮忙协商并改善产品。“我们先与当地企业开会商量如何设计产品，再把解决方案带到莫斯科与客户沟通，近期客户也来验证产品了。”董记月说，经过近半年的沟通，双方最终达成合作。

近年来，水口镇政府将资源向水暖卫浴优势企业倾斜，帮助行业打造集体商标、行业品牌，推动“水口”水暖卫浴品牌宣传，强化产业集群影响力，进一步提升开平水口产区在海内外市场的知名度、美誉度。

2023年国内外各大展会的展厅里，出现了“水口卫浴SHUIKOU”字样的商标。

司徒广鹏介绍，这是协会申报的集体商标，主要用于进一步打造“水口卫浴”区域品牌，企业外出参展时可以使用该商标，向世界展示“水口制造”的品质。

“集体商标目前不使用于产品，我们正在制定相关团体标准，产品符合标准的企业可以申请将商标使用在产品。”司徒广鹏解释称，这是出于品控的考虑，同时也可以激励中小企业提升产品工艺。

“水暖卫浴是一个恒久发展的产业，目前前景还非常大。”司徒广鹏认为，水口卫浴的产品质量和设计走在世界前沿，未来协会将鼓励企业从代工生产向创立自主品牌转型，“我们要做自己的品牌，到国际上去竞争”。

开平市水口水暖卫浴行业协会的规划，与镇政府推动品牌宣传、强化产业集群影响力的想法不谋而合。未来，水口镇政府将继续坚定水暖卫浴行业的产业主导地位，乘势而上，壮大工业经济，推进工业入园，促进现代产业集群发展。

第五章

中外交流谱新篇

世界气象万千，唯变不变。正当中美、中欧等双边关系快速变动之时，交流就显得尤为珍贵。交流可以增进了解，更有助于消除误会。南方都市报通过对一系列中外交往故事的跟踪，尝试从各方认知的转变，为更多人愿意交往、懂得交往、善于交往提供经验和启示。

基辛格传记作者托马斯·施瓦茨：
中美关系发展仍需要他当年倡导的精神

2023年6月3日，中国驻美国大使馆发布消息称，5月31日，驻美大使谢锋为美国前国务卿亨利·基辛格百岁寿辰举行庆祝活动。

谢锋表示，基辛格博士是中国人民的老朋友、好朋友，是中美关系的开拓者、推动者，为中美关系正常化作出了历史性贡献。半个多世纪以来，基辛格博士坚持不懈推动中美关系发展，为增进两国沟通、合作与友好发挥了不可替代的作用。谢锋指出，当今世界变乱交织，中美关系遭遇严重困难，历史再次走到十字路口。世界需要“基辛格”，我们需要向基辛格博士学习他透彻的智慧、共赢的战略、无畏的担当。

□ 托马斯·施瓦茨

本文首发于南都新媒体专栏《即时全球连线》，2023年6月5日。

□ 2023年5月31日晚，中国驻美大使谢锋为基辛格百岁寿辰举行庆祝活动

1971年基辛格秘密访华，与中方携手促成了1972年尼克松总统对中国进行“破冰之旅”，实现了震撼世界的“跨越太平洋的握手”。50多年来，基辛格近百次访华，致力于中美关系发展成为其外交生涯中最华丽的篇章之一。百岁寿辰前夕，基辛格受访时再度指出，“人类的命运取决于美国和中国能否和平相处”，认为美国需要克制盲目的对抗，谋求与中国对话。

2023年6月，南都、N视频记者专访了曾为基辛格撰写《亨利·基辛格与美国权力：一部政治传记》的美国历史学家、范德比尔特大学历史教授托马斯·施瓦茨（Thomas Schwartz）。他向南都记者表示，基辛格看好中国在国际事务中发挥积极作用，并通过鼓励积极政策来防止美中之间产生冲突。

谈百岁基辛格：仍在为美中外交关系发展投入精力

作为中美关系正常化的重要参与者，基辛格的百岁寿辰，受到中美双方高度关注。2023年5月27日，美国驻华大使伯恩斯在社交平台用中英双语发文，致敬、感谢基辛格为中美关系作出的贡献：“我们感谢他在半个世纪前重新开启美中关系时担任了关键性的角色，以及他对美国外交的历史性贡献。”

就在基辛格寿辰前一日，中国驻美大使谢锋也在康涅狄格州肯特郡会见了他，表达中方对基辛格百岁寿辰的祝贺。

“1971年，基辛格是美国总统国家安全事务助理，那时，我们和中国没有直接联系。”施瓦茨告诉南都记者：“他与尼克松一起，让美国与中国重新建立外交关系，并开始了首脑会晤和频繁互访的过程。而现在美中关系遭遇严重困难，在某种程度上，基辛格当年倡导的精神，如今需要‘恢复’。美中这两个最重要的大国，需要努力重新开始定期磋商和会面，尽管这并不容易。”

南都记者留意到，在百岁寿辰前夕，基辛格在接受西方媒体的采访时，谈及“如何避免中美竞争演变为战争”，他提到，美国和中国应该学会共存。他还告诫，不要误解中国的雄心。

“基辛格意识到，美国和中国必须接受分歧的存在。”在施瓦茨看来，基辛格一直秉持着一种态度，即两个国家有着不同的政治制度和意识形态，并不意味着不能和平相处。

施瓦茨向南都记者进一步分析，基辛格认识到了中国的崛起，以及美国和中国现在都是强国的事实。基辛格的使命，是通过鼓励积极政策来防止美中之间产生冲突。

施瓦茨介绍说，基辛格认为，美国和中国之间当前的重点，是需要通过外交和积极磋商以避免冲突。“我想这也是基辛格博士为此投入如此多精力的原因，这是他坚信并愿意为之努力的事情。”

谈基辛格访华往事：打开美中关系新局面

1971年基辛格秘密访华，与中方携手促成1972年尼克松总统对中国进行“破冰之旅”，实现了震撼世界的“跨越太平洋的握手”。

在尼克松访华及中美建交背后，基辛格均扮演着至关重要的角色，他曾直接参与中美关系正常化的多项重要事件和主要进程。

当年的随行官员温斯顿·洛德曾向南都记者回忆：“我们一早就计划好，

基辛格先生在出访巴基斯坦期间‘告病’，然后秘密前往北京。”在停留的48小时里，他与中方代表就尼克松访华、中美关系正常化问题交换意见。洛德告诉南都记者，1971年10月，他与基辛格再次访问中国，协商安排尼克松访华的议题、行程和后勤保障。

在施瓦茨看来，1971年秘密访华的目标是创造尼克松访问中国的可能性。1972年2月21日，基辛格陪同尼克松访华。施瓦茨向南都记者表示，这犹如在当时的美国政坛投下一颗“重磅炸弹”，“不仅在政治上帮助了尼克松”，同时亦引发了广泛关注。

“美国民众对尼克松访问中国展现出非常热情的态度，大概有95％的美国人在电视上观看了报道，知道尼克松去了中国。这是前所未有的景象，也是美国历史上一个非同寻常的时刻。”施瓦茨说道。

就在尼克松访华行程结束之际，1972年2月28日，中美双方就处理两国关系的原则达成重要共识并发表《上海公报》，推动中美关系迈出走向正常化的重

□ 1973年9月22日，美国白宫，基辛格（左）和尼克松（右）

要一步。

值得注意的是，草拟公报内容并谈判的任务，由时任中国副外长乔冠华和基辛格共同完成，双方进行了逐字的斟酌，并就台湾问题展开了辩论，最终敲定行文，美方强调“坚持一个中国”原则：“只有一个中国，台湾是中国的一部分，美国政府对这一立场不提出异议。”

施瓦茨说：“如果美国主张台湾独立或与中国分离，中国将永远不会接受。基本上，通过这一公报，基辛格打开了美中关系的新局面。”

1979年1月1日，中美两国正式建立大使级外交关系，翻开了两国关系的新篇章。50余年来，基辛格先后近百次往返于中美两国之间，密切关注国际局势的他，就两国关系亦有其独到、深刻的看法，被亲切地称为“中国人民的老朋友”。

2021年是基辛格秘密访华50周年。在中国人民外交学会和美国美中关系全国委员会共同举办的纪念活动中，基辛格表示，今天的美中关系“甚至比1971年更为关键”，希望双方着眼长远，加强战略沟通，继续开展各领域对话交流，使美中关系超越分歧、聚焦合作。

谈政坛“常青树”基辛格：始终坚持自己的原则

“在我看来，基辛格不仅是一位知识分子，他对世界应该如何运转，以及美国应该实施怎样的外交政策，有着一套自己的理论。”施瓦茨对南都记者评价道。

从1957年发表第一部重要著作以来，基辛格已在美国政治舞台上活跃六十多年。“坚持自己的原则”“始终保持公开姿态解决公共政策的重大问题”，是施瓦茨在基辛格这位半个多世纪以来坚持不懈推动中美关系发展的“政坛常青树”漫长职业生涯中，看到的显著特征。

施瓦茨认为，21世纪人类面临的发展、和平、经济等方面问题能否得到解决，取决于美中关系的发展。

“可以说，基辛格给我们上了一课，那就是努力保持、发展平稳关系的真

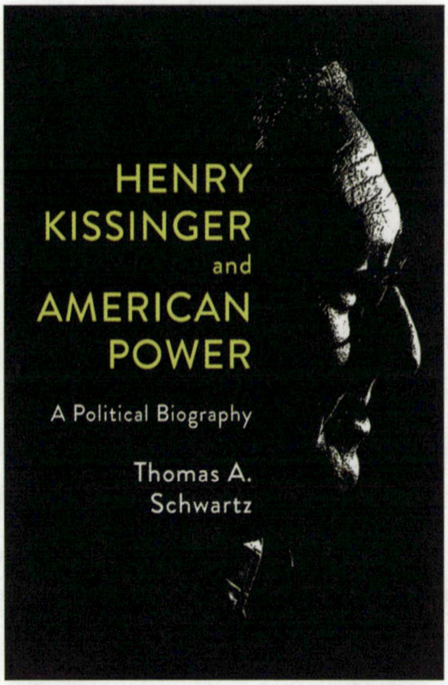

□《亨利·基辛格与美国权力：一部政治传记》

正意义，这将为整个世界带来和平、安全与稳定。"

作为一名历史学家，施瓦茨更多地关注"过去"。他在研究中发现，基辛格的政策主张强调外交在国际关系中的重要性。"美中在经济上相互联系，在其他方面亦是如此。在我看来，个人层面以及外交层面的联系都必须得到重视。美国和中国必须达成一种共识，即在广袤的世界中，两国能够相互适应，并从彼此的经济联系中受益。"

谈中国问题专家基辛格：很大程度靠自学成才

《亨利·基辛格与美国权力：一部政治传记》是由施瓦茨精心撰写，深入探索基辛格政治生涯和影响力的传记出版于2020年。从基辛格早期生活和家庭背景，到他在哈佛大学的学术生涯，施瓦茨描述了基辛格在政治舞台上的崛起，以及他如何在美国政府中扮演重要角色。

“编写传记之初，我收到了一位出版商的邀请，他希望用一本传记来讲述美国外交关系，这本传记要以一个能代表美国外交关系史的人物为主角。我第一个想到的人就是亨利·基辛格，他是美国从事外交工作时间最长的人之一。”施瓦茨对南都记者说。

通过深入挖掘基辛格的决策过程、战略思维和影响力，施瓦茨揭示了基辛格对美国权力和国际政治的深远贡献，为读者全面描绘基辛格作为外交家和政治家的重要角色，并探索他如何影响了当代世界的政治格局。

在施瓦茨眼里，基辛格是个迷人的人物：他才华横溢，但可能拥有极强的控制欲；他幽默有趣，同时也非常严肃和犹豫。不同于其他公共人物，也不同于枯燥的参考资料，在研究基辛格的过程中，施瓦茨发现，尼克松在任总统期间录制了与基辛格的谈话。基辛格在任时的谈话和活动，在当时的电视屏幕也有着非常完整的记录。“正因如此，才让历史学家真正有机会，从视觉、听觉等多方面来了解、探讨基辛格。”

然而，施瓦茨对基辛格的采访并非如电视节目上那般顺利。他向南都记者讲述了一个细节：基辛格在有些方面戒心很重，最终，施瓦茨通过世界杯、足球在采访尾端打开了基辛格的“话匣子”。“也是在那之后，我有机会在国务院的各种活动中向他提问。”

施瓦茨说，“原创性”是这部作品相较于其他基辛格传记更突出的特点。

“如果翻看基辛格在1969年之前的职业生涯，你会发现他几乎没有写过任何关于中国的内容。”施瓦茨向南都记者表示，基辛格的有趣之处在于，在他成为美国总统国家安全事务助理之前，他对中国毫无兴趣，事实上，他是一个自学成才的中国问题专家。

“在秘密访华前，他听取了一些中国问题专家的汇报。但在他访问之后，他广泛学习了中国历史、政治、经济方面的知识，与中国人对话。这很大程度上是他的自我教育。此后在近百次访华旅程中，他开始对中国各地有更深入的了解，也因此拥有广泛的中国人脉。”

起初，施瓦茨只打算写一部短篇人物传记。“当我告诉他，我希望写一本能让很多人读懂的关于他的短篇作品时，他看着我说：‘但你会遗漏一些东西。’我想他担心的是，如果我试图写成短篇，我就不会了解他所处理的各种问题及其复杂性。从某种意义上来说，他是对的，我最终写了一本比我预想中篇幅要更长的书。”

基辛格曾说，美中应努力避免冲突对抗，共同应对世界挑战，把彼此视作潜在的朋友而非敌人，为世界和平、繁荣、发展作出贡献。

施瓦茨对此深有感触，“美中双方增进相互了解对方的程度，对维持世界长期和平与稳定而言至关重要”。至于如何增进了解，施瓦茨说，学习对方的语言、了解对方的历史、体验在对方国家的生活，都是至关重要的因素，而他希望通过这部作品，能为此做出绵薄贡献。

百岁飞虎队老兵中国行：
追忆往昔感触深，把中美友谊传承下去

应美国总统拜登邀请，国家主席习近平于2023年11月14日至17日赴美国旧金山举行中美元首会晤，同时应邀出席亚太经合组织第三十次领导人非正式会议。与此同时，传承中美友谊与合作精神的美中航空遗产基金会、美国飞虎队老兵及后代一行30多人来到中国，一系列民间交流互动为即将举行的中美元首会晤营造了良好的氛围。

此次访华行程中，美方一行先后前往北京、重庆、昆明、柳州等地，追忆中美两国共同的抗战岁月。南都、N视频记者随行观察到，在紧凑的行程中，已经103岁高龄的飞虎队老兵哈里·莫耶（Harry Moyer）没有落下任何一站，他始终

□ 哈里·莫耶接受南都、N视频记者专访

本文首发于南都新媒体专栏《即时看天下》，2023年11月13日。

□ 年轻的哈里·莫耶与他的柯蒂斯（Curtiss）P-40N战鹰战斗机一起

精力充沛，不时开个玩笑调节气氛，行程结束后还提议来点啤酒舒缓疲劳。

“我出生于1920年10月30日，我长寿的关键，就是为了在今天见到你们！”莫耶在接受南都、N视频记者专访时，神采奕奕地讲述了不久前喜获习近平主席复信的感受，并追忆了1944年第一次来中国的峥嵘往事。“我此行最大目的，就是让更多人了解飞虎队的故事，把飞虎队的精神传承给下一代，美中年轻一代也将借此加深友谊。”

烽火岁月

1941年12月7日，还是俄亥俄州阿克伦大学工程学专业学生的莫耶刚踢完足球，准备回家，这时广播里传来了日本偷袭珍珠港的消息。

莫耶向南都记者回忆，在珍珠港事件发生之前，他已经报名加入美国陆军航空队的“航空学员计划”，并在往后的训练中被评为战斗机飞行员，被部署到海外作战。

他所在的第33战斗机大队第59战斗机中队负责驾驶P-40战斗机，在二战期间飞遍了北非、意大利西西里岛等战场参与作战。

“在意大利战场我已经完成了79次任务，当时的规定是一旦完成80次任务，就需要返回美国结束战斗。”为了能去中国，帮助中国人民并与陈纳德将军并肩作战，莫耶总想避开在欧洲执行第80次任务。终于在1944年初，他等来了去中国的机会。

他所在的飞行中队接到命令，离开意大利，接受陈纳德将军的指挥，加入美国空军第14航空队，驻扎中国四川，掩护用于轰炸日军的美军B-29重型轰炸机群的安全。

美国空军第14航空队，是1941年在陈纳德将军的率领下，由完全志愿来华参战的美国飞行员组成的“中国空军美国志愿援华航空队”，也就是人们说的“飞虎队”的后继者，一直在中国作战直到日本投降。

□ 飞虎队老兵们来到飞虎队友谊学校柳州市壶西实验中学与学生们互动

莫耶告诉南都记者，时至今日，他仍然清楚地记得他20岁出头第一次飞抵成都的日子。“那里的竹林，以及永远友好、温暖的中国人民令我至今难忘。”

并肩奋战

“伟大的不仅仅是中国的军人，普通的中国人民也是英雄！”在飞虎队友谊学校柳州市壶西实验中学举办的青年领袖计划启动仪式上，莫耶望着台下年轻的面孔，讲述中国军民与飞虎队员共同抗战的往事。

据统计，飞虎队援华作战期间，2000余名美籍飞虎队队员在战斗中牺牲，200多名遇险队员被中国人民营救。

陈纳德在他的回忆录《战士之路》中描述：“95％的落地飞行员都被中国人救起，只有很少人落入日本人手中。无论美国飞行员的降落伞飘落到哪里，都能得到中国人的救助……”

当时，每个飞虎队队员身上带着写有“来华助战洋人，军民一体救护”的血幅，这是飞虎队与中国军民之间的生死契约。一旦发现有落难的美军飞行员，中国老百姓就会不惜代价，全力救助。

此次参与访华之行的另一位飞虎队老兵梅尔文·麦克马伦回忆（Melvin McMullen），当美国的飞机坠毁，飞行员被迫跳伞时，中国的村民会义无反顾地将他们救下。白天，村民将飞行员藏起来；到了晚上，再把他们从一个村庄转移到另一个村庄，直至飞行员能与队伍会合。

村民们知道，一旦被日军发现自己在帮助美国人，他们将遭到残忍的报复、折磨。但这并不能阻止伟大勇敢的中国人民，他们还是倾尽全力救助美国飞行员。

麦克马伦告诉南都记者，当年中国军民为了维护机场，投入了巨大的人力、物力，令他最为感动。无数民众在各地修建和扩建机场，一旦机场破损或遭到日机轰炸，他们就冒着生命危险马上赶来填补和修复。

滇缅公路旁堆放着大小不一的石碾子，那是当年修筑机场的“压路机”。在没有任何现代化机械的情况下，当年，硬是凭借当地百姓的人力，简易机场被扩建为上千亩的军用机场。

“所以我总会想起和中国军民并肩作战的日子，”莫耶说，“我的内心是温暖的，我会永远记得中国人民在战时为我们提供的帮助，那是我们美中人民心心相印的场景。”

重返中国

1944年9月，莫耶在中国驾驶P-40“战鹰”战斗机执行了一系列任务后，被调回美国本土新墨西哥州，担任P-40战机的飞行教官，直到战争结束。

谈到自己在中国完成的任务时，他谦虚地表示：“这是战争时飞行员的职责，我的处境并没有那么艰难——真正艰难的是那些拿着刺刀和步枪的人，我们只是尽力迅猛地完成任务。”

2023年11月，美中航空遗产基金会、美国飞虎队老兵及后代一行30多人先后前往北京、重庆、昆明、柳州等城市。在紧凑的行程中，已经103岁高龄的莫耶没有落下任何一站。他始终精力充沛，不时开个玩笑调节气氛，行程结束后还提议来点啤酒舒缓疲劳。

“这是我第3次来到中国了。我想，如果以后有机会，我还会再来的。我们等着看吧。”莫耶感慨说，与从前相比，这次看到中国的变化是惊人的。“不过也有不变的东西，”他说，“那就是中国人民一直勤劳勇敢。”

值得注意的是，莫耶此次还特别在同行人员的搀扶下，登上八达岭长城景区登高望远，并在“好汉碑”前留影。

谈及此次访华行程中印象最深刻的行程，莫耶表示，在中方的几个飞虎队友谊学校与中国孩子们交流时，内心感触最深。“我此行最大目的就是让更多人了解飞虎队的故事，把飞虎队的精神传承给下一代，美中年轻一代也将借此加深友谊。”

地久天长

2023年初，美中航空遗产基金会主席杰弗里·格林（Jeffrey Greene），计划代表如今健在的几位“飞虎队”老兵给习近平主席写信。他们在信中介绍了美中航空遗产基金会和飞虎队老兵支持推动中美友好交往的情况，表示将继续传承和弘扬中美合作的宝贵精神财富。

习近平主席在复信中强调，追忆往昔，中美两国人民在抗击日本法西斯的斗争中同仇敌忾，经受了血与火的考验，结下了深厚友谊。展望未来，中美作为两个大国，对世界的和平、稳定与发展负有更加重要的责任，应该也必须实现相互尊重、和平共处、合作共赢。中美关系的希望在人民，基础在民间，未来在青年。新时期中美关系的健康稳定发展，需要新时期飞虎队员的参与和支持，希望飞虎队精神能够在两国人民之间一代一代传承下去。

“收到复信我倍感荣幸，这对我而言是一种巨大的荣誉，也意味着我们过

南都报道

去几十年的努力得到了认可。”格林向南都记者表示，飞虎队精神是合作和友谊的象征，是留给两国人民最重要的共同遗产，我们应该铭记历史，继续将飞虎队的精神传承和发扬下去。

莫耶也向南都记者表示，收到复信，令人鼓舞。飞虎队精神给美中两国带来启示，是美中人民之间友谊的纽带，这种联系应当不断得到维护。美中两国在应对当今世界许多重大挑战时，依然需要相互合作，携手前进。

2023年11月举行的巴厘岛会晤中，中美两国元首达成共识，“同意中美人文交流十分重要，鼓励扩大两国各领域人员交往”。2023年以来，从苹果总裁库克、特斯拉总裁马斯克等数十家美国企业家先后访华，到“鼓岭缘”中美民间友好论坛、第五届中美友城大会成功举办，再到美国飞虎队代表团来华赓续中美人民友谊，都为中美友好合作注入了源源不断的动力。

美国前五星上将道格拉斯·麦克阿瑟曾在其告别演讲中提到，“老兵永不死，只是渐凋零”。80多年过去了，中国人民没有忘记飞虎队老兵，中国的少年仍在阅读和了解飞虎队的精神。

还在读高中的飞虎队队员克利福德的曾孙杰克逊·隆，这次也随飞虎队老兵一行来到中国。在与和他年纪相仿的中国青年朋友交流后，他表示，虽然是第一次来中国，但他从下飞机起，就被热情友好的中国人民所打动。他希望回国后，能把在中国的这段经历讲给更多的朋友，让更多美国年轻人重新认识中国。

“同声歌唱，友谊地久天长……”在柳州市壶西实验中学的阶梯教室里，飞虎队老兵和年轻的孩子们共同演唱着《友谊地久天长》。温暖的旋律，道出中美新老朋友对未来的美好祝愿。

亲历“乒乓外交”的美国选手霍夫罗斯特：当年的精神还在延续

“我很欣慰，直到今天，大家依旧对‘乒乓外交’有着浓厚的兴趣。”

2021年是中美“乒乓外交”50周年。当地时间11月23日，2021休斯敦世乒赛开赛前夕，四名中美两国老一辈乒乓球运动员获颁“‘乒乓外交’特别贡献奖”，其中就有朱迪·霍夫罗斯特的身影。1971年，年仅15岁的霍夫罗斯特跟随美国乒乓球队访问中国，成为“乒乓外交”亲历者。

朱迪·霍夫罗斯特出生于乒乓球世家，11岁开始接触这项运动。她曾四次入选世乒赛美国女子代表队，并获得过美国青少年乒乓球冠军。上世纪90年代，她还获得过数次美国乒乓球公开赛中年组冠军。1997年，霍夫罗斯特正式入选美国乒乓球名人堂。

2021年12月，南都、N视频记者连线身处美国波特兰的朱迪・霍夫罗斯特（Judy Hoarfrost），听她讲述50年前那场轰动全球的访华经历。她还记得，当时在中国受到了周恩来总理的接见，感受到和美国截然不同的风土人情。50年过去，面对今年世乒赛上首次出现的中美跨国混双组合，她感叹道，直至今日，“乒乓外交”精神依旧在中美两国人民之间延续，影响深远。

本文首发于南都新媒体专栏《即时全球连线》，2021年12月6日。

□ 1971年，中美两国运动员在中国进行乒乓球友谊赛

谈50年前访华：最激动人心的部分是见到周总理

南都：能否讲讲1971年你随队访华的经历？

朱迪·霍夫罗斯特：1971年我只有15岁，因为通过了队内的选拔赛，我很幸运地入选了美国国家代表队。要知道，我才刚刚开始自己的乒乓球职业生涯，在之前，我从未入选过国家队。

因为入选了国家队，我有幸到日本名古屋参加第31届世乒赛。在日本，我第一次见到这么多高水平运动员同台竞技。更令我激动的是，中国队也出战了当年的世乒赛。

据我所知，那是中国队在缺席了世界舞台相当长一段时间后，首次回到世乒赛赛场上。当时我们还不知道，阔别世界赛场多年的中国队选手实力如何。然而，中国队用精彩的表现告诉我们，他们依旧拥有着排在世界前列的超高竞技水平。

我仍然清楚地记得，就在世乒赛结束的前一天，我们收到了一个巨大的惊喜——中国邀请美国乒乓球队集体访华！整个旅程事宜落实得相当迅速，两天后，我们就已经在中国了。我是整个访华美国乒乓球队里最年轻的选手。

南都：当时你们去了哪些地方？

朱迪·霍夫罗斯特：我们在中国待了八天，分别到访北京、上海和广州三个城市。在北京，我们参观了人民大会堂，受到了周恩来总理的接见。后来，我们爬了长城，参观中国国家大剧院，访问当地大学等等。这八天的行程安排得十分充实，我们还得到和中国运动员一起切磋球技的机会。

我还记得，当时北京街头都是自行车，汽车很少见。那时北京最高的建筑基本只有三层楼，现在的北京已经是一个拥有许多摩天大厦的国际大都市了。

中国这些年的变化实在是太大了。我一共有八次到访中国的经历。1996年为了庆祝“乒乓外交”25周年，我第二次来到中国，当时的中国已经有了翻天覆地的变化，和我1971年所见几乎都不一样了。

□ 1971年中美运动员在中国合影留念，下排中为霍夫罗斯特

□ 1971年美国乒乓球队在北京爬长城

南都：你提到当时还来过广州。你对这座城市还有什么印象吗？

朱迪·霍夫罗斯特：我对当时广州的印象已经有些模糊了。我记得到达中国的那一天，我们先飞抵香港，再坐火车经过广州，然后就立马飞到了北京开始正式的访华旅程。后来我们再次正式回到广州，开始访华的最后一站。

我记得广州的天气很温暖，那里还有很多好吃的点心。我们和中国运动员在广州的一家体育馆里举行了乒乓球友谊赛，吸引了5000多名观众来到现场观看。

在广州的街头，街上的女生都喜欢一股脑地把头发梳到脑后，扎成马尾辫，或者干脆剪成短发。而且当时路上的人们有着非常相似的穿衣风格，大家的服饰色调偏向暗沉，几乎所有女性都是穿着夹克衫和长裤，我们穿着色调鲜艳的衣服和短裙显得有些格格不入。当时我们偏好色彩绚烂的服饰，而中国人的穿衣风格则透露出沉稳大气。

当时的中国和美国几乎完全不一样，我很高兴我拥有这样一段特别的拜访经历。

南都：在这场旅程中，你最难忘的经历是什么？

朱迪·霍夫罗斯特： 整个访华过程中最激动人心的部分，必然是在人民大会堂和周恩来总理见面。对我而言，能和中国历史上如此重要的一位领导人见面，是极高的荣誉。

我知道，也正是这次见面，促成了中美两国之后的对话，推动中美两国在1979年正式建立外交关系。

谈美国乒乓球的发展：归功于中国的慷慨相助

南都：2021年是中美“乒乓外交”50周年，在那次休斯敦世乒赛上首次出现了中美跨国混双组合。你在现场观赛有什么感受？

朱迪·霍夫罗斯特： 我很高兴在这次世乒赛上看到美国的突破。首先，这是美国历史上首次举办世界乒乓球锦标赛。其次，美国选手张安与中国选手林高远配对，拿到了一枚混双铜牌！在美国人眼里，张安就是一个小天才，我为她这次的进步感到十分自豪。

这枚铜牌是美国自1959年多特蒙德世乒赛以来的第一枚奖牌，我很高兴能在现场见证运动员创造美国乒乓球的新历史。我发现，越来越多的美国人选择投身于乒乓球这项运动当中，他们当中有不少人还在向更高水平的赛事发起冲击。

我要把这些年美国乒乓球的进步归功于中国的慷慨相助。多年来，中国持续向世界输出优秀的乒乓球运动员，让他们向各国传授专业的乒乓球知识和技能，推广乒乓球这项运动。与中国相比，美国乒乓球还有很长一段路要走。

南都：你如何看待中美跨国混双组合这一安排？

朱迪·霍夫罗斯特： 我的乒乓球俱乐部里有一位来自中国的教练，他是一名水平很高的乒乓球运动员，曾经效力于北京乒乓球队。后来他去了日本，在那儿待了很长一段时间，再来到美国从事乒乓球教练工作。

当然，他只是众多走出中国向全世界分享乒乓球专业知识的代表之一。

因为有了他们的帮助，美国乒乓球才能提升到目前的水平。我认为，美国乒乓球还有很大的进步空间，我们还需要大力推广这项运动。希望未来某天，我们能看到来自美国的运动员捧起世乒赛冠军的奖杯。

我很感谢中国的帮助，他们愿意派出本国高水平运动员和美国运动员一起比赛，这是非常特别的一次合作，也是“乒乓外交”精神的真正体现。

谈“乒乓外交”精神：如今我们依然在践行

南都：你受邀出席在休斯敦举办的“乒乓外交”50周年纪念活动，并获得中国乒协和美国乒协联合颁发的“‘乒乓外交’特别贡献奖”，有何感受？

朱迪·霍夫罗斯特：严格来说，这个奖项不属于我个人，它是“乒乓外交”的精神象征。50年前，通过乒乓球这项运动，中美两国人民之间建立起深厚的友谊，“小球推动大球”，从而促使中美两国走到一起。

那时，我认为，中美两国之间展开对话是很有必要的。只要开始沟通，我们就能了解双方，从而携手面对困难，解决问题。在理解双方观点的基础上展开良好的交流，这就是“乒乓外交”的真谛。

我知道，现在世界上充斥着各种困难和挑战，但“乒乓外交”精神依旧拥有强大的影响力。只要有良好的沟通，我们就能够走到一起共同迎接这些挑战。让我感动的是，直到今日，我们依然在践行“乒乓外交”的精神。

我很荣幸能够获得这个奖项，同时我也很欣慰，人们对“乒乓外交”依然有着浓厚的兴趣。但更重要的是，这个奖项意味着“乒乓外交”精神的传承。它让我们开始反思，如何能从过去的经历中汲取教训，从而思考当下，展望未来。

南都：在“乒乓外交”50周年纪念活动上，你和中国男乒选手樊振东搭档，进行了一场混双友谊赛。感觉怎么样？

朱迪·霍夫罗斯特：和樊振东搭档就像是梦想成真了一样。从樊振东出道开始，我就一直在关注他的比赛。我知道他是一位很早就拿到乒乓球世界冠军的选手。尽管还很年轻，但他已经拥有一段相当完美的职业生涯。

在活动开始前不久，我才知道自己要和樊振东搭配打一场混双友谊赛。这个友谊赛实在是太有趣了，我可以全身心地投入，尽力挥拍击球，不仅因为有一名实力强劲的队友能帮助我，更因为我的对手是我的前队友Connie Sweeris以及另一名同样强大的中国乒乓球运动员王皓。

回想起来，1971年在中国，我们和中国运动员们也打了好几场友谊赛。当时和我们对打的中国运动员水平极高，但在整个访华旅程中，他们一直强调“友谊第一，比赛第二”。在整个旅程当中，我打了四场友谊赛，赢了三场。但事实上，这并不是因为我的乒乓球水平有多么高超，而是和我比赛的中国运动员不断救球让球，试图让我打得更得心应手。他们用这种方式让整个比赛看上去更加势均力敌，让我们美国选手看上去状态更好。

谈乒乓事业：拿起球拍的那一刻我永远是快乐的

南都：你提到自己拥有一家乒乓球俱乐部。

朱迪·霍夫罗斯特：1973年，我的父母在俄勒冈州波特兰市开了一家全日制的乒乓球俱乐部。当时，美国只有极少数的全日制乒乓球俱乐部。后来因为种种原因，我们关闭了这家乒乓球俱乐部，转而经营一家售卖乒乓球器材设备的体育用品公司。直到2015年，我决定重开一家乒乓球俱乐部，并且用更好的器材设备去装修这家球馆。

在美国，人们大部分时间只能在学校或者家里打乒乓球，他们并没有更好的场地条件去练球。因此，我想为乒乓球爱好者们提供一个良好的打球环境。我把球馆地板换成塑胶运动地板，再把天花板架高，用更好的照明设备使球馆看起来更宽敞。我的初衷，是希望通过提供一个良好的场地条件，让更多美国人对乒乓球这项运动产生兴趣。不仅是专业运动员，我们欢迎任何水平的乒乓球爱好者来打球。

事实上，在美国建立乒乓球俱乐部并不是一件容易的事情，但我希望通过自己的努力，让更多人有机会加入到乒乓球这项运动当中。

南都：听起来你的生活中随处可见乒乓球的影子。

朱迪·霍夫罗斯特：因为我依然热爱乒乓球。虽然我现在更像是一名退役选手，不能和以前一样激烈地打比赛了，但出于兴趣，我还是会在俱乐部里和朋友打上一两回友谊赛。我更希望有新面孔能走进俱乐部，尝试乒乓球这项运动。对我而言，拿起球拍的那一刻永远是快乐的，每次打球的时候，我都会忘记自己的年纪，感觉自己又变年轻了。

2022年世乒赛在中国成都举办，我希望到时候我能回到中国，再次和大家一起感受“乒乓外交”的精神。

写书记录中国发展的法国作家贝尔蒂：
多次到访深圳见证日新月异

法国总统马克龙于2023年4月5日至7日对中国进行国事访问。在过去的几十年里，法国作家塞尔日·贝尔蒂（Serge Berthier）经常来中国旅行，曾多次到访深圳、北京等地，亲眼见证中国日新月异的发展变化。在他看来，中国是一个充满特色的国家，并积极推动公路、铁路等基础设施建设。

贝尔蒂曾创办咨询机构和《亚洲事务》杂志，还曾作为专家受邀参加博鳌亚洲论坛，著有《在香港生活》等书籍。2022年9月，他的新书《被西方误读的中国》（*Chine: Comment l'Occident se fabrique des ennemis*）发布，书中运用了大量资料和案例研究，谈及很多西方媒体鲜有报道的关于中国的真相，并通

□ 法国作家塞尔日·贝尔蒂

本文首发于南都新媒体专栏《即时全球连线》，2023年4月7日。

过必要和有益的澄清来呈现一个更为真实的中国。

前段时间，塞尔日·贝尔蒂接受南都、N视频记者专访时表示，他只把自己当成一个社会观察者，不做任何评判。他希望通过撰写与中国有关的书籍，向世界讲述当今中国的发展与变化。

见证了中国日新月异的发展

2022年9月，法国作家塞尔日·贝尔蒂新著《被西方误读的中国》发布。该书旨在为中国向西方世界进行必要和有益的澄清，重现事实的真相，从西方媒体鲜少关注的视角出发，引用大量史料、案例分析，深入阐释涉及中国政治制度、经济社会发展、外交政策、中国人的思维方式及新疆、西藏、香港、台湾等问题的事实真相，回应西方国家普遍存在的对华偏见，破除关于中国的种种虚假叙事。

据了解，贝尔蒂曾担任阿尔及利亚政府交通部民事行政官。他于1986年定居香港，著有《在香港生活》等作品；1997年，他创办了季刊《亚洲事务》杂

《被西方误读的中国》

志，以犀利眼光分析地缘政治；他曾多次前往中国内地城市。

谈及与中国的缘分，贝尔蒂告诉南都记者，20世纪80年代初，他被外派到新加坡工作，新加坡华裔成为其团队的主要成员，那是他第一次与亚洲结缘。“我发现，团队成员的工作作风和生活方式都非常独特，对我来说，那段在亚洲工作和生活的经历，仿佛是打开了我通往新世界的大门，非常新奇。”

不久之后，贝尔蒂在香港经营一家私人咨询公司，客户主要来自西方跨国公司及政府附属机构。那时，一些客户总是重复向他询问关于中国的问题，却不曾认真聆听他的回答。“总而言之，他们对中国的偏见根深蒂固——他们只关注如何赚钱，却对中国一无所知，更遑论认可。”

于是，贝尔蒂开始深入钻研中国事务，为客户撰写关于中国及中国市场的行为手册，希望解答他们对中国的疑问。

1986年，贝尔蒂第一次去到深圳。他向南都记者回忆，那时，深圳还只是一座小城市，从火车站到市中心的道路尚未铺砌完全，与它如今的模样相去甚远。一个月后，他又踏上前往北京的旅程。在他的印象中，自行车和行人在北京的街头随处可见，汽车却很少，整座城市都出奇地安静。“那时我还不知道，北京的冬天原来会这么冷，我只好到商店买了一件厚夹克。这件衣服便宜又暖和，质量极佳，如今我在瑞士山区过冬时，还会时常穿着它。”

自那时起，贝尔蒂便经常来中国旅行。在最近的一次公路旅行中，他开着车，从老挝经过云南去到西藏，最后在越南结束旅程。中国的乡村风景美不胜收，桥梁雄伟壮丽，堪称世界之最，给他留下了深刻的印象。三十多年来，他在旅行中亲眼见证了中国日新月异的发展变化。

“中国是一个有自己特色的国家”

中国在不断往前发展，但一些西方人对中国的认知却停留在过去。贝尔蒂告诉南都记者，部分西方人对中国的印象与现实之间存在着巨大的鸿沟。他们仰仗部分西方媒体来认识世界，而这些媒体又以市场为导向。“少数来中国的西方人并不了解这个国家的现状，却又厌倦中国国内形势大好的欢呼声，于是选择炮制负面观点用以自洽。”

据新华社报道，另一位法国学者也持类似观点。对于西方媒体涉华报道的失真，法国学者罗弘（洛朗·米舍隆）在书中将其总结为一些西方记者的“失明”，即对中国发展的正面报道总体上都不会被编辑播发，因为这些西方媒体不希望受众真正了解中国取得的发展成就。但事实上，“越来越多的西方民众开始对西方媒体描绘的中国形象表示怀疑”。

三十多来在中国的所见所闻，让贝尔蒂对中国的真实面貌有着客观的了解，也令他对部分西方媒体所描绘的中国现状并不认可。

在他看来，西方人一直被灌输“西方乃世界之最”的观念，无法接受中国后来居上的事实。在习惯纵向思考的西方人的观念里，世界就像一个金字塔结构，万物总有好坏高低之分，而西方位居不可撼动的顶端，其他国家则必须处于服从地位。“我则喜欢横向思考。在我看来，不同的社会制度有不同的发展逻辑，多样性的存在让世界变得更有趣，也有助于维持平衡。”

贝尔蒂只把自己当成一个社会观察者，不做任何评判。“我认为中国是一个有自己特色的国家。”他所看到的是，中国正在推动公路、铁路等基础设施建设，而美国等西方国家却已处于分崩离析的状态，经济的发展和人民的福祉都遭遇重创，大量火车站、铁路线被关停，更遑论修建新的道路、水坝或隧道。

“毫无疑问，我们正处在一个重要的十字路口。”贝尔蒂向南都记者表示，中国以及许多国家有着与法国、英国和美国等西方国家截然不同的世界观，而种族主义根植于西方的思维模式之中。在他看来，真正的多极化国际格局容不下按制度来划分的种族主义。

写书向世界讲述当今中国的发展与变化

贝尔蒂曾出版多本与中国有关的书籍，向世界讲述当今中国的发展与变化。

在《冲击：中国前行》这本书中，他希望探讨一个简单的事实：为什么一些西方人从未真正了解中国？是纯粹的信息错误，还是西方误解了中国？

而在《在香港生活》一书中，他写道，多年来，在西方媒体的镜头下，香港是一座遍地财富的城市。“当我告诉他们香港存在着极其严重的贫富差距问题时，他们都不愿意相信——因为我几乎是唯一一个这么说的人。早在香港回归中国之前，我便通过实地采访，得知大多数来自香港的人和中国内地有着频繁的生意往来。可以说，早在上世纪90年代初，香港经济就已经高度依赖中国内地。”

为了完结《在香港生活》这本书，他曾给法国一家出版商寄送了最新一章内容，希望覆盖2019年至2020年发生在香港的故事，以推出全新版本，但被无情拒绝了——“因为我在文章里指出，发生在香港的暴乱与中国内地无关，而与英国殖民统治时埋下的种种祸根有关”。

“总而言之，一些西方政客以假新闻为手段，形塑西方人的观念，企图抨击中国。而我所做的，就是揭穿他们的真实面目，并呈现我对文化和制度多样性的包容。”贝尔蒂告诉南都记者，曾经，他也因为描述真实的中国遭到不同程度的诽谤，庆幸的是，有来自葡萄牙的读者在阅读他的作品后向其道谢，说这在很大程度上改变了自己对世界的看法。

贝尔蒂曾公开表示，如何向世界讲好中国故事值得思索，要驱散西方对中国的误解，教育发挥着关键作用。

推动中国文化走出去，书籍翻译也颇为重要。贝尔蒂表示，目前中国作家的书被翻译成法语的数量不足，而在法国的书店里，被翻译成法语的美国图书甚至比法语著作还要多。他还看到，如今法国人对非物质文化产品的消费越来越多。在一些流媒体播放平台上，已经有很多关于中国的优秀纪录片。

贝尔蒂认为，除了相关纪录片，希望看到更多中国电视剧出现在流媒体播放平台的法语频道中。

收到复信的比利时知名友好人士董博：想建一个“中国村”

2023年6月，中国国家主席习近平复信比利时知名友好人士董博，鼓励他继续积极促进中比、中欧友好。这封复信饱含温暖的回忆与真挚的寄望，传递出跨越岁月的深厚情谊。

此前，比利时天堂动物园董事长、创始人董博致信习近平主席，回顾习近平主席和夫人彭丽媛2014年3月访比期间出席天堂动物园大熊猫园开园仪式的情景，表示中国园体现人与自然和谐共生理念，中国梦和中国的发展繁荣永远是可共享的机遇。

2023年7月，南都、N视频记者连线董博（Eric Domb），听他讲述花开满树的紫玉兰和茁壮成长的大熊猫，在比利时天堂动物园的近况，以及他与中国的深厚情谊。

◆ ◆ ◆

“将继续为两国友谊发展努力”

董博给习近平主席写信时，正值中国大熊猫“天宝”的7岁生日。

2014年3月，在对比利时进行国事访问期间，习近平主席和比利时国王菲利普共同出席天堂动物园大熊猫园开园仪式。活动中，两国元首夫妇共同为一

本文首发于南都新媒体专栏“总书记信笺”系列回访，2022年7月14日。

□ 董博

棵象征友谊的玉兰树培上新土。习近平主席在复信中说，他高兴地得知，当年在天堂动物园栽种的紫玉兰已花开满树，作为中国“友谊使者”的两只大熊猫也在茁壮成长。

习近平主席在复信中说，中比关系的发展，离不开两国各界友好人士的长期努力和无私奉献。相信你和其他友好人士将继续撒播友好的种子，吸引更多民众特别是青年一代踊跃投身友好事业，为中比、中欧关系发展作出新的贡献。

董博告诉南都记者，“那些记忆是温暖而愉快的，我永远不会忘记那一切”。9年过去，他见证了当初种下的紫玉兰树繁花满枝。

董博对南都记者说道，这不仅是一棵树，更是两国美好友情的象征。“如果你爱这棵树，施以甘霖，细心呵护，它就会变得愈发美丽。我们悉心浇灌了这棵树9年，它得以茁壮成长。”

董博说，收到复信后他非常感动，将继续为两国友谊发展努力。“我希望能够继续扩建天堂动物园中的‘中国园’。我还希望能够在动物园建立一个‘中国村’，人们可以在其中亲近自然、傍水而居。当你完全融入中国文化时，会有一种别样的快乐与满足。对我而言，这是一种责任，也是我对中国感情的表达。”

“向欧洲人民展示中国之美是我的职责”

董博出生于1960年，受到父母的影响，自孩童时代起学习中国文化，对中国历史和文化产生了浓厚的兴趣。“我的父母非常热爱中国文化，在我小时候他们就向我展示中国的书籍、绘画作品，有时候我觉得我的身体里流淌着一部分中国血液。”

2003年，董博第一次来到中国。在那之后，董博曾先后二十余次到访中国。“我爱中国的文化，爱那里的人民，爱那里的自然风光，每当我想到中国便不由自主地微笑，我想，在我踏上那片土地之前就已经深深地爱上中国了。”

1994年，董博创立了天堂动物园。天堂动物园坐落于比利时埃诺省布吕热

□ 董博介绍很多游客喜爱大熊猫玩具

莱特镇，这里被誉为“欧洲最美的动植物园”。园内有欧洲面积最大的“中国园”，还有为2014年来这里旅居的中国大熊猫修建的“大熊猫园”。

谈及创立天堂动物园的初衷，董博说：“当我还是个孩子的时候，我就认为，人们应该用爱和友谊对待彼此。天堂动物园就是一个美丽的花园，让所有前来参观的游客变得积极、乐观，更好地了解这个世界多元的文化和人文。”

天堂动物园的“中国园”占地4.5公顷。那株象征着两国友谊的紫玉兰树，就在“中国园”中心。从“中国园”的小山上举目远眺，一段曲桥映入眼帘，绿意盎然，鸟鸣啁啾。向山下走，董博请工匠设计了一处小瀑布景观。下山通往大熊猫园的石板路上矗立着一座牌楼，上面镌刻“中国梦”三个大字。

董博对南都记者说，修建一座中国园林一直是他的梦想。“我觉得很多欧洲人民并不了解中国。因此我的职责便是向他们展示中国之美，包括中国的文化之美、哲学之美、汉字之美、诗歌之美、绘画之美、建筑之美，以及精妙绝伦的中国茶文化。我想我需要向中国人民表达敬意，因为许多美好的事物都是在中国发明或发现的，我希望通过友好的方式，拉进中国与欧洲人民的距离。”

非常期待能够再来广州

2014年2月，中国大熊猫“星徽”和“好好”来到比利时，住进了天堂动物园的大熊猫园。2016年6月，大熊猫“好好”首度产下雄性幼崽“天宝”。2019年8月8日，“好好”产下龙凤胎“宝弟”“宝妹”。

董博给习近平主席写信时，正值中国大熊猫“天宝”的7岁生日。董博说，他希望告诉习近平主席，中国大熊猫在比利时得到了很好的照料，不仅身体健康、生活舒适，还繁衍了后代，家族兴旺。

董博告诉南都记者，“‘天宝’在这里非常受欢迎，是我们的好朋友”。

当前，中国正在积极推进人与自然和谐共生的中国式现代化，实施生物多样性保护重大工程，一大批珍稀濒危物种得到有效保护，大熊猫已从“濒危”降为“易危”等级。

董博认为，中国为环保所做出的努力应该为更多国家所知。“中国有句话叫‘有志者事竟成’，大熊猫曾是濒危物种，中国始终以一种难以想象的强大意志坚持拯救动物。”在董博看来，中国对于大熊猫的保护不仅是一种尝试，更是一种证明。“中国给世界展示了很多生动案例，告诉大家在环保这个领域所做的一切意味着什么。”

多年来，天堂动物园为保护各类动植物不断努力。这里不仅有来自五大洲的珍稀动物，还有世界各地的奇花异草，科研人员可以在这里从事研究和保护工作，游客在游览过程中也可以感受人与自然和谐共生的重要性。

从2003年第一次来到中国，20年来，中国这片土地始终对董博有着巨大的吸引力。董博对南都记者说，他无时无刻不在想念着中国。对于广东，董博也有着难忘的记忆。“我曾经去过广东。我真的很想念广东的美食。欧洲很多中餐馆里都有粤菜，我觉得这可能是我在欧洲能感受中国文化最好的方式之一。”

当得知广州动物园里有“星一”和“雅一”两只“明星”大熊猫时，董博向南都记者表示，他非常期待能够再来广州，近距离感受中国大熊猫的魅力。

董博向南都记者透露，2023年8月，他将再次来到中国，计划在这趟旅程中到访北京、延安、都江堰等地，对此他充满期待。“我希望告诉所有的中国朋友，中国与比利时人民之间的关系是无比亲近的。正如我所提到的，两国友谊就像一棵树，通过我们的努力，它将生生不息。”

美国前助理国务卿约瑟夫·奈：
中美发展既有竞争也要合作

美国国务卿布林肯于2023年6月18日至19日访华。不久后，美中关系全国委员会董事会主席雅各布·卢、副主席格林伯格以及会长欧伦斯也来到北京。7月6日至9日，美国财政部部长耶伦访华。新华社撰文指出，中美开启互动模式，双方在部分问题上取得进展、达成共识，向世界释放缓和关系的积极信号。

2023年7月，南都、N视频记者专访了美国前助理国务卿、知名学者约瑟夫·奈（Joseph Nye）。现年86岁的约瑟夫·奈曾出任卡特政府助理国务卿、克林顿政府国家情报委员会主席和助理国防部长，也是“软实力”概念的提出

□ 约瑟夫·奈

本文首发于南都新媒体专栏《即时全球连线》，2021年7月10日。

者。在他看来，此次布林肯访华，为中美沟通迈出有益的一步。他认为，高层交流非常重要，民间交往对两国深化了解的作用同样不可忽视。“科学交流、商业互动、学生出国留学都是很好的例子。”

他向南都记者表示，中美贸易相互依存，生态上相互依赖，“中国和美国对彼此不构成生存威胁”，美国如果沿着零和博弈的思维处理中美关系，不仅解决不了自身的问题，还会使中美关系走向冲突对抗的终点。

中美两国既有竞争也要合作

针对美国国务卿布林肯访华，美国驻华大使馆表示，6月19日，布林肯与新闻媒体见面并回答提问时提到，关于这次访问本身，很明显，两国关系处于不稳定状态，双方都认识到需要为稳定关系做出努力。“建立更好的、开放的沟通渠道非常重要，既可以防止误解和误判，也可以确保竞争不会演变成冲突。”

6月19日晚，外交部美大司司长杨涛就美国国务卿布林肯访华向中外媒体吹风并答问。他表示，中美应该从人类福祉出发，共同引领全球合作，应对全球风险。

“我有时把两国关系称为‘竞合’关系。”约瑟夫·奈向南都记者表示，中美两国想要繁荣发展，既有竞争，也要合作。

访华期间，布林肯表示，拜登总统相信美中两国有责任和义务管理好双边关系，这符合美国、中国乃至世界的利益。约瑟夫·奈也提到，“我们需要在管控上合作，但管控需要沟通，布林肯访华是朝这个方向迈出的有益一步。”

中美关系的基础在民间。布林肯访华期间，双方同意鼓励扩大两国人文和教育交流，就增加中美之间客运航班进行积极探讨，欢迎更多学生、学者、工商界人士到彼此国家互访，并为此提供支持和便利。

86岁的约瑟夫·奈在政界耕耘多年，也是哈佛大学杰出贡献教授、荣休教授，肯尼迪政府学院前院长。他认为，高层交流非常重要，民间交往对深化两国了解的作用同样不可忽视。“科学交流、商业互动、出国留学都是很好的例子。”

中美贸易相互依存

2022年9月，约瑟夫·奈曾发表文章指出，国际关系理论与历史类比深刻影响了美国决策者对中美关系的认知，其中包括修昔底德陷阱、“新冷战”等历史类比。

“修昔底德陷阱夸大了恐惧和先发制人会引发战争的风险；‘新冷战’类比则低估了美中之间的相互依存程度。”他告诉南都记者，中美贸易相互依存，生态上相互依赖。

近年来，一些美国人士鼓吹“中国威胁论”“脱钩论”等，约瑟夫·奈对此不以为然。“中国和美国对彼此不构成生存威胁，这两个国家都太大、太遥远了，无法入侵或改变对方。”

对于当前的中美关系，约瑟夫·奈认为，美国如果沿着零和博弈的思维处理中美关系，继续误导对华政策，不仅解决不了自身的问题，还会使中美关系走向冲突对抗的终点。

约瑟夫·奈在其2023年出版的《软实力与中美竞合》一书中提到，21世纪以来，尽管一定程度的大国竞争或许不可避免，但合作应对跨国挑战可以是一个正和博弈。

“与军事技术不同，基础科学的进步和共享是全球公共产品，我们应该找到在这些方面更多合作的方法，比如改善医学的人工智能的进步。”他向南都记者表示，如果两国目标是合作、避免冲突，当中美在彼此眼中变得更有吸引力时，双方都会受益。

“传统文化是中国软实力的重要来源”

从苹果公司首席执行官蒂姆·库克、摩根大通首席执行官杰米·戴蒙到星巴克全球首席执行官拉克斯曼·纳拉辛汉、美国特斯拉公司首席执行官埃隆·马斯克，众多美国企业高管纷纷来到中国，以实际行动对中国经济发展前景投下

“信任票”。美国商界释放出清晰的信号：中国市场为美国企业带来巨大机遇，与中国合作符合美国利益。

美国比尔及梅琳达·盖茨基金会联席主席比尔·盖茨访华期间表示，中国在减贫和应对新冠疫情方面取得举世瞩目的巨大成就，为世界树立了很好榜样。他认为，中国加快创新发展，对中国有利、对发展中国家有利、对世界有利。

20世纪90年代，约瑟夫·奈提出“软实力”这一概念。随后迅速风靡全球，还极大影响了奥巴马政府的对外政策。

老子在《道德经》中提到，“柔弱胜刚强”。约瑟夫·奈表示，在老子、孔子等中国古代思想家的理论里早已包含“软实力”内涵。

约瑟夫·奈向南都记者表示，软实力就是吸引力。在他看来，传统文化是中国软实力的重要来源。“中国的经济成就使之具有吸引力，中国的传统文化也是如此。”他举例道，进博会、孔子学院等就是经贸、文化领域的范例。

新华社评论指出，美方从战略竞争视角看待和定义中美关系，把中国视为最主要对手和最严峻的长期挑战，是对中美关系的误判和对中国发展的误读，只会对两国人民和国际社会产生误导。正确理性看待对方内外政策和战略意图，尊重彼此核心利益，确立对话非对抗、双赢非零和的交往基调，才能确保中美关系发展行稳致远。

日本导演竹内亮：
重返武汉欣喜发现这里已恢复烟火气

2021年4月12日，以“英雄的湖北：浴火重生，再创辉煌”为主题的外交部湖北全球特别推介活动在外交部蓝厅举行。在这场推介活动前夕，去年因拍摄《好久不见，武汉》等展示中国实况的纪录片而“出圈”的日本导演竹内亮，也重返武汉，见证这座 “英雄之城”重回正轨。

当年，南方都市报、N视频记者赴武汉再访竹内亮。距离拍摄《好久不见，武汉》一年，竹内亮直言此行感触良多。户部巷的烟火气、武汉大学中南医院的互联网医院系统、武汉市民的热情致谢……竹内亮向南都记者细数这座城市带给他的惊喜与感动。

“能看到重现烟火气的武汉，真好。”他说。

谈重返武汉：
再见到武汉的烟火气，我真为武汉人民感到高兴

竹内亮顶着一头咖啡色的自然卷发，穿着休闲的西装外套，说着一口流利的中文，谈及有趣的回忆时，他不时放声大笑。2021年4月10日下午，在春天的武汉，南都记者再访竹内亮。

这一次，竹内亮也带了中国籍的妻子同行，“我是怀着十分轻松的心情重回武汉的，希望让妻子也来感受下武汉的美好”。

当日上午，他与妻子早早去了户部巷体验“过早”，在其当天拍摄的一段视频中，他把一碗热气腾腾的热干面一扫而光，露出满心的笑容，感叹“还是武汉的味道最好”。

除了户部巷，竹内亮还重返了武汉长江大桥、东湖梨园等地。这些武汉地

□ 竹内亮接受南都、N视频记者采访

标，大都曾出现在他的纪录片《好久不见，武汉》之中。

“一年前我来到这里拍摄，看到城内的大街小巷还十分冷清，街道两边的店铺几乎全部大门紧闭。但今天我非常欣喜地发现，这里又恢复了往日热闹的烟火气，一切都已回归正轨，我真心为武汉人民感到高兴。”他说。

当日，竹内亮也去探访了武汉大学中南医院，他向南都记者分享了他的新发现：在中国，现在从挂号到问诊，几乎都可以在微信小程序完成，这大大缓解了医院的接诊压力，同时还能最大程度降低病毒传播的几率，“这真的让我大开眼界”。

谈聚焦中国：
喜欢中国人的随性，这里永远有拍不完的故事

时年42岁的竹内亮出生于日本千叶县，目前定居中国南京已近8年，他说，最喜欢中国网友称他“亮叔”。

竹内亮回忆道，2002年，他第一次来到中国，那也是他入行的第一年，身

份还是导演助理。当时他与日本摄制组走遍了长三角地区的几个城市，拍摄了一部名为《麻将的起源》的纪录片。

2010年，他作为导演给日本NHK电视台拍摄纪录片《长江天地大纪行》，从长江的发源地青海一路东进，一直拍到长江入海口上海，全程6300公里，以旅行者的视角记录长江沿岸的风土人情。

竹内亮说，因被中国的风土人情深深吸引，他立志于用纪录片增进中日两国人民的相互了解。2013年，他终于说服已定居日本的妻子，一同放弃在日本稳定的收入和生活，举家搬迁南京，用自己的积蓄建立工作室、拍摄向日本介绍中国的纪录片。如今，他的这个想法，也变成了已更新了200多集的纪录片《我住在这里的理由》。

竹内亮感叹道，过去8年，他目睹了中国穿越时空般的发展速度。“以互联网行业为例，如今微信等移动支付、共享经济等在中国已成为人们生活中不可或缺的一环，我也对此习以为常。可每次当我回到日本，发现出行还必须带钱包的时候，才意识到在中国生活有多方便。”

被问及中国最吸引他的因素，竹内亮则给出的答案是“中国人的随性和自由”。

“日本是一个很重规矩的国家，日本家长从小就教育小孩‘不要给别人添麻烦’。因此日本社会中，人与人之间时刻保持着互相尊敬的状态，所有人都很讲礼貌，但却很难拉近距离。但在中国则不一样，每个人都有自己的个性，你可以以与萍水相逢的人攀谈为乐。在中国，我永远有拍不完的故事。”

“有不少日本网友留言告诉我，他们在我的纪录片中看到了真实的中国，也意识到原来日本媒体上许多有关中国的报道是刻意抹黑，而并非事实。同时，也常有中国网友表示，他们在看了我的纪录片后开始计划自己的日本之行，准备亲自到日本去走走看看。这些评论让我更加坚信，我当初的选择是正确的。”竹内亮最后说。

在哥大毕业演讲走红的广东博士陈若浩：发出中国学生的声音

“妈，欢喜卖？（妈妈，您高兴吗？）”当地时间2023年5月17日，在美国哥伦比亚大学教育学院2023届毕业典礼上，博士毕业生陈若浩作为该学院首位上台进行毕业演讲的中国学生代表，对台下的母亲说了这样一句海丰话，引发广泛关注。

来自汕尾海丰的陈若浩，2009年从广东外语外贸大学英语教育学院毕业，随后进入广州百年名校执信中学执教。2016年，他只身一人前往哥伦比亚大学攻读硕士和博士学位。在大洋彼岸求学的7年时间里，他感恩于在广州求学教学的经历，也致力于传播家乡文化。

2023年5月30日，南都、N视频记者连线专访了陈若浩，听他讲述家乡情缘，以及7年海外求学之路如何将教育的种子扎根心底。

□ 陈若浩在哥伦比亚大学教育学院2023届毕业典礼上演讲

本文首发于南都新媒体专栏《“出圈”广东人》，2023年5月31日。

哥大演讲

当地时间2023年5月17日，在哥伦比亚大学教育学院2023届毕业典礼上，博士毕业生陈若浩作为首位登台的中国学生代表，分享自己7年来的求学经历和体悟见解。

在和南都记者分享这段经历时，陈若浩说：“我在哥大读书的7年里，没有一位中国学生在毕业典礼这么重要的场合上演讲过。我争取这样一个机会，一方面是想让大家了解哥大与中国的渊源，另一方面也是想让更多人看到，我们中国学生不仅勤奋读书，还会在这样的场合发出自己的声音。”

据他介绍，演讲机会千载难逢，前期有200多位学生报名申请，申请者需要经过四轮选拔。

在这段9分钟左右的演讲中，“善良”是关键词。

陈若浩向南都记者表示，著名教育家陶行知一直影响着自己的教育理念，“陶行知的故事就是以善良为底色，他将自己在哥大学到的理念带回中国，帮助更多的中国人，我想这也是他被称为‘人民教育家’的原因”。

演讲中，陈若浩还分享了三位对他影响至深的前辈的故事。

一位是陈若浩在校园商业服务中心的老板。他不仅帮助自己的朋友和学生躲避战难，还救助了一个在美国无家可归的七口之家，并慷慨地接纳对方在自己的公寓居住两年之久。陈若浩为老板真诚的善意和宽旷的心胸而动容，更敬佩他公平对待他人的处世智慧。

教育学院安保主任的智慧和知识，也让陈若浩印象深刻，他通过多年的勤奋学习和工作，于2010年从哥大教育学院获得了博士学位，却选择继续留在校园当安保人员。

陈若浩导师专业严谨的学术态度，以及善良豁达的心胸，则给予学生源源不断的安全感和灵感，大家得以共建一个充满关爱和互助的环境。

陈若浩曾在文章中写道，“用善意推动善意”。从教育家陶行知，到三位哥大前辈，陈若浩说：“他们都向我展示着善良的力量。作为教育者，不仅要把知识和技能传授给学生，还要把我们的善意，把我们对学生的关怀，对社会和世界的关爱，融入到我们的工作中。”

在哥大，陈若浩帮导师设立了10万美元的奖学金，还向学院捐赠了一张乒乓球桌。这样一来，可以通过这项运动将来自世界各地的学生紧密联系起来。“世界因交流才能流动起来。”陈若浩感慨道。他创建了一个教育平台，2020年至2023年期间，该平台组织了几百场教育公益活动，支持6000多名教育工作者和从业人员就教育等领域进行探讨。

家乡情缘

“妈，欢喜卖？”在陈若浩的毕业演讲中，他对台下的母亲说了这样一句海丰话，引起不少人共鸣。

“我讲这句话是想要用一种独特的方式跟我妈打招呼，一定要说一句家乡话给我妈听。同学都跟我开玩笑说，这句话是你妈妈一人独享，因为其他人都听不懂，我觉得是非常有趣的一次尝试。”他向南都记者解释道。

□ 陈若浩与母亲

作为一名广东汕尾人，陈若浩说，在求学生涯中家乡对他有着非同寻常的意义。

“我父母其实是非常传统的，我觉得他们对我的教育，就是我们汕尾和海丰文化在我身上的传递，”直到现在，陈若浩依然很感激父母对他的养育，“从某种角度上来讲，我也是这种文化的传播者。”

“勤奋、善良与积极。”陈若浩认为，家乡文化在自己身上的体现为这三点。“哥大的学费非常贵，所以我在勤奋读书的同时，也努力做兼职赚钱。”他向南都记者介绍，7年间，他做过十几份兼职，包括但不限于代购、校园快递员等等，“这些经历是很多人没法想象的，但我认为这都是我人生中宝贵的经历与财富。如果没有刻苦拼搏的精神，这7年是很难坚持下来的”。

陈若浩告诉南都记者，父母善良和正派的教育，也对他的人生有着重要影响。“在力所能及的情况下尽可能去帮助别人，不要太计较得失，这些道理看似容易，但做起来并不容易。一旦你坚持帮助他人，会发现这个世界为你带来更多礼物与朋友。”

同样带给陈若浩力量与自豪感的，还有来自汕尾海丰的乐队五条人。

他对南都记者分享道，五条人乐队自信和乐观的态度，在很多当地年轻人身上都能够体现出来。“我非常佩服他们，因为他们能把生活融入音乐，把海丰文化写进自己的歌里。所以我也在想，作为一个汕尾海丰人，我能够给家乡带来哪些价值？以后在研究学术的同时，我也会在这方面做一些努力。”

在陈若浩看来，他的性格与五条人乐队有许多相似之处。即使生活再辛苦，也可以用轻松幽默的态度去面对。“这个世界有阳光也有阴影，有些人只看到阴影而看不到阳光，为什么不选择看到更多阳光，把阴影暂时放到后面呢？”

广州记忆

2009年从广外本科毕业后，进入执信中学教书6年，陈若浩用“幸运”一词总结自己在广州的十年。

幸运于恩师相伴。在广外英语教育学院读书期间，一位加拿大外教令陈若浩印象深刻。陈若浩说，去哥伦比亚大学读书，也有受这名外教的影响。他向南都记者坦言，在广外英语教育学院受到的影响，让自己认为教育可以改变社会，改变一个人的思想，“做教育的人多多少少都有这样的情怀”。

执信中学的英语水平在广东省内一直名列前茅，陈若浩对南都记者感叹道，很幸运能以本科毕业生的身份进入执信教书，英语科组的良好合作、同事严以治学的精神对其影响深远，“我现在仍与执信的老师保持非常密切的联系”。

“我觉得大家其实都希望能够通过老师这个职业，带给身边学生向上的变化、更自由的追求，以及更纯粹的梦想。”鼓励教学法是其在执信教书期间一直坚持的教学方法。

他告诉南都记者，曾经有位同学英语成绩不是很理想，“我和他约法三章，如果英语能上90分，就请他吃饭”。没想到，这位同学真的考上了90分，陈若浩也履行了承诺，“我们去学校附近的都城快餐吃了一顿”。

之后他继续鼓励该学生：“如果你下次能考上100分，你来请我吃一次饭怎么样？”陈若浩认为，互信是建立良好师生关系的一大基石。后来，这位同学的高考英语成绩是134分。

“人的潜力真的是无限的，我们想做一个好的教育者，真的需要给学生多点宽容，多点耐心，多点赞赏。”在陈若浩看来，师生相处时，师者可以多些包容、多些善良。

更多可能

从广外到执信，是陈若浩从学校到职场的十年。而选择踏上哥大求学路，是陈若浩在大学时期就深植心底的目标。

“在我心里始终有这样一个梦想，想把研究生和博士读完。在执信教书期间，我一边积累工作经验，一边寻找新的人生方向，试图思考如果这辈子有一个职业指南针，应该会指向哪里？”

2016年，陈若浩决定去更广阔的世界学习和探索。他将自己比作《牧羊少年奇幻之旅》里的男主角，“你到了人生的某个点，可能就要重新启程，要去寻找远方的宝藏，但其实这个宝藏还是我们内心的灵魂”。

陈若浩研究的方向是终身学习与领导力，对于未来的人生规划，他给出了答案，“接下来应该还会在哥大做两年的博士后。博士毕业对我来说只是一个阶段，我的目标是未来能在事业上做出自己独特的贡献”。

“我们专业在这个领域是顶尖的，希望能借助导师们的资源、见解与帮助，在接下来的两年内，建立起自己的作品，让大家知道有一个年轻的中国小伙子，对这个领域的学习还是有一定的见解，让自己逐步成为一个有点小知名度的青年学者。”陈若浩说，没有人能够预料到自己几年后到底在哪里，“但是有一点是肯定的，我不太想把自己固定在某个地方发展，人生还有非常多的可能性”。

高考季将至，采访接近尾声，陈若浩也通过南都、N视频为正在备战的考生给出了建议。

“放平心态、相信自己、休息充分。”陈若浩建议，考生把心态放平，不要想太多，从细节做好，防止在考场上发生意外状况；也要相信自己，相信多年的努力终有回报，积极的自我暗示可能会让自己在考场上发挥得更出色；此外，考前要休息充分，“不要吃坏肚子”，他笑道。

“人生其实是一场马拉松，可能你不一定在每次考试都能发挥到最好的状态，但如果有终身学习的精神，无论在学校，还是在职场，都能不断进步，我觉得这才是一个更加值得过的人生。”陈若浩说。

为国人诚信正名走红的广东教授们：
受益于这片求真创新热土

为给国人诚信正名，十余名中国学者带领百名学生，完成了一场覆盖10个城市的复制实验。参与者中就有4位正在广东高校任教的大学老师。

时间回溯到2019年，国际顶级学术期刊《Science》发表了一项研究，通过收到丢失钱包后是否用电子邮件联系失主，衡量公民诚信水平，而中国公民诚信度在40个国家中垫底。为有力驳斥这一结论，百余名中国师生开始了一场长达4年的研究。2023年7月，相关成果终于在《美国国家科学院院刊》发表。论文指出，仅仅依赖“电子邮件回复率”作为衡量指标，低估了中国公民的诚信度。

同年10月，参与研究的北京师范大学珠海校区教授刘世勇告诉南都、N视频记者，诚信对于一个国家的重要性，就像羽毛之于鸟。“作为学者，能够呵护我们国家的‘羽毛’，维护国家和人民的形象，我感到非常欣慰和自豪。”他特别表示，广东这片热土以其刻在骨子里的开拓、求真和创新精神，为学术研究孕育了更广阔的空间。

一次复制实验

2019年6月，《Science》发表了一篇题为《全球公民诚信度》的论文。该研究在全球40个国家开展了丢失钱包实验，让研究助理将“捡”到的钱包交给银行、邮局等公共机构的员工，随后通过对方是否通过电子邮件联系失主来度量公民诚信度。

论文图表显示，中国公民诚信度是40个国家中最低的。

本文首发于南都新媒体专栏《“出圈”广东人》，2023年10月27日。

“这一结论引起了全球多个国家学者和知情公民的愤慨和质疑，后来有很多学者，尤其中国学者，纷纷给《Science》杂志写信反映。”北京师范大学珠海校区政府治理研究中心教授刘世勇读完这篇论文后，同样感到愤慨且认为不可能，但也对这一研究产生了好奇，将论文翻来覆去读了许多遍。

“我当时就觉得肯定会有人站出来，为中国公民做一次复制实验。”刘世勇向南都记者回忆，彼时，因为自己没有太多这种大规模多点实验的经验，并未想过会成为参与复制实验的一员。

果然，论文发布不久，美国欧道明大学教授张琪发起了倡议，希望开展复制实验，立刻有国内大学教授响应。随后，刘世勇也接到了张琪的电话，并决定加入。

他介绍，为增加实验代表性，大家又根据研究要求，在多个城市寻找愿意参与此次研究的当地教授。“这样一个‘拉’一个，很快便集齐了15位愿意参与此次调研的学者。”南都记者注意到，这15人中，有4名正在广东高校任教的老师。

□ 研究团队部分成员

十余所学校的学者携手共进，这是一次不常见的大规模合作。

资金、人员、巨大的工作量……每一步都是难题，但“作为学者的使命感”让他们坚持下来。

“实际工作展开后，调研难度远远超出了我们初期想象，也不确定是否能得到想要的结果，其实大家心里都没有底。”刘世勇说，虽然过程中有过纠结，但大家有共同的坚持，于是慢慢调整状态，又变得激情满满。

学者们还自发招募了上百名有意愿参与调研的中外籍学生。刘世勇告诉南都记者，实验过程较为复杂，人员需求数量大、种类多，“其中要包括观察者、回访人员、数据处理人员等等，都只能依靠大家自行寻找”。

积跬步至千里

千里之行，始于足下。

2019年暑期，顶着烈日酷暑，百余名师生踏遍中国10个城市近500个点，开启了这场事关中国公民“诚信”的研究征途。

想要尽可能“复制”实验，相似的实验环境至关重要。刘世勇介绍，在原先的实验中，由外国研究助理假装将在路上“捡”到的钱包交给相关机构员工，作出简短说明后便离开现场。

于是，中国研究团队对照设置了相似的实验条件。例如，同样选择外国研究助理作为“捡”钱包者，并确定了相似的“还钱包”机构。

“确定研究机构后，还要保证实验尽快在全国同步完成。”刘世勇向南都记者解释，这是为了避免因城市之间关联密切，实验未完成的城市提前得知实验背景，影响实验真实性。

于是，相似的实验在全国的酒店、银行、快递点等近500家机构悄然开始。

刘世勇和他的博士生张薇薇负责组织在成都48家采样机构的实验开展，并参与了全国数据验证、论文撰写、修改、与院刊编辑通信等各项工作。

为了实验数据的准确性、完整性，研究团队从两个维度开展测评，在外国研究助理将“捡”到的钱包交给机构工作人员后，其中一组的中国观察员负责

□ 刘世勇

通过问卷调查的形式，向外国研究助理了解现场信息；第二组的中国观察员则伪装成“路人”暗中记录外国研究助理交还钱包的过程，并配有隐匿摄像头记录。

白天暗访实验，进入夜晚，张薇薇与研究助理们便拿着“热乎”的数据，再次复盘实验过程，着手数据比对、验证工作。几天后，观察员们又返回采样机构开展回访。

刘世勇回忆，2019年底，全国496家采样机构的数据全部收齐，另有4家机构因特殊原因未能完成实验从研究中删除。随后，研究进入新的阶段，即复杂的数据处理分析。

“最终，所有的数据汇集到我的博士生张薇薇这边。”刘世勇感叹，这是让他感到十分自豪的学生，也是论文唯一一名学生作者。

实验开展时，张薇薇的孩子刚满月，但她没有放弃研究，挺住压力坚持下来。“最终数据的清理过程大概花费了张薇薇一年半的时间，这是非常耗时间的工作。”刘世勇告诉南都记者，参与研究的学生们身上有着一股子执着与拼劲，令他十分感动。

“有一晚，学生们加班加点到凌晨1时才回宿舍。想着学校宿舍已经关门了，薇薇就送学生们回去。”他回忆，当大家走到宿舍门口，发现当天没有参与实验的小组成员们竟然一直在门口等待。原来是成员们提前向阿姨说明情况，为并肩作战的伙伴们留门。

历经4年，跬步千里。

承载着百余名师生的付出，2023年7月，这篇为中国公民“诚信”正名的论文，终于在《美国国家科学院院刊》发表。

为国人诚信正名

“我们在中国场景下，成功复制了研究，并指出Cohn等学者（《全球公民诚信度》作者）的研究漏洞。”刘世勇说。

他向南都记者介绍，首先，新的研究同样发现，在钱包“有钱”条件下的“电子邮件回复率”明显高于“无钱”条件，“我们的研究在这一结论上和原研究几乎没有差别”。

在研究方向上，除了“电子邮件回复率”外，研究团队还增加了“钱包回收率”等相关指标，综合评估公民诚信。

研究结果表明，以“钱包回收率”作为衡量标准，中国公民的诚信程度明显高于最初的研究结论，而“电子邮件回复率”的结果则与原研究相似。

刘世勇指出：“这说明使用单一的、可能带有文化偏见的指标，来衡量社会公民的诚信水平，存在着一定的局限性。仅仅依赖‘电子邮件回复率’作为衡量指标，可能低估其在中国的实际水平。”

为了解释结论的分歧，研究团队引入了“个人主义”与“集体主义”的研究维度，以研究不同文化背景下的公民诚信表现方式的差异。

根据Cohn等学者数据的跨国比较研究发现，“电子邮件回复率”与国家集体主义指数呈负相关，但“钱包回收率”与区域性集体主义指数呈正相关。

“我们认为，集体主义文化可能通过更加重视保管钱包、等待失主回来取表达诚信，而个人主义文化则可能通过积极接近钱包的所有人来表达诚信，这就是文化维度的差异。”刘世勇解释道。

论文发表不久后，《Science》也为其发布短评。

这条短评中简述了此前研究情况以及新的研究发现，“这项实验仅仅依赖于通过电子邮件联系钱包失主的被实验者数量，作为诚信的指标，将中国列为公民诚信度最低的国家，这样的实验方法忽视了重要的文化差异，引发了争议和担忧。中国学者复制了这项实验，并将文化纳入测评维度。研究结果表明，中国的集体主义文化导致了这一意外结论。因此，在不同文化背景下，仅仅依赖电子邮件回复率评估公民诚信度，结果可能有失偏颇”。

“我非常荣幸能够参与到证明中国公民诚信度的研究中，真正将论文写在祖国大地上。”刘世勇告诉南都记者，这项研究有助于全球各国更加深入地理解中国。

他还分享了实验中的一个小插曲：在调研路上，学生不小心将重要的实验器材丢在地铁上，当时正值出行高峰，大家担心不已。等学生们着急万分地赶回地铁站，工作人员便立刻带他们找回了失物。

“诚信始终刻在我们的文化里，也许长期处在这样的环境中，大家没有感受到，实际上诚信的行为时时刻刻都可能出现在你面前。”刘世勇感叹道。

孜孜不倦的中国研究者

“顶级期刊是科研皇冠上的明珠，这项研究成果在《美国国家科学院院刊》发表，大家激动得不得了。”刘世勇向南都记者解释，非院士能够在该期刊上发表论文非常难得，“我们是在系统里直投的，我们当中没有一个外国学者，也没有一个院士”。

与此同时，他也在思考，这篇研究为何能够在顶级期刊发布？“一种好奇心和求知欲的驱动”，是刘世勇给这个问题作出的答案。

在他看来，严谨且孜孜不倦的研究态度，以及由团队凝聚起来的强大理论支撑，都是此次研究背后的重要力量。

“它展现出了我们团队的科学精神，这很大程度上成为我们能够在顶级期刊上发表文章的一个重要原因。发表高影响力的研究成果并不是遥不可及的事情，需要有踏踏实实的态度，以及真正的全身心投入，尤其是要抛弃‘纯功

□ 刘世勇和学生合影

利’思维。”

刘世勇坦言，诚信对于一个国家的重要性，就像羽毛之于鸟一样重要。“作为学者，能够呵护我们国家的‘羽毛’，维护我们国家和人民的形象，我感到非常欣慰和自豪。”

这种诚信精神，也被刘世勇贯穿于在广东高校的教学中，“做研究，最重要的就是学术诚信”。

在教学中，他格外重视学生们的态度。他认为，学术意味着一种发自内心的态度，与坚持不懈的毅力。“要把学术当成是自己最珍惜的事物，发自内心去喜欢和呵护，这非常重要。同时也要明白自己是否适合做研究，自身的兴趣与能力是否能在研究中得到匹配。”

作为一名广东教授，刘世勇感叹，广东这片热土以其刻在骨子里的开拓、求真和创新精神，为学术研究孕育了更广阔的空间。“这些年大湾区对学术方面的重视，是大家有目共睹的。这种人才引进与科研投入的力度，也是我来到这里的原因。”

附录

南都对外传播部分重点专题篇目

1. 《“总书记信笺”系列回访》

- 收到复信的匈中双语学校师生谈广东情缘：曾获侨办捐赠书屋
- 连线收到复信的中亚留学生：继续当好友谊使者和合作桥梁
- 对话收到回信的澳门科技大学师生：将继续投身国家科技创新
- 对话收到复信的比利时知名友好人士董博：想建一个“中国村”
- 专访中英贸易“破冰者”后代：所谓脱钩、去风险是历史的倒退
- 对话收到复信的美中航空遗产基金会主席：飞虎队精神历久弥新
- 中日和平友好条约缔结45周年！专访曾收到复信的日本青年
- 对话广东公安英烈之女袁乐烁：崇拜父亲理解父亲，立志当网警
- 收到回信的图灵奖唯一华裔获奖者姚期智：曾肯定深圳创新潜力
- 对话收到回信的宁波籍香港企业家：传承爱国精神服务国家所需

2. 《携手向未来——回访和总书记面对面的国际友人》

- 专访南非金砖国家事务协调人：中国不断为世界贡献智慧和方案
- 专访德国汉学家培高德：构建人类命运共同体符合各国人民利益
- 专访荷兰前内阁大臣：中国为世界注入积极、稳定、建设性力量
- 专访“汉语桥”英国籍参赛者康可：中国促进世界文明交流互鉴
- 专访土耳其前外交官：“一带一路”倡议创造前所未有的机遇
- 专访摩洛哥中国友好交流协会主席：中国多项倡议展现大国担当
- 专访德国病毒学专家：中国在新发展理念引领下已成为创新热土
- 携手向未来！“回访和总书记面对面的国际友人”专题报道回顾

3.《十年信笺情——回访收到总书记回信的新时代奋斗者》

- 专访在粤台湾青年苏一舫：我希望继续当好两岸青年交流的桥梁
- 专访福建寿宁下党乡退休干部刘明华：走出闽东特色乡村振兴路
- 专访黄山“守松人”胡晓春：不负重托做好本职工作传播真善美
- 专访浙江大陈岛老垦荒队员后代张婧怡：继承和弘扬垦荒精神
- 专访澳门义工老人陈雨莲：鼓励青年积极参与粤港澳大湾区建设
- 专访香港“少年警讯”成员郭宏晞：努力成才报效国家服务社会
- 专访浙江横坎头村干部邱民波：发挥党员先锋模范作用苦干实干
- 专访巴新布图卡学园负责人倪玉梅：传承友谊为中华儿女增光
- 倍受“十年信笺情”鼓舞的新时代奋斗者：牢记嘱托笃行不怠

4.《“新蓝图 新担当——国际社会聚焦新时代中国改革开放”系列报道》

- 国际友人眼中的中国高水平对外开放：从新机遇里看到大国智慧
- 国际友人眼中的中国式现代化：全面深化改革的成果将惠及世界
- 世界瞩目推进强国复兴伟业：持续启迪各方拓展人类现代化路径
- 国际社会点赞中国引领全球治理体系改革：多项倡议影响深远
- 中国持续扩大国际人文交流合作：各方称赞以多种形式促进相知
- 高质量共建“一带一路”吸引全球目光：为互联互通注入新活力
- 中国持续推进高水平科技自立自强：为应对全球性挑战贡献力量
- 中国持续加强涉外法治建设：法律服务更完善增强外商投资信心
- 各方点赞世界文化遗产保护的中国贡献：持续践行全球文明倡议
- 把党的领导贯穿改革各方面全过程：中国持续成为全球发展引擎
- 新蓝图新担当！60多位海外人士眼中的新时代中国改革开放

5.《世界期待中国 · 北京冬奥倒计时访谈》

- 专访小萨马兰奇：北京冬奥会筹办尽显完美，将是一场非凡盛会
- 专访英国冬奥代表团团长：支持北京举办一届精彩绝伦的冬奥会
- 专访澳大利亚冬奥代表团团长：选手都十分期待在北京实现梦想
- 专访加拿大籍国际奥委会高级委员：北京冬奥将各国凝聚在一起

- 专访欧洲奥委会主席：北京冬奥会将是整个奥运会的历史性时刻
- 专访联合国前副秘书长：相信北京冬奥会开幕后还会有更多惊喜
- 专访波兰单板滑雪运动员：期待参与有东方特色的冬季奥运盛会
- 专访国际奥委会前副主席：选手们将在北京冬奥会书写新的历史
- 阅读破千万！舆论关注“世界期待中国·北京冬奥倒计时访谈”

6. 《大道致远·“一带一路”倡议10周年全球访谈录》

- 专访中意“一带一路”合作谅解备忘录起草人：这是一条共赢路
- 专访阿根廷驻华大使：中阿共建“一带一路”合作进入黄金时刻
- 专访巴基斯坦总理特别助理：大湾区为共建“一带一路”添动力
- 专访日本国际物流专家：“一带一路”倡议助力完善全球供应链
- 专访瑞典“一带一路”研究所副所长：这项倡议增进了全球福祉
- 专访菲律宾学者：“一带一路”倡议是多国通往和平繁荣的灯塔
- 专访委内瑞拉国际问题专家：“一带一路”倡议体现双赢促发展
- 专访埃塞俄比亚政府官员：共建“一带一路”中方从不附加条件
- 专访哈萨克斯坦“熊猫侠”：共建“一带一路”强调多边合作
- 大道致远！“一带一路”倡议10周年全球访谈录引发广泛关注

7. 《“寻访中国共产党的国际友人后代”系列报道》

- 专访美国斯诺夫妇的侄孙：他们讲述真实中国的精神仍值得学习
- 专访法国前总统戴高乐曾孙女：他曾说全球发展不能没有中国
- 专访日本前首相大平正芳外孙女：他早已看出中国发展不可限量
- 专访“洋八路”汉斯·米勒之子：希望国际主义精神继续发扬
- 专访中英关系“破冰者”杰克·佩里之子：年轻一代正延续友谊
- 专访南京大屠杀唯一影像记录者约翰·马吉之孙：铭记这段历史
- 专访新中国英语教学拓荒人伊莎白之子：亲眼目睹中国巨大变化
- 专访中日“芭蕾外交”使者松山树子之子：珍惜前人建的友谊桥
- 专访首位访华的西方元首蓬皮杜之子：父亲内心对中国充满敬意
- 生动展现百年风华！寻访中国共产党的国际友人后代专题回顾

8.《“爱国者治港”原则系列访谈》

- 专访梁振英：爱国者治港的要求从未改变，也是要坚守的底线
- 专访霍震寰：“一国两制”方针形成之初就包含“爱国者治港”
- 专访谭耀宗：不爱国不可能治理好香港，爱国者治港是民意所向
- 专访陈冯富珍：“爱国者治港”不是新要求，天经地义理所当然
- 专访邝美云：“爱国者治港”理所当然，完善配套制度正本清源
- 专访吴秋北：落实爱国者治港原则，防范治理体系里搞破坏的人
- 专访全国港澳研究会理事田飞龙：从公权力源头体现爱国者治港
- 专访黄玉山：为了保证“爱国者治港”，完善选举制度非常必要
- 专访苏长荣：以爱国者治港为原则，完善选举制度遴选治理团队
- 专访吴杰庄：强调“爱国者治港”要求，重拾“一国两制”初心
- 专访卢伟国：重申“爱国者治港”并以此为依据调整法治体系
- 专访龙子明：用制度为选举任用上落实“爱国者治港”提供保障
- 专访刘兆佳：完善选举制度为“爱国者治港”提供牢固制度保障
- 专访范徐丽泰：对全国人大完善香港选举制度的决定感到很高兴
- 专访全国港澳研究会副会长何俊志：堵塞制度漏洞让爱国者治港
- 南都全国两会策划·“爱国者治港”原则系列访谈引发广泛关注

9.《星语香港》

- 专访导演王晶：若连乱港的“业余黑社会”也怕，我岂不是白活
- 专访汤镇业：香港演艺界北上发展成趋势，环境对年轻人很友好
- 专访香港演员梁烈唯：想把内地的发展变迁展现给香港乃至世界
- 专访香港演员黄一山：年轻人勿再以几十年前的过时眼光看内地
- 专访香港喜剧导演李力持：我一直将公开表达观点当作分内事
- 专访香港艺人马蹄露：做正确之事不后悔，乱港分子优越感可笑
- 专访香港演员曹永廉：最大心愿是再无负能量，港人可安居乐业
- 专访香港演员杨明：年轻人身处回归后这个最好的时代很幸运

10. 《“心手相连向复兴”系列访谈》

- 专访洪秀柱：将继续竭尽所能推动两岸相向而行，共谋民族复兴
- 专访丘智贤：愿为两岸关系发展注入新活力，同心共创民族复兴
- 专访赖声川：不少作品源自中华文化，两岸一脉应有更多交流
- 专访吴荣元：期待两岸向和平统一前进，携手编写民族复兴史
- 专访胡德夫：乡愁是一首歌，将用音乐续写中华民族历史新辉煌
- 专访连惠心：台湾是中华文明的宝藏地，年轻人应当了解历史
- 专访黄安：定居大陆在生活上很适应，是回到“根”所在的地方
- 专访刘德文：两岸骨肉亲情割不断，还要送更多老兵“回家”
- 专访田晋瑜：“以舞会友”增进两岸友谊，要做中华文化推广者
- 专访雷倩：两岸同根同源同属中华民族，大陆是台湾青年逐梦地
- 专访凌峰：乡愁的力量壮怀激烈，还想为两岸交流多做些事
- 专访傅崐萁：率团参访大陆成果丰硕，两岸龙的传人应多合作
- 心手相连向复兴！南都聚焦两岸关系发展持续专访台湾各界人士

11. 《广东制造的海外爆款》

- 番禺产的抓娃娃机行销全球：可响应不同需求，也输出运营模式
- 潮州婚纱晚礼服闪耀世界：年出口上千万件，亮相戛纳电影节
- 东莞刮痧板在欧美火了：实用性强受好评，掀起健康美容新潮流
- 深圳产的义齿出口多国：客户称赞系世界级，正积极向智造转型
- 广佛产的肠粉机跨越山海：化解游子乡愁，让世界爱上广东味道
- 东莞产的潮玩破圈出海：打造原创IP，融入中国传统文化元素
- 顺德产的电暖器成海外“取暖神器”：重品质也不断优化设计
- 龙岗眼镜框走向国际：以高品质为核心优势，探索打造自主品牌
- 广东制造成海外爆款背后：持续追求“智造”的高质量发展之路

12. 《广东非遗的海外踪迹》

- 广东狮鼓响彻全球：孕育出的马来西亚二十四节令鼓传播至非洲

- 广东剪纸闪耀俄罗斯：当地手艺人开班教学，造型融入俄式风情
- 蔡李佛拳扎根拉美：智利兄弟办校授课，成为当地人防身技能
- 英国下午茶桌上的潮州手拉壶：融入当地生活，从伦敦走向世界
- “马尼拉大披肩”上的广绣：随西班牙国粹弗拉门戈舞享誉世界
- 广东木鱼歌名动海外：日本学者整理编写版本工具书享誉汉学界
- 在泰国发新芽的潮汕英歌：融入当地表演出新品，助力旅游经济
- 广东醒狮融入匈牙利：现身各类庆典，作为健康生活方式被教学

13. 《广东民俗的海外传承》

- 冼夫人文化在马来西亚：寄托华侨华人乡情，精神吸引当地居民
- 洪圣大王传说在澳洲：陪伴华侨拼搏百年，官庙被列为当地文物
- 大峰慈善精神在泰国：华侨设善堂扶危济困，成当地公益新力量
- 谭公传说在加拿大：百年庙宇吸引各方游客，入围遗产保护项目
- 青龙爷故事流传到法国新加坡：成为民俗风景，凝聚潮人乡情
- 三山国王传说在柬埔寨：融入当地民俗活动，成为华人情感纽带
- 粤剧八和祖师民俗在法国新西兰：弘扬尊师信念，推动粤剧传承
- “出花园”礼俗在加拿大马来西亚：联结潮人，传承感恩与担当
- 香花祭仪民俗在马来西亚：历经百年演变，彰显客家族群特色
- 广东民俗的海外传承：凝聚华人华侨乡情，见证文明交流互鉴

14. 《广东小镇的海外生意》

- 海丰“珠宝小镇”变迁路：口碑引来外国客商，跨境直播拓市场
- 吴川“十里鞋街”出海记：免费赠送闯进非洲，组团抢海外订单
- 罗定“蒸笼小镇”转型史：竹香飘上德国餐桌，升级版行销全球
- 开平“卫浴小镇”升级潮：侨胞引来技术，打响品牌出口多国
- 信宜“竹器之乡”生意经：产品进欧美商超，野餐篮卖上百美元
- 雷州“南珠港湾”蝶变行：学日本技术炼品质，国际客户抢着买
- 潮安“糖果小镇”新蓝图：伊朗客商求合作，食品和包装齐出海
- 广东小镇的海外生意：产业升级推陈出新，特色产品抢全球市场

15. 《老外讲中国故事》

- 对话日本导演竹内亮：如实展现中国抗疫，华春莹发言让我感动
- 对话出版广州小北路影集的美国摄影师：中国的活力很吸引人
- 专访救人的英国驻重庆总领事：可以用独特和了不起来形容中国
- 愤怒回击泰晤士报污蔑！英国父子：没来过中国就不要随意评判
- 对话旅拍中国的美国摄影师：想通过我的镜头让全世界爱上这里
- 赞中国基建遭泰晤士报污蔑！英国博主：这正说明他们谎话连篇
- 对话拍出“仙境中国”的英国摄影师：这里非常有趣且值得探索
- 再访日本导演竹内亮：重返武汉他说欣喜发现这里已恢复烟火气

16. 《“出圈”广东人》

- 对话在美国哥大毕业演讲走红的广东博士：发出中国学生的声音
- 对话旅居美国的广东籍自媒体达人：想把更多中国故事带到海外
- 对话在法国夺得世界杯冠军的广东小将：家乡是力量来源和牵挂
- 对话把中国舞带进澳洲课堂的广州舞者：融入粤绣钱鼓舞等元素
- 女足世界杯上的广东球员：肖裕仪陈巧珠都是“家乡的骄傲”
- 对话作品成为美国城市地标的汕头籍艺术家：剪纸融入广东元素
- 对话变身“追风骑手”的江门养鱼娃：八成是努力，两成是幸运
- 对话首登国际舞台就夺冠的广州游泳小将：很奇妙，也很受鼓舞
- 对话夺得亚运花游两金的深圳双胞胎：从不太爱笑到自信姐妹花
- 对话为国人诚信正名走红的广东教授：受益于这片求真创新热土
- 对话多语种创作走红的深圳“拉美天后”：常收到海外网友反馈
- 对话茂名籍彩虹圈表演达人：没走出过广东的孩子如何飞向世界
- 现实版“飞驰人生”：广东摩托车手凭“散装”配件夺冠之路
- 对话出征巴黎的深圳金花王欣瑜：从被催着练球到温网独自上场